京都府警あやかし課の事件簿7

送り火の夜と幸せの魂

天花寺さやか

PHP
文芸文庫

○本表紙デザイン＋ロゴ＝川上成夫

もくじ

京都府警あやかし課の事件簿⑦

主な登場人物

天堂《てんどう》竹男《ちくお》
京都府警「人外特別警戒隊《じんがいとくべつけいかいたい》」、
通称「あやかし課」隊員。
八坂神社《やさかじんじゃ》氏子区域事務所《うじこくいきじむしょ》である
「喫茶ちとせ」のオーナー兼店長。

深津《ふかつ》勲義《いさよし》
京都府警警部補。
八坂神社氏子区域事務所の所長。
「喫茶ちとせ」の二階に常駐。

栗山《くりやま》圭佑《けいすけ》
京都府警巡査部長。
伏見稲荷大社《ふしみいなりたいしゃ》氏子区域事務所である
和装体験処《ところ》「変化庵《へんげあん》」に勤務。

総代和樹《そうしろかずき》
「あやかし課」隊員で、
「変化庵」に勤務。古賀大《こがまさる》の同期。

古賀《こが》 大《まさる》
「あやかし課」隊員で、「喫茶ちとせ」に勤務。
簪《かんざし》を抜くと男性の「まさる」に変身出来る。

坂本塔太郎《さかもととうたろう》
雷の力を操る「あやかし課」の若きエース。
「喫茶ちとせ」に勤務。

御宮玉木《みやたまき》
京都府警巡査部長。
神社のお札《ふだ》を貼った扇《おうぎ》で結界《けっかい》を作る力を持つ。
「喫茶ちとせ」の二階に常駐。

山上琴子《やまがみことこ》
「あやかし課」隊員で薙刀《なぎなた》の名手。
「喫茶ちとせ」の厨房《ちゅうぼう》担当。

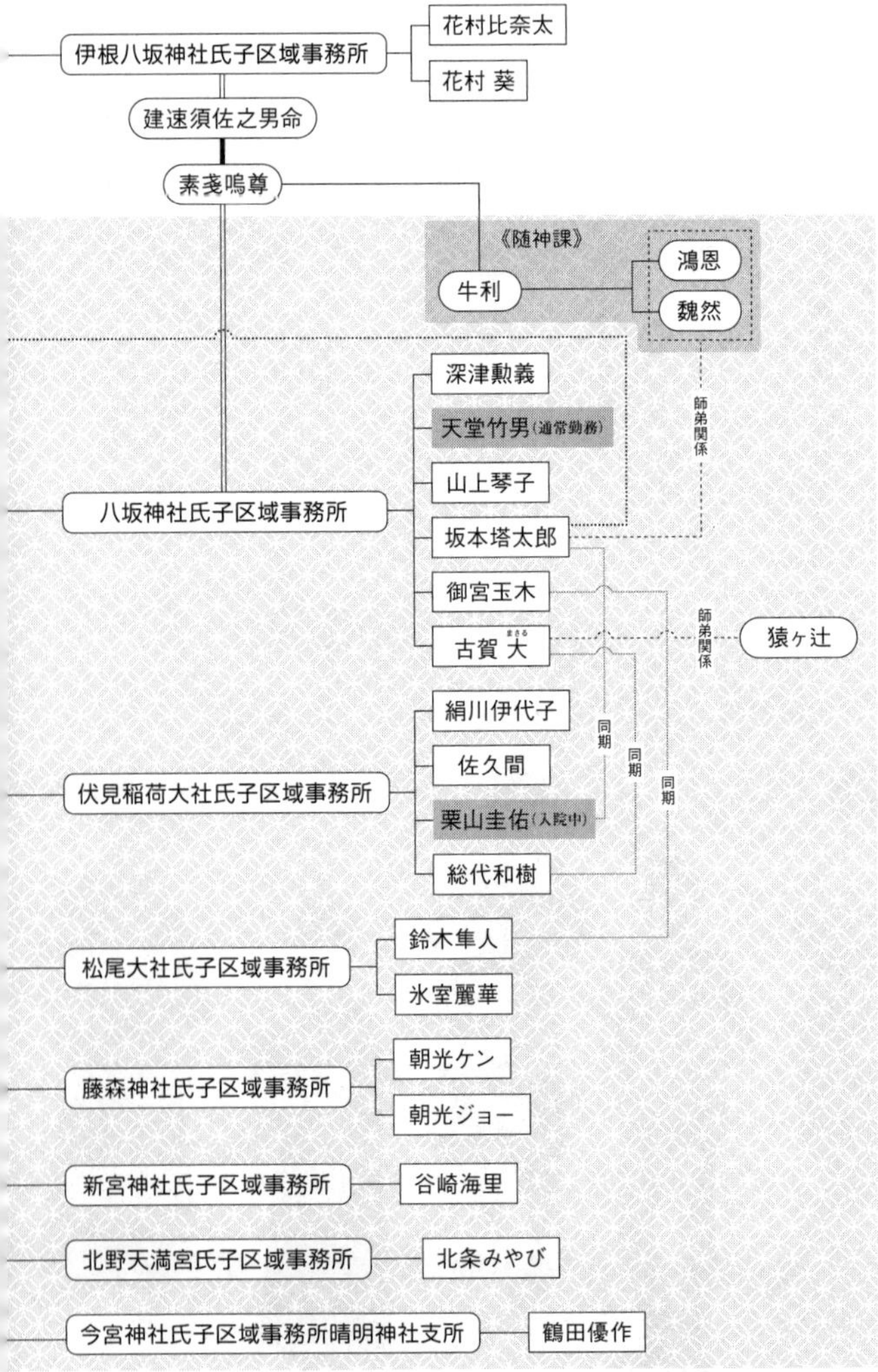

伊根八坂神社氏子区域事務所
花村比奈太
花村 葵
建速須佐之男命
素戔嗚尊
《随神課》
牛利
鴻恩
魏然
師弟関係
八坂神社氏子区域事務所
深津勲義
天堂竹男（通常勤務）
山上琴子
坂本塔太郎
御宮玉木
古賀 大《まさる》
猿ヶ辻
師弟関係
伏見稲荷大社氏子区域事務所
絹川伊代子
佐久間
栗山圭佑（入院中）
総代和樹
同期
同期
同期
松尾大社氏子区域事務所
鈴木隼人
氷室麗華
藤森神社氏子区域事務所
朝光ケン
朝光ジョー
新宮神社氏子区域事務所
谷崎海里
北野天満宮氏子区域事務所
北条みやび
今宮神社氏子区域事務所晴明神社支所
鶴田優作

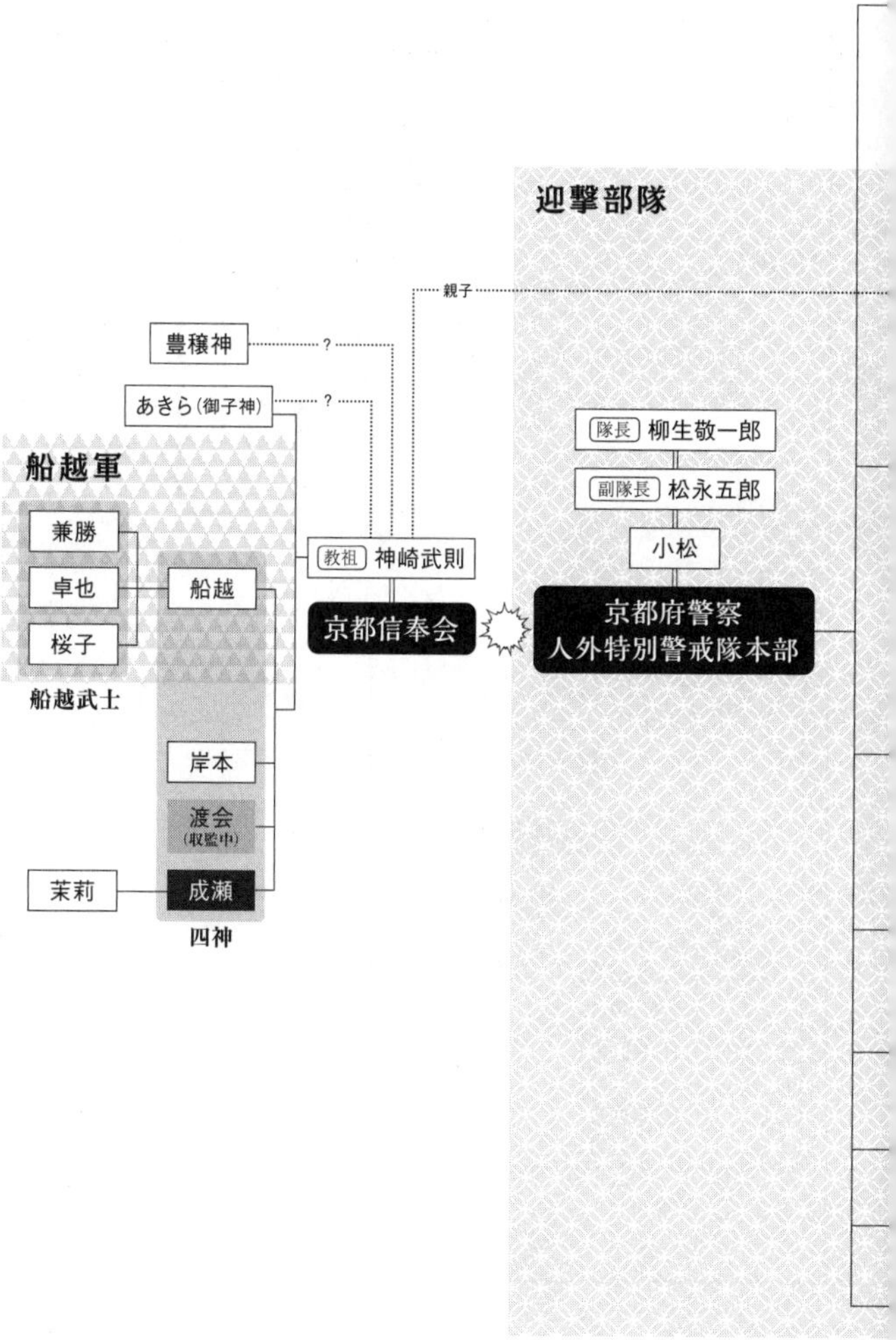

迎撃部隊
親子
豊穣神
?
あきら(御子神)
?
船越軍
兼勝
卓也
桜子
船越武士
船越
岸本
渡会
(収監中)
成瀬
茉莉
四神
教祖 神崎武則
京都信奉会
隊長 柳生敬一郎
副隊長 松永五郎
小松
京都府警察
人外特別警戒隊本部

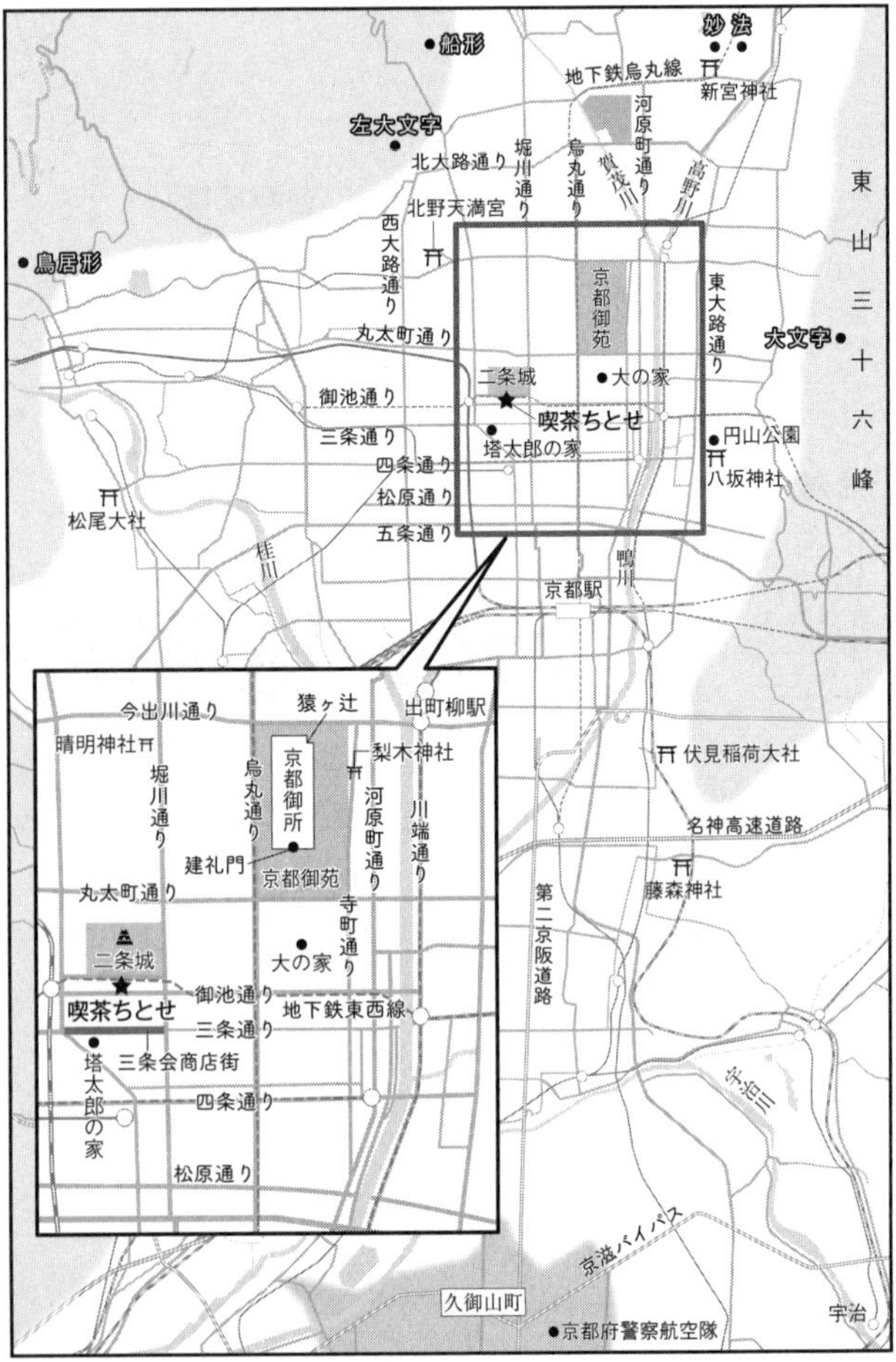

妙法
船形
地下鉄烏丸線
新宮神社
左大文字
河原町通り
北大路通り
堀川通り
烏丸通り
賀茂川
高野川
北野天満宮
西大路通り
東山三十六峰
鳥居形
京都御苑
東大路通り
大文字
丸太町通り
二条城
大の家
御池通り
喫茶ちとせ
三条通り
塔太郎の家
円山公園
四条通り
八坂神社
松原通り
松尾大社
五条通り
桂川
鴨川
京都駅
今出川通り
猿ヶ辻
出町柳駅
晴明神社
京都御所
梨木神社
堀川通り
烏丸通り
河原町通り
川端通り
伏見稲荷大社
建礼門
京都御苑
名神高速道路
丸太町通り
寺町通り
藤森神社
二条城
大の家
第二京阪道路
御池通り
喫茶ちとせ
地下鉄東西線
三条通り
塔太郎の家
三条会商店街
四条通り
宇治川
松原通り
京滋バイパス
久御山町
京都府警察航空隊
宇治

『京都府警あやかし課の事件簿6』のあらすじ

古賀大《こがまさる》が京都府警「あやかし課」の隊員として迎える二度目の祇園祭《ぎおんまつり》を前に、宿敵・京都信奉会《きょうとしんぽうかい》の上層部で四神《しじん》の一人である船越《ふなこし》が現れた。突然の襲撃に力でねじ伏せられ、負傷した栗山圭佑《くりやまけいすけ》と大だったが、エース・坂本塔太郎《さかもととうたろう》が助けに入り、何とか船越を追い返す事に成功する。船越は、信奉会の教祖・神崎武則《かんざきたけのり》に京都の「ほんまもん」を献上するため、祇園祭の山鉾《やまほこ》略奪《りゃくだつ》を企《くわだ》てており、さらに神崎の息子である塔太郎の命も狙《ねら》っているという。その暴挙を防ぐため、あやかし課は総力を上げて、祇園祭を守る事を誓うが——。

序

あんたは一人の人間やんか。そこ間違えんようにしなよ。
色々難しい奴《やつ》が、沢山おるかもしれんけどね。色々言う者がおろうけどね。
一生懸命、あんたなりに努力して、生きてみて。
八百万《やおよろず》いう言葉は、そのためにあると思うよ。

第一話　山鉾《やまほこ》巡行と天上決戦　～作戦編～

七月十七日の夜明けは、とても美しかった。

雲はほとんどなく、涼しい朝風がわずかに吹いている。日の光が、藍色《あいいろ》の空を押し上げるように、東山三十六峰《ひがしやまさんじゅうろっぽう》から昇っていた。午前五時前の事である。

古賀大《こがまさる》は既にベッドから起きて、制服に着替えて、それを眺《なが》めていた。開けた窓から風が入り、まだ簪《かんざし》を挿《さ》していない大の髪が、ふわりとなびいた。

(……いよいよ、この日が来た)

優しい光を受けながら、大は、これまでの事を思い返していた。

船越《ふなこし》に敗《やぶ》れたのち、山鉾町を警備し、祇園祭《ぎおんまつり》や日常の幸せに触れながら戦う日々。船越が出現した前と後では、大の目には、世界がまるで違うもののように映っていた。

いつも通りに祇園祭を行える事が、ひいては、平穏な日々というものが、どれだけ尊いかを実感した。そして、それを取り戻すために、大達は戦おうとしている。

(船越がどんな軍勢で、どんな手段で襲ってきても……絶対負けへん!)

大は唇《くちびる》をきゅっと結んで、両頰《りょうほお》をぱしぱし叩《たた》く。その後、小さく息を吸う。気持ちを鎮《しず》めて両手を合わせ、静かに目を閉じた。

「あやかし課」の勝利を、大も、「まさる」も、心から祈っていた。

今日は、無病息災《そくさい》を祈る祇園祭の前祭《さきまつり》・山鉾巡行の日であり、神輿渡御《みこしとぎょ》が斎行《さいこう》される、神幸祭《しんこうさい》の日でもある。

そして、船越が京都の町を襲撃するという、決戦の日だった。

京都《きょうと》信奉会《しんぽうかい》の四神《しじん》・船越の軍を迎撃するために、京都府警察人外特別警戒隊《じんがいとくべつけいかいたい》、通称あやかし課本部では「対策部隊」が編成された。八坂神社《やさかじんじゃ》を守護する狛犬《こまいぬ》・狛《こま》獅子《じし》・随神《ずいじん》という人ならざる存在で構成される神社の霊的部署「随神課」とも連携し、合同での迎撃作戦が練《ね》られていた。

今日は、今回の事件のための対策部隊に加えて、京都市内の全氏子区域事務所《うじこくいきじむしょ》からも隊員を集めて増員し、八坂神社の随神課も加えて「迎撃部隊」を作り上げ、船越と対決する。大も事前に、深津《ふかづ》から概要だけは聞かされていた。

もちろん、通常の任務に備えて、隊員の一部は各事務所に残る。しかし実戦、特に、白兵戦《はくへいせん》や射撃に長《た》けている隊員のほとんどは、この迎撃部隊に入る予定だった。

「八坂神社氏子区域事務所」である「喫茶ちとせ」の場合、対策部隊のメンバーの深津勲義《いさよし》、坂本塔太郎《さかもととうたろう》、御宮玉木《みやたまき》に加えて、大と山上琴子《やまがみことこ》が選抜されている。大達五人は、まず早朝に自分達の所属する喫茶ちとせに集合して、五人一緒に出発する。

栗山《くりやま》や総代《そうしろ》が所属する「伏見稲荷大社《ふしみいなりたいしゃ》氏子区域事務所」である「変化庵《へんげあん》」をはじめ、他の事務所も同様で、それぞれ事務所単位で出発し、迎撃部隊全体の集合場所に向かう——というスケジュールだった。

喫茶ちとせのある御池《おいけ》通りは、まだ時間が早いためか、車の往来が少ない。とても静かで、そこかしこで蟬《せみ》の声だけがしゃんしゃんと鳴って、大の頭に降り注《そそ》いでいた。いつも通りの何という事もない、平和な夏の朝である。

自転車で神泉苑《しんせんえん》の前を通り過ぎた大が、ふと視線を向けると、喫茶ちとせの手前に見える横断歩道を、しっかりした足取りで一人の青年が歩いていた。

筒袖《つつそで》の着物に、裁着袴《たつつけばかま》。

(塔太郎さん)

大は心の中で呼ぶ。塔太郎と目が合ったので、大は自転車から降り、手で押しながら駆け寄った。

「おはようございます。お体は大丈夫ですか」

軽く握ったブレーキが、微《かす》かな音を立てる。勢いづいた自転車を押さえると、塔太郎も片手をそっと添えて自転車を押さえつつ、穏《おだ》やかな笑《え》みを見せてくれた。

「おはよう、大ちゃん。お陰様で、体はバッチリやで。いつでも戦える。宵山《よいやま》の時はほんまにありがとうな。俺《おれ》に休めって言うてくれた、深津さんや大ちゃんには感謝やな」

　柔らかい朝日に、塔太郎の顔が照らされている。その表情はいつにも増して頼もしく、強い意志が宿っていた。

　しかし、以前のような、思い詰めた雰囲気はない。

「よかった。いつもの塔太郎さんや」

　大が微かに呟《つぶや》くと、塔太郎が少年のような目で「ん？」と訊《き》く。澄《す》んだ瞳《ひとみ》が、涼しい目元によく映《は》える。大は目を伏せて微笑《ほほえ》みながら、

「何でもないです」

と、首を横に振った。

　十四日の宵山の夜、発熱により警備を早退した塔太郎は、深津の厳命もあって昨日まで出勤しなかった。

　一方、大は、船越の分身を倒して体力を消耗したため一旦は早退したものの、十五日の昼から出勤していた。山鉾町を警備して、仕事が終わると京都御苑《きょうとぎょえん》へ赴《おもむ》く。猿ケ辻《さるがつじ》の指導を受け、仲間達と励む「まさる部」の修行で、自分の技の調子を整えていた。

　片や静養、片や任務と修行だったので、この二日間、大と塔太郎が会う事はなかった。

しかし大は、仕事の合間に塔太郎へ体調を気遣《きづか》うメッセージを送り、塔太郎からも返信があった。

（ありがとう。俺は元気です。十六日は、深津さんの許可が出れば、菅原《すがわら》先生のご指導のもと、無理のない範囲で軽く修行し、雷の力を高める予定です）

文面と共に、笑顔の龍《りゅう》の画像が送られてくる。それを見た大は安心し、再び、仕事や修行に勤《いそ》しんだのだった。

さすがに、決戦当日ともなると、塔太郎は再び全《すべ》てを一人で抱《かか》え込もうとするのではと大は心配していたが、杞憂《きゆう》だったらしい。

（塔太郎さんが元気になってくれて、私の大好きな塔太郎さんに戻ってくれて、ほんまによかった。これで心おきなく戦える。塔太郎さんと一緒に）

大と塔太郎が喫茶ちとせに着いたのは、ちょうど午前五時半。集合時間は六時なので、まだ早い。店内には、夜勤で詰めていた天堂竹男《てんどうちくお》がいるだけで、琴子、玉木、深津の姿はなかった。

竹男が大達を出迎えて、冷たいカフェオレを出してくれた。

「二人ともおはようさん。今日は頑張ってや。俺も、夜勤からの日勤で頑張るし。店は臨時休業にするから、何も気にせんでええしな。――悪いけど、ちょっとだけ留守番《るすばん》しといて。自分の飯買《こ》うてくるわ」

大達に後を任せて、竹男はゆっくり店のドアを開ける。御池通りを東に歩き、近くのコンビニへ向かった。

大と塔太郎が席に着くと、塔太郎がさりげなく時計を見て、

「巡行に関《かか》わる人達も、もう、起きたはるやろな」

と小さく呟き、祇園祭に思いを馳《は》せていた。

「皆さん、そんなに早いんですか？」

「巡行の開始が九時やから、そこから逆算して、結構早くから準備せなあかんらしい。俺がお世話になった綾傘鉾《あやがさほこ》の人達や郭巨山《かっきょやま》の人達は、五時半くらいから起きはんねんて」

四条《しじょう》通りを東へ向かい、河原町《かわらまち》通りを北上し、御池通りを西に進んで、新町《しんまち》通りまで、京の町をぐるりと清める山鉾巡行。

午前九時に、先頭の長刀鉾《なぎなたほこ》が四条烏丸《からすま》から出発するというのは、新聞をはじめ、各メディアで毎年報じられている。今年も例年通り午前九時に出発の予定だった。

長刀鉾以外の全ての山鉾も、巡行用の懸装品《けそうひん》で飾られ、出発点である四条烏丸の近くまで移動し、出発の時間まで待機する。

塔太郎いわく、巡行に関わる役員達は、それまでに山鉾の懸装品を常用から巡行用に付け替えたり、御神体《ごしんたい》や稚児《ちご》人形を乗せたり、ボランティアの人達に説明する

等の作業があるのだった。

その年のくじ取式で決まった巡行順によって時間にばらつきはあるものの、綾傘鉾の青年部の人達は、午前五時半頃には起床する。

郭巨山の役員達も、巡行順の早い年は六時半、遅い年は七時半に会所《かいしょ》に集合して、山飾りを始めるという。

その後で、役員は正装、つまり裃《かみしも》等に着替える。綾傘鉾であれば、稚児達の着付けや化粧も済ませて、巡行に臨《のぞ》むのだった。

前日は宵山であり、山鉾町の役員達は来客の応対や見送り、囃子方《はやしかた》であれば、日《ひ》和神楽《よりかぐら》等がある。日和神楽には、役員の一部も同行する。夜遅くまでの作業や神事もあるので、就寝はかなり遅くなる。

夜は遅く、朝も早いというのが、祭を支える人達の知られざる苦労だった。

塔太郎の話を、大はカフェオレを飲みながら、うんうんと聞いていた。

「なるほどー！　まさに、祇園祭の『舞台裏』って感じで、わくわくしますね！　私も、今日は五時前に起きてましたよ。朝日が綺麗《きれい》でした」

「そうなんや？　俺もやで。釣《つ》られるように、窓から日の出を見てた。ほんまに綺麗やったよな。雲が一つもなくて、朝の風も気持ちよくて」

「はい！　そうでしたよね！」

祭に関わる人も、塔太郎も、自分も早起きしている。それが何だか嬉《うれ》しくて、大はふんわり笑みを浮かべた。塔太郎も、大と同じ喜びを感じたらしい。カフェオレを飲む大を見て、優しく目を細めていた。

巡行で忙しくなるのは、山鉾町の人達だけではない。周辺の道路は、毎年、京都府警によって交通規制が敷かれる。巡行の開始前には警察官や警察車両が多く詰め、通勤や配達等で車を使う人達は、普段使っている道順の変更を余儀なくされるのだった。

しかし、それで怒る人は滅多《めった》にいない。むしろ警察官が説明すると、

「あぁ、なるほど。今日は巡行の日やったか」

と笑いながら協力してくれる。

神仏と、その行事に敬意を抱《いだ》く京都の人達の性質と、祇園祭が如何《いか》に地域に根差したものかという事を、よく表している光景だった。

その時、大は、わずか一歳の、小さな男の子の事を思い浮かべた。

「佑輔《ゆうすけ》くんは、まだ寝たはるでしょうか」

「宵山の、あの子の事やんな？　せやろなぁ。まだ六時にもなってへんしな」

大達の尽力で、去年の宵山の日に生まれた赤ちゃん・佑輔くん。十四日の夜に、人知れず見せてくれた元気な笑顔を、大は忘れられずにいた。塔太郎も、佑輔くん

の事を思い出している。

「昨日で一歳やんな。ご両親だけじゃなしに、おじいちゃん、おばあちゃんも元気なんやろ？　ほな、一家総出でお祝いやったんちゃうけ？」

「ですよね。皆に囲まれて、プレゼントを貰《もら》って。ケーキは……、一歳の子って、食べられるんですかね？」

「どうやろな？　俺はよう分からへんなぁ。琴子さんやったら、知ってるかも。事件が終わって落ち着いたら、訊いてみるか」

「はい」

佑輔くんの弾《はじ》ける笑顔に、両親や祖父母のにこやかな笑顔。誰かの何気ない生活を想像するだけで、力が湧《わ》いてくる。ここ一番の戦いを控え、大に恐れはなかった。佑輔くんやその家族をはじめ、平和に生きる人達や、その人達の祈りが宿った祇園祭を守るという想いの方が、遥《はる》かに勝《まさ》っている。

大が内心、今日の迎撃作戦への意欲を掻《か》き立てていると、塔太郎が懐《ふところ》に手を入れた。

「そうや、忘れんうちに渡しとかな」

差し出されたのは、綺麗に畳《たた》まれたハンカチ。十四日に、大が塔太郎へお菓子を届けた際に、熱を下げるのに使ったハンカチだった。

塔太郎は、そのハンカチを洗濯して、丁寧《ていねい》にアイロンまでかけてくれたのか、皺《しわ》一つなかった。

「さすがに新品同様とまではいかへんけど、これでええかな？」

「十分すぎます！　ありがとうございます！　すみません、お手数をおかけして」

「お礼を言うんは俺の方やで。俺が熱を出して苦しんでた時……、これを濡《ぬ》らして、おでこにかけてくれたんやろ。ありがとうな。持ってきてくれたお菓子も、めっちゃ美味《おい》しかった」

「それやったら、よかったです。あの『稚児の袖《そで》』は、何てったって老舗《しにせ》さんのお菓子ですもんね」

「ほんで、祇園祭限定のな」

「はい！　やから、塔太郎さんは絶対に美味しいって言うてくれて、元気を出してくれるって、思ってました！」

「そっか。ほな、元気が出たんはそれのお陰やな。『稚児の袖』と、大ちゃん様様《さまさま》やな」

「私も、お役に立ててましたか？」

「もちろん。ずっと前からな。毎日頑張る姿は俺に元気をくれるし、俺と同じように祇園祭を大好きになって、守りたいって言うてくれた時は、めっちゃ嬉しかった。俺が寝込んでる間に、船越の分身の虎《とら》を退治したって聞いた時も」

「いえ、私は別に……」

「謙遜《けんそん》せんでええ。深津さんから、全部聞いてるで。……俺、大ちゃんの存在にはいつも感謝してるし、あやかし課隊員としての、もう一人の自分みたいに思ってんねん。ほんまやで」

「塔太郎さん……」

「俺の代わりを務めてくれて、ありがとう」

優しく、一段低い塔太郎の声。愛の言葉よりも大切な何かを言われた気がして、大は胸が燃えるように熱くなった。

塔太郎は、祇園祭や地元の京都に恩義を抱き、愛している。そして今、京都信奉会の四神であり、山鉾と塔太郎の命を狙《ねら》っている船越と、対決しようとしている。塔太郎のいう「もう一人の自分」とは、町や人、文化を守るという志《こころざし》を、同じくする者の意味だろう。

塔太郎に頼りにされている。大は、直感的にそう思った。それは今しがた、迎撃作戦への意欲を燃やしていた大にとって、このうえなく嬉しい事である。十四日の夜に、大が電話で伝えた言葉が、気持ちが、確かに塔太郎の心に届いていた。

大が口を開こうとすると、店の窓に人影が映る。確かめる前に深津がドアを開けて入ってきて、ドアベルが軽《かろ》やかに鳴った。

大と塔太郎は、席を立って深津に挨拶《あいさつ》する。もうすぐ、竹男も帰ってきて全員集合となるだろうと察し、二人でカフェオレを片付けた。

「今日、頑張ろな」

「はい」

気持ちが高揚すると、かえって言葉は少なくなる。しかし大は顔を上げ、先ほど言いそびれた続きを一気に伝えた。

「塔太郎さん！　あの……。私、塔太郎さんのお役に立てる事は嬉しいですが、その義務感で、町を守るつもりはないんです。私は自分の意志で、塔太郎さんと一緒に全部を守ります！　それと、佑輔くんだけじゃなしに、塔太郎さんも、今日はお誕生日おめでとうございます！　事件が終わったら皆でお祝いしましょう！」

塔太郎が驚いたように目を見開き、照れ臭《くさ》そうな笑みを浮かべる。

「ありがとう。事件解決後の楽しみが出来たわ」

よかったです、と大も微笑み、凛《りん》とした表情で襷《たすき》を結び直した。

竹男に店や事務所を託《たく》し、大達五人は、玉木の運転する車で出発した。向かう先は、京都市と隣接する京都府久世《くせ》郡久御山町《くみやまちょう》。そこに、京都府警察が擁《よう》する航空隊の基地があった。

昭和五十七年（一九八二年）に設立された京都府警察航空隊は、白バイの部隊・交通機動隊と、パトカーの部隊・自動車警ら隊、そして、機動捜査隊という三つの分駐所と敷地を同じくしている。

航空隊は、「みやこ」「へいあん」という二機のヘリコプターを所有しており、ヘリポートはもちろん、格納庫や整備士の常駐など、設備が行き届いていた。

組織としての航空隊は、府警本部の地域部機動警ら課の一部隊となっている。六月に大達が出会った沿岸警ら隊や、パトカーで地上を走る自動車警ら隊も同様である。京都府警では、この陸海空の三つの警ら隊が一体となって、パトロールや警備、犯人の追跡、救難救助活動等に従事しているのだった。

そんな航空隊の基地が、今回のあやかし課隊員達による総力戦の「迎撃部隊」の集合場所。久御山町は、久御山ジャンクションを中心に第二京阪《けいはん》道路や京滋《けいじ》バイパスが通っており、京都の交通の要所の一つだった。

大がまだ配属されて二ヶ月ほどの時、先祖返りで鬼になりかけた陸奥聡志《むつさとし》を平等院《びょうどういん》へ連れていく際に車で通った地域である。久御山ジャンクションより北の第二京阪道路では、牛車《ぎっしゃ》に乗った渡会《わたらい》の手下達とカーチェイスを繰り広げ、深津や塔太郎の活躍で、激闘の末にようやく振り切った。

大にとってはそんな激しい戦いの思い出の場所でも、久御山町自体は静かな地域で、農地も多い。

広々とした田園の中に、航空隊の低い建物と、白い門が見えてくる。縦長の表札には、「京都府警察航空隊」「京都府警察自動車警ら隊南部分駐隊」と大きく書かれていた。

駐車場で車を降りると、目の前に、薄緑色のヘリポートが広がっている。ドラマ等でお馴染《なじ》みの、丸にHマークの離着陸場を、大は生まれて初めて見た。琴子や玉木も初めてだったらしい。

「結構広いんやなぁ。久御山にこんなとこあるなんて知らんかった」

「確かにここなら、今日の僕らの『出発地点』として、うってつけですね」

大がヘリポートをじっと眺めていると、塔太郎が教えてくれた。

「大ちゃんに、言うてたっけ」

「何をですか？」

「俺、龍に変身出来るようになった時な、ここで修行した事があんねん。一回だけやけど」

塔太郎は、高校二年生の時に、青龍《せいりゅう》に変身出来るようになった。今でこそ自由自在に素早く飛べるが、当時の塔太郎は、宙に浮く事さえ上手《うま》く出来なかったらしい。

そこで、塔太郎の師匠《ししょう》である鴻恩《こうおん》と魏然《ぎぜん》が、深津を通して京都府警の許可を取り、深津も同伴のうえで、塔太郎を航空隊の基地まで連れていった。塔太郎はヘリポートの真ん中に立って龍に変身し、時間いっぱいまで飛ぶ修行をしたという。

「あのHマークから青龍が飛ぶって、変な言い方ですけど京都らしいですね」

「せやろ？　ここの霊力《れいりょく》持ちの隊員さんも、『ヘリじゃなしに龍とはなぁ。京都府警の名物にしよか』って、面白がったはった。しんどい修行ではあったけど、楽しかったわ。そうでしたよね、深津さん」

塔太郎が、歩き出していた深津の背中に呼び掛ける。振り向いた深津も懐かしがった。

「あぁ、そやったなぁ。俺は、事務所の中から見てただけやけど……。一生懸命、ふわふわ飛んで頑張ってたよな」

琴子や玉木も、もう一度ヘリポートに目を向け、当時の塔太郎を想像している。大も、今はまだ静かなヘリポートを、じっと見据《みす》えていた。

「きっと、私らもこの後、あそこから空へ飛ぶんですよね」

「せやな。龍の俺だけじゃなしに、今日は皆で上に行くんや」

空は青く晴れており、ここでも、蟬が遠くで鳴いていた。

七月一日の吉符入《きっぷい》りから宵山まで、京の町では、滞《とどこお》りなく祇園祭が進められてきた。その水面下で、大達は警備を務め、時に戦い、町を守ってきたのである。

八坂神社の境内《けいだい》や、参拝する一般人、祇園祭の関係者は、鴻恩や魏然といった随神課の者達が、しっかり守護していた。

占いで敵の動きを予測する陰陽師《おんみょうじ》隊員達も、山鉾町の吉凶を占い続け、船越が襲撃してくる日や時間帯、方角を割り出していた。

占いによると、やはり巡行の今日、船越が襲来するのは確実だった。

山鉾は、熟練の職人達にしか組み立てられない。また、大人数でやっと曳《ひ》いたり昇《か》いたり出来る等の構造上の問題や、山鉾巡行のしきたりも、少なからず関係していた。

完成した山鉾が一列に並び、なおかつ、曳き手や昇き手も揃《そろ》っている巡行中に彼らごと奪うのが、最も手早く済み、合理的である。

また、山鉾巡行には注連縄切《しめなわき》りというしきたりがあり、長刀鉾の稚児が、斎竹《いみたけ》に張られた注連縄を太刀《たち》で切り落とす。これによって神域の結界《けっかい》が解放され、そこで初めて、山鉾が神域に入って巡行出来るのだった。

実はそのしきたりの性質上、注連縄切りの直後だけ、山鉾町でどんなに頑丈《がんじょう》な結界を張ろうとしても、結界が弱まってしまう、あるいは、消えてしまうという。

これは、注連縄切りの内容を調べれば、霊力持ちなら大抵気づく。地元の幽霊等に訊けば、割合簡単に教えてくれる。山鉾を狙っている船越が、知らないとは考えにくかった。

注連縄切りの後は、巡行の清めの力もあって徐々に結界は復元し、巡行が終われば、町中の厄《やく》を集めた山鉾は、ただちに解体される。

陰陽師隊員達は、以上の事から総合的に、船越が山鉾町を襲撃する日時を、

「山鉾巡行当日の、注連縄切りが行われる午前九時十分頃」

と結論付け、対策部隊に伝えてきたのである。

また、方角に関しても、陰陽道をはじめ様々な理由から、「概《おおむ》ね南東」から来ると予想されていた。既に逮捕した船越の世話係・喜助《きすけ》の供述では、軍が所有している空飛ぶ船団を増強し、毎年二十万人超となる見物人を人質《ひとじち》に取り、山鉾を奪う計画だという。

敵は、南東の空からやってくる。これも前日までに、各隊員へ伝えられていた。

まさる部の仲間で、今宮神社《いまみやじんじゃ》氏子区域事務所晴明神社《せいめいじんじゃ》支所の霊力マニアの陰陽師

隊員・鶴田優作《つるたゆうさく》は、修行の際にこう語っていた。

「人によって能力の開花は様々、基本的には何でもありというのが『霊力』ではあるんやけど……。その中でも、空を飛ぶっていうのは、実はかなり難しいねん。飛べる式神《しきがみ》や霊獣《れいじゅう》を出すとか、一反木綿《いったんもめん》みたいな式神に乗るとか、それこそ、坂本さんの青龍みたいな、飛べる生き物に変身する人も稀《まれ》にはいはるから、出来ひん事はないねんけど……。自分自身が、人間のままで飛ぶというのは、体の構造上、普通ではまず無理やね。ずーっと、霊力を垂れ流しにせな駄目やと思う。普通の霊力持ちは、僕らがいつもやってるような、高い跳躍《ちょうやく》が限界や。実際、そやろ？　どれだけ足に霊力を込めても、僕らは宙《ちゅう》に浮けへん訳やし。晴明様は、生前から人間のままで飛んだはったらしいけど……。まぁ、あの人は、超の超が付く天才やしね」

また、飛べない者を船に乗せて空へ送るというのも、文字通り神業《かみわざ》だという。人間一人の霊力では到底賄《まかな》い切れない、莫大《ばくだい》な霊力が要《い》るからだった。

「したがって、船越が空飛ぶ船を持ってるっていうのは、信じられへん事やねんな。僕の上司達はもちろん、晴明様さえ驚いたはった。向こうは、武則大神《ぶそくおおかみ》の力で飛ばすって言うてたんやろ？　きっと神崎武則《かんざきたけのり》は、晴明様並みの才能……。あるいは、あだ名通りの、神にも近い霊力の持ち主なんやろか……」

鶴田はそこで黙り込み、まさる部は緊張感に包まれた。

飛ぶ事に関しての、鶴田の考察は真実だった。たとえ、人数を集めて迎撃部隊を作り上げても、その隊員全員を空へ飛ばすというのは、現状のあやかし課では不可能だった。

しかし、それを可能に出来る存在がいた。神仏である。または、それに仕える霊的な存在達だった。今回、随神課が、八坂神社の祭神《さいじん》全ての署名が入った令状を出し、全面的にあやかし課に協力する事で、この最大の問題がクリアされたのである。

つまり、「迎撃部隊の隊員全員を乗せて、空を飛ぶ乗り物」を、随神課が貸してくれる事になった。ゆえに、今回の大達の集合場所が、航空隊の基地となったのだった。

しかし、肝心の乗り物は、まだヘリポートにはない。塔太郎もそれが何なのかは知らないと言い、琴子や玉木も首を横に振った。

対策部隊の指揮官の深津は、その立場上知っているらしい。しかし大が尋ねてみても、

「まだ、俺の口からは言えへんな。警察の備品やったら教えられるけど、そうじゃない訳やし。随神課の長官さんが話すか、現物を出すかまでは、トップシークレットや」

との事で、結局教えてもらえなかった。

航空隊の事務所には、既に何十人もの隊員が集まって、真剣な表情で待機している。建物自体が小さいためか、応接室が満員なのはもちろん、廊下や給湯室にまで人が溢《あふ》れていた。

どの隊員も、作戦に備えて同僚と連携を確認し合ったり、自分の武器の手入れをしていたりと、準備に余念がない。あやかし課隊員は、大のような刀を差す等の事情で和装の者の他に、動きやすいツナギ姿の者、一般の警察官と同じ制服の者、機動隊の装備をしている者もいる。しかし全員、例外なく紫の腕章を付けているので、航空隊の隊員とは簡単に区別出来た。

ざっと見回すだけで、明らかに五十人以上。深津に訊くと、総員は約八十人だという。竹男のように、各事務所に残っている隊員を含めれば、あやかし課にはこれ以上の人数がいるのだと、大はもう一度廊下を見回し、今更《いまさら》ながら驚いてしまった。

応接室の出入り口から上座《かみざ》辺りを見ると、平安時代の貴人の身辺警護・随身《ずいじん》を思わせる姿の者が何人かいる。

青空のような縹色《はなだいろ》や美しい赤色の闕腋袍《けってきのほう》に染分袴《そめわけばかま》。足元は動きやすい履物《はきもの》の皁《そう》鞋《かい》。尻鞘《しざや》の太刀を帯剣し、弓矢を持っている。腕章は付けておらず、皆、匂い立つような凛々《りり》しい顔や体つきだった。あやかし課の上層部らしき人と話し込んでいる彼らの装束《しょうぞく》は、コンクリートの質素な建物の中で、一際《ひときわ》異彩を放っていた。

気配だけで、人間ではない事が分かる。彼らこそが、八坂神社の「随神課」の者達。その証拠として、彼らの闕腋袍の胸部には、神紋《しんもん》である木瓜《もっこう》が大きく、白く、鮮やかに描かれていた。

人間に化《ば》けた随神課の者達の正体は、狛犬・狛獅子や、「随神」という神仏の一種だという。それゆえ、彼らの足元の影は獣《けもの》の形をしていたり、そもそも影がない者もいた。

深津いわく、今回の迎撃作戦のために、早朝からここへ来てくれたのだという。随神課の者達に挨拶した大達は、再び廊下に出て五人一緒に隅《すみ》に立ち、皆と同じように待機した。

事前に聞かされていた通り、今回の迎撃作戦には、実力者が余すところなく参加している。あやかし課の「特練」の教官を務める新宮神社《しんぐうじんじゃ》氏子区域事務所の谷崎海《たにざきかい》里《り》や、藤森神社《ふじのもりじんじゃ》氏子区域事務所の朝光《あさみつ》ケン・ジョーの双子《ふたご》など、大が今までに出会った腕利《うでき》きの隊員達とも、次々に顔を合わせる。

鶴田や北野天満宮《きたのてんまんぐう》氏子区域事務所の北条《ほうじょう》みやび、松尾大社《まつのおたいしゃ》氏子区域事務所の白ジャージ姿の鈴木隼人《すずきはやと》といったまさる部のメンバーも、それぞれの上司についているのを見かけたので、互いに軽く挨拶した。

特に、みやびとは、同性同年代という事もあり、仲良しである。

「みやびちゃん。古賀ちゃんもファイトやで！」

「うん。今日、頑張ろな」

そっと小さなハイタッチをした後、みやびは琴子に向き直り、丁寧に頭を下げた。

「琴子さん姉さん。おはようございます。うち、ちゃんと、新しい武器の手入れしてきましたよ！　今日の作戦がどういう班分けになるか分かりませんが、よろしくお願いします」

大は思わず、「新しい武器」というみやびの言葉に反応した。しかし肝心のそれは、他の隊員達の武器が入っているらしい鞄《かばん》と一緒に、長柄《ながえ》専用の袋に入れられて、廊下に寝かされている。その形状と、琴子に報告している事から、薙刀《なぎなた》を新調したのだろう。

廊下の一角には伏見稲荷大社氏子区域事務所の隊員達もいて、その六人の集団の中に、総代がいる。挨拶して総代の腰の画材袋を見ると、いつもより明らかに膨《ふく》らんでいた。

どんな絵でもいつでも描けるように、可能な限り画材を揃えてきたのだろう。大

た。

大も、指で丸を作る。親しい同期の笑顔を見て、大は心地《ここち》よく、身が引き締まっ
「ばっちり」

「おはよう。僕は準備万端だよ。古賀さんは？」

の視線を感じた総代が、にっこり笑った。


この集団の中に、本来ならば栗山もいただろう。しかし彼は、大と一緒に船越と交戦して重傷を負い、今も入院中である。

大はそれを残念に思いつつ、栗山の具合を心配する。琴子が顔を少し傾けて、

「どうしたん？」

と、気遣ってくれた。大が話すと、琴子が愛用の薙刀を片手に、もう片方の手を自分の腰に置きながら、元気づけてくれた。

「病院にいる方が、かえって安全やで！　具合が悪くなったら、お医者さんや看護師さんが、すぐ来てくれはると思うし！」

さらに、塔太郎も力強く笑う。

「大丈夫や。栗山とは昨日も電話したけど、相変わらずやった。『お前らが船越に勝てるよう念を送っとく。ぶっ倒れるまで送っとく！』って、言うてたわ」

それを聞いて大も安心し、小さく笑った。

「倒れたら、病院の人が困らはるじゃないですか」

「ほんまにな。俺も全く同じ事言うた。あいつがそこまでせんで済むよう、船越をさっさと倒さなあかんな」

「はい」

頷《うなず》きながら、大は、陽気な栗山を頼もしく思う。同時に、栗山の心はこの場にあるのだと実感した。

やがて、応接室から、あやかし課隊員の一人が深津を手招きし、さらに、塔太郎も呼んだ。これから、迎撃部隊の上層部による、最終の作戦会議だという。戦力の要《かなめ》として、例外的に塔太郎も呼ばれたらしい。深津と塔太郎は、大達に小さく手を挙げて離れ、奥の会議室へと入っていった。

作戦会議が終わった後、隊員全員を集めて、外で出陣式が行われるという。召集がかかるまで、他の隊員達は待機する。

「あの、こんな時に式典をするんですか……？」

大は、まだ出陣式なるものに参加した事がない。玉木に訊いてみると、玉木は「違いますよ」と優しく否定し、周りの迷惑とならぬよう声を落として教えてくれた。

「名前こそ『式』がつきますけど、内容としては、作戦の全体説明や諸連絡、指揮官からの訓示《くんじ》ですね。あとは士気というか、団結力を高める意味合いもあります。

　京都府警の場合、例えば、天皇陛下《へいか》や皇族の方がいらして御所《ごしょ》へ向かわれる際の沿道警備とか、全国高校駅伝や京都マラソンの交通規制とか、そういう大規模な任務が行われる直前に出陣式をします。今回は随神課との合同作戦ですから、随神課の長官の紹介があって、その長官からの、訓示や説明もあるでしょうね。そこで、例の乗り物も出されると思います」

「ほな、あやかし課じゃない、普通の警察の方々も……」

「もちろん。今日は山鉾巡行の日ですからね。その交通規制や雑踏警備は、文字通り『京都府警の大規模な任務』です。警視正・警視クラスの方も、現場に出る事がありますす。だから僕らと同じく、どこかの署で出陣式をやってると思いますよ。ちょうど、今頃じゃないですかね。それに地上班も」

　と、玉木は付け加えた。

　今回の迎撃作戦は、実は、二班に分かれている。航空隊の基地に集まっている大達「天上班」と、円山《まるやま》公園に集まっている「地上班」だった。

　前者は、空の上で船越軍を迎え撃ち、後者は、随神課の者達と山鉾町に巨大な結界を張り、天上班が突破された時の、最後の砦《とりで》となる。

　地上班だけでいえば、結界を張る事に長けたあやかし課隊員達だけでなく、随神課の精鋭達も協力して、結界を重ねるらしい。

　さらに、各山鉾町の御神体や、地域の神仏、もちろん八坂神社の祭神も総出で霊力を流し、町や人々を守る事になっている。注連縄切りで一時的に結界は弱まってしまうものの、山鉾巡行による清めの力も加わるため、山鉾町全体に、万全の態勢を取れる事になっていた。

　そのうえで、大達天上班が船越達と相まみえ、逮捕や退治を行う。それが実現して初めて、京都の治安だけでなく、人間の威信《いしん》も保たれるのだった。

「最初は、結界使いの僕や鶴田は、地上班に入る予定だったんです。でも、僕の結界は小回りが利《き》くし、鶴田の結界は頑丈です。そういう人も天上班には必要だという事で、こちらになったんですよ」

「そうやったんですか……！　確かに、玉木さんの扇子《せんす》の術には、何度も助けてもらってます。鶴田さんの結界にも、まさるが助けられました。お二人ともいて下さったら心強いです！」

「こちらこそ。僕も、古賀さんとまさる君に、期待していますよ」

　その後、武器の点検を終えた大達は、しばらく立って待っていたが、廊下を歩く隊員に訊くと、事務所の中を歩いたり、ヘリポートに出る程度は問題ないらしい。

　大は少しだけ廊下を歩き、硝子《ガラス》のドアの前で立ち止まって、外を見た。

ヘリポートにも、沢山の隊員達がいる。透き通るように晴れて日も射している
が、まだ早朝であるためか、暑さはひどくないようだった。
隊員達は、敷地内を見て回っていたり、外の田園の景色を眺めている。応接室で
見た者達と同じ格好《かっこう》の、随神課の者も何人かいた。
その中に、よく知っている顔を見つけた大は、ドアを開けて駆け寄った。
「鴻恩さん、魏然さん！　おはようございます！」
大の声に反応して、鴻恩と魏然が振り向く。八坂神社の西楼門《にしろうもん》の狛犬・狛獅子で
ある彼らも随神課の一員であり、縹色の闕腋袍をまとっていた。
応接室で話していたのは、随神課の上官達だったらしい。その部下である鴻恩と
魏然は、外に出て周りの様子を窺《うかが》っていたという。二人とも、大の緊張をほぐす
ためか、気さくに話してくれた。
「おはよう、古賀さん。……そんなに、俺達の格好が珍しいかい？」
「まぁ、そうだろうな。この装束は、近頃は滅多に着ないからな」
大の視線を受けて、魏然が自らの袖を差し出し、闕腋袍に触らせてくれる。指で
そっと撫《な》でるだけで、上質な生地だと分かった。
思い起こせば昨年の大晦日《おおみそか》、大達の前に現れた鴻恩と魏然は、一般の神職と同じ
ような格好だった。あれが、普段の随神課の装束で、今の姿が正装だという。

随神課が正装してここにいるのは、八坂神社の祭礼・祇園祭を守る者として、共に戦うという意思表示である。

しかし祭神に仕える随神課は、戦いには直接参加出来ない。以前、在原業平《ありわらのなりひら》が聡志に話していたように、八百万《やおよろず》の神々との関係等で、犯人達と戦い、取り締まるのは、あくまで「警察」の役目だった。

ゆえに随神課は、天上班に空飛ぶ乗り物を貸したり、地上班と共に結界を張ったりと、戦闘以外のところで、全面的にあやかし課を手助けしてくれる。

今、ここに来ている随神課の者達の多くは、出陣式にて乗り物の貸与や退治状の授与を終えると、すぐに円山公園へ向かい、地上班と合流するという。

その移動だけでも、大変な労力である。随神課の協力の姿勢が伝わってくる。大は、鴻恩と魏然に深々と頭を下げた。

「皆様に、今日はお世話になります。よろしくお願いします」

鴻恩と魏然も、「こちらこそ、よろしくな」と微笑む。顔を上げた大が魏然に目を向けると、魏然は少し目を細めて、周りの景色を眺めていた。

「何を、見たはるんですか？」

大が尋ねれば、

「少し、昔を思い出していた」

と、魏然は言う。そして、北西の遠くの山を指さして、

「あの山が、何か分かるか。愛宕山《あたごやま》だ」

と、呟いた。明らかに、声には感情が籠《こ》もっていた。

このヘリポートからは、京都の山々が見渡せる。鴻恩も、自分達から見て今度は右の方に腕を上げ、

「あれなら、分かりやすいんじゃないかな？　比叡山《ひえいざん》だよ」

と、遥か東に連なる山々の、一番高い山を指さした。

それが東山三十六峰の最高峰・比叡山というのは、大にも簡単に区別出来る。自分の力の原点、日吉大社《ひよしたいしゃ》や猿ヶ辻を思い出す。

猿ヶ辻は、大が今回の迎撃作戦に加わると聞いた時、

「今日まで一生懸命に修行した君は、僕の自慢の弟子《でし》で、誇りやさかいな。頑張ってや。杉子《すぎこ》さんや、日吉大社の皆も応援してんで！　北東は僕らに任してや」

と、激励してくれた。

大がそれを思い出していたわずかな間、鴻恩も山を見て、「懐かしいな」と腕を組んでいる。ほぼ同時に魏然が、

「あの時の塔太郎にも、こうやって山の事を教えていた」

と、目を細めていた。

彼らの様子を見た大は、ついさっき、魏然が言っていた「昔」とはそれかと気づく。

「魏然さん。私、塔太郎さんから、ここで龍で飛ぶ修行をしたって聞いたんです。塔太郎さん、楽しそうに話したはりましたよ。そこのHマークから飛ばはったんですよね」

「そうだ。俺もよく覚えている。きつい修行だったと思うが……。そうか。あいつの中では、楽しい思い出になってるんだな」

魏然が、わずかに安堵《あんど》したように微笑む。いつもは厳しい表情が、今日は不思議と優しく見えた。

「飛んで、休憩させて、その時に俺と鴻恩が両側から、あれこれ教えていたんだ。今にして思うと、ゆっくり休ませてやればよかったと思うが……。何というか、俺達も、塔太郎と外で修行するのが楽しかったんだ。それでつい、な」

二人の師匠につき、必死で修行する塔太郎の姿が、瞼《まぶた》に浮かぶ。魏然達の熱心さが伝わったから、塔太郎の中で、よい思い出となったのだろう。

それを感じ取った大も、微笑みながら遠くの山々に目をやった。

「ほな、大文字山《だいもんじやま》はどのへんでしょうか」

自分の名前の由来である大文字山を探すと、鴻恩が比叡山の手前、一段下がっている山を指してくれる。比叡山に比べて標高が低いうえに、遠いため、大の字は見えなかった。

「やっぱり隠れちゃってますね。でも、てっぺんだけでも見えてよかったです」

「そっか。古賀さんの名前は、大文字山から取ったんだよな。塔太郎から聞いたよ。いい名前だよな。あいつが古賀さんの事を褒《ほ》めるのを、俺、もう何回も聞かされてるんだぞ」

　塔太郎が、常々自分の事を語っていると分かり、大は嬉しくなる。景色に興味を持ったので続きを訊こうとすると、それを察した魏然が、先回りで全て教えてくれた。

「愛宕山の真上を通って、概ね北西にまっすぐ飛んでいったら、ちょうど舞鶴《まいづる》辺りになる。古賀さんや塔太郎達が訪れた伊根《いね》は、その先だ。右側の、目の前を走っている有料道路——京滋バイパスの緑の案内標識が見えるだろう？　そのずっと先の地域が、概ね山科《やましな》と思えばいい。滋賀県との県境の山並みの一番くぼんだところが、ちょうど京都東インターや逢坂山《おうさかやま》ぐらいだ。それを越えると、もう琵琶湖《びわこ》だ。ここ久御山から琵琶湖まで飛ぶには、ヘリコプターだと五分はかからない。……だから、あの時の鴻恩は、塔太郎に『じゃあ、お前は一分で飛ぼうか』なんて無茶を言ったものだったな」

地理の講義が、いつの間にか思い出話になっている。鴻恩がうんうんと頷いてから、はたと気づいて首を傾《かし》げていた。

「俺、一分で飛べなんて、そんな事言ったっけ？」

「言った。間違いなく言った。俺と塔太郎が同時に『えっ』って言った。よく覚えてるぞ。お前はいつも、塔太郎に無茶な課題ばかり出す。止める俺の身にもなれ」

「ひどい事言うなよ。少しでも、塔太郎に強くなってほしいっていう親心じゃないか。あいつが課題をこなせた時は、不器用で褒めないお前の代わりに、俺が褒めてる訳だし……」

「その親心が強すぎて、お前がとんでもない事をさせるから、俺が常識的な稽古《けいこ》で補《おぎな》ってるんだ。凸凹《でこぼこ》なのはお互い様だろう」

「そうかなぁ」

そうだ、と言う魏然は呆《あき》れ顔をしていた。

普段、大が目にする鴻恩と魏然の二人組は、鴻恩が塔太郎に優しく、魏然が厳しく接している。鴻恩がそんな魏然を宥《なだ》めて、本当は、魏然も塔太郎を大切に思っている事を暴露するので、魏然が「黙れ」と言い返す。同時に、照れ隠しに鴻恩の脛《すね》を蹴《け》ったり、足を踏んだりするのがお決まりだった。

大はてっきり、塔太郎の修行の際も、魏然が厳しく、鴻恩がやんわりそれを止めるのかと思っていた。しかし、実際は逆らしい。魏然いわく、鴻恩は修行の際はとても厳しいようだった。

「こいつは確かに優しい。が、達人でも泣くような稽古内容を提示して、やるかやらないかの選択しかさせない。『やらない』と答えれば、そうかと言ってそこで打ち切る。意欲のある奴しか、鴻恩にはついていけないだろうな。無謀《むぼう》すぎる修行は、大きく伸びる代わりに怪《け》我《が》の恐れもあるんだが……」

「大事なのは、無謀でも挑《いど》む心意気だろ？　怪我を恐れず何とか食らいつく。それもまた修行のうちだよ」

「お前は、またそういう事を言う。どうしてそう極端なんだ。ゼロか百しかないのか」

「いいじゃないか。お前が緩和してくれるんだから。西楼門の相棒《あいぼう》として、信頼してるのさ。だから俺は、ゼロか百かでいられるんだよ」

「どうだかな。俺に寄りかかってるだけじゃないのか」

「まさか！　……でも、そんな俺達との稽古を、塔太郎はよく頑張ってたよな」

「そうだな。鴻恩がどんな課題を出したって、俺がどんなに厳しい事を言ったって、あいつはちゃんとついてきた」

「失敗しても、最終的には、とりあえず何とかやり抜くよな。今も昔も……」

鴻恩も魏然も、塔太郎の事を大切に思っている。それは、大も以前から感じており、喫茶ちとせでも周知の事実だった。

しかし今、本人達から改めて聞くと、塔太郎に対する二人の想いが、思っていたよりもずっとずっと深い事に気づく。突き詰めて考えれば、魏然が塔太郎に常に厳しい態度を取るのも、魏然本人の不器用な性格に加えて、あまり褒めすぎて塔太郎が傲慢《ごうまん》な人間にならないようにという、彼なりの親心なのかもしれない。

そんな二人に鍛えられたのだから、塔太郎が、今の姿となるのも必然だろう。塔太郎本人から聞いた思い出話も合わさって、大の中の「塔太郎」という存在が、より重みを増す。今の塔太郎が、決して、彼一人の力だけで出来上がったのではないと知った。

その時、

「おーい。大ちゃん！」

と、清涼感のある声がして、続いて足音がする。大が振り向くと予想通り、塔太郎が小走りでこちらに向かっていた。

「鴻恩さん、魏然さん！　おはようございます」

最終の作戦会議が終わったらしい。塔太郎はまず、自分の師匠である鴻恩と魏然に挨拶してから、大の方を見た。

「会議が終わったから、もう出陣式が始まるわ。集合かけられると思うし、皆のとこへ戻ろう」

「了解です」

大が頷くと、塔太郎から「何話してたん？」と小さく訊かれる。

「お二人に、山や、京都の地理を教えて頂いてました」

大は答え、比叡山をそっと指さした。昔の修行を、塔太郎も思い出したらしい。

「懐かしいなぁ。俺、鴻恩さんに、琵琶湖まで一分で飛べって言われたわ」

その途端、大は吹き出してしまう。魏然も鼻で笑っていた。

「鴻恩。根に持たれてるぞ」

「えー？　違うよなぁ？　塔太郎、そんな事ないよな？」

「もちろんです！　さすがに一分は無理でしたけど、お陰で飛べるようになったので、今も昔も感謝してます。あの時の修行は、厳しくてもほんまに楽しかったですよ。鴻恩さん、魏然さん。本当にありがとうございます。今日は、よろしくお願いします」

鴻恩と魏然が穏やかに頷き、事務所へ戻るよう促《うなが》す。頭を下げ、踵《きびす》を返す塔太郎に続いて大も二人に背中を向けると、頭の中で突然、魏然の声がした。

（古賀さん。返事はしなくていい。振り向かず聞いてくれ。塔太郎にばれないよう

に）

霊力の会話である。狛獅子の魏然にとって、この程度は朝飯前らしい。大は驚き、一瞬立ち止まる。すぐ、塔太郎に悟られないよう歩き出しつつ、

（ど、どうされはったんですか？）

と、心の中で訊いた。

極秘の内容だろうかと待っていたが、魏然は何も言わない。すると、頭の中に鴻恩の霊力の声も入って、真剣に魏然に促した。

（こんな時ぐらい、素直になったらどうだ）

（ああ、そうだな。すまない。俺はこういう時に不器用で困る）

いつもなら反論する魏然も、今回は静かに従っている。やがて、自分の気持ちを何とかまとめたかのように、大に話し始めた。

（『琵琶湖まで一分』は笑い話だが……。塔太郎は、今まで本当によく頑張ってきた。小さい頃から俺達の指導を受けて、雷の扱いも格闘技も上達した。子供の体に、雷は大変な負担だ。俺達との修行だって、指導する俺達自身が手探りだったから、生易《なまやさ》しいものではなかったはずだ。それなのに、あいつは一度も文句を言わず、歯を食いしばってついてきた。龍の体になったばかりの頃は、浮いては落ちての繰り返しだったが、とうとう自在に飛べるようになったんだ。俺達は、どんな運

命が降りかかっても負けないあいつの事を、凄《すご》いと思っている。今この瞬間もだ）
初めて聞く、塔太郎への称賛《しょうさん》だった。大は思わず振り向きそうになったが、魏然に制止される。
ゆっくり歩き続ける大に、魏然は話し続けた。
（俺は、塔太郎があやかし課隊員の試験を受けて合格した日、祝いの言葉を贈った後、『俺達や神仏を嫌いになった事はないのか』と、一度だけ訊いた事がある。するとあいつはゆっくり首を横に振って、『ないです』とはっきり答えた。そして、こう言ったんだ。

『人が恐れるような厳しい神様や仏様、人間をいじめるような存在がいるのは、よく知ってます。俺自身、雷という宿命みたいなもので苦労しました。でも……、俺が生まれてからずっと、鴻恩さんや魏然さんは、指南役《しなんやく》として俺の面倒を見てくれて、修行にも付き合ってくれました。生まれたての俺と、今の両親を引き合わせてくれたんは、お地蔵様やと聞いてます。今まで俺を救ってくれた色んな縁《えん》も、神様がくれたものなんかなと、最近は思うようになっていて……。そういう、俺を見てくれる温かい存在がいる限り、俺が神仏を嫌いになる事はないと思います。四月からは、俺も、誰かを守ったり、面倒を見る存在になれます。目標は、鴻恩さんや魏然さん、深津さんに竹男さんですかね……』

その時の塔太郎の、照れたような笑顔と清らかさを、今でも覚えている。嬉しかった。赤ん坊のあいつを、白布にくるんで坂本さんのところへ届けた日が、昨日の事のように思い出された。俺は最初、塔太郎にどう接したらいいか分からなかった。何とか正しい人間に育てようと、あの神崎武則みたいに傲慢な人間にならないようにと、ずっと厳しい態度だった。鴻恩も最初、人間にどんな修行をさせればいいか分からず、ずっと厳しい修行ばかりさせた。

なのに、あいつは、そんな不器用な俺達の心を、昔からずっと、ちゃんと、分かってくれていたんだ。俺達を温かな存在として、敬《うやま》ってくれているんだ)

後日、魏然達は、塔太郎が火事の一件であやかし達からいじめられていた事を知った。師匠の耳には入れておくべき話として、深津が塔太郎にそれとなく提案し、塔太郎もまた、静かに頷いたという。

この時には、もう清算された過去の話だった。しかし、鴻恩も魏然も、今まで自分達が何も知らなかった事を激しく悔《く》いた。綾傘鉾や郭巨山で宵山の手伝いをしていた経緯《けいい》も含めて、塔太郎のあの言葉がどれだけ重いものだったか、実感したという。

（俺達はすぐに、塔太郎に謝りに行こうと思った。でも、その時に深津さんから、『今更掘り返す方が可哀想《かわいそう》です。そっと見守ってあげて下さい』と言われて、はたと気づいたんだ。俺や鴻恩が何も知らずに過ごせたのは、あいつが俺達に迷惑をかけないようにしていたから。すなわち、塔太郎が、俺達を守ってくれていたからだと……。

その日以降、俺も、鴻恩も、今まで通りに接すると決めた。あいつが築き上げた今の生活を、今度は、俺達が少しも変えず、守っていこうと思ったからだ。修行も、接する態度も、厳しいままにした。心ないあやかし達の横槍《よこやり》を防ぐ事も含めて、その方があいつのためになると思ったからだ。ただ、塔太郎の事は……、指南役としてどんなに厳しくしていても、心では家族だと思っている。出来れば、坂本夫妻と塔太郎と、五人で食卓を囲みたいぐらいに……。そして、そんな心境になった時、なぜ塔太郎が、雷だけじゃなく龍になる力も得たのかが、分かった気がしたんだ。——八坂神社のご祭神が、それを授けたんじゃないかと思っている）

今度こそ、大は振り向いた。魏然を凝視《ぎょうし》する。少し遠くに立っている魏然の表情が、このうえなく切なく、そして、深い慈愛《じあい》に満ちていた。

隣に立つ鴻恩も同様で、口を挟《はさ》まず、ましてや魏然を茶化《ちゃか》す事もない。黙って微笑む事で、自分の気持ちが魏然と寸分違《たが》わぬ事を、大に伝えていた。

塔太郎が背後の様子に気づき、「大ちゃん？」と、不思議そうに振り向く。大は、最後にもう一度景色を見ていたのだと誤魔化《ごまか》して、塔太郎が再び歩くのを確かめる。その後で、大も魏然達に背を向けた。

（塔太郎さんの、青龍に変身出来る力は……。ご祭神が、塔太郎さんに授けはったものという事なんですか。雷の力と違って秘《ひそ》かに……正式に？　ご祭神も、塔太郎さんの事を家族のように思って、受け入れて……？）

（そこまでは、俺も分からない）

大の問いに、魏然が首を横に振るように言った。

（これは、あくまで俺と鴻恩の考えだ。外《はず》れているかもしれない。ご祭神のお考えを推測する事自体、畏《おそ》れ多い事として、随神課ではお叱《しか》りを受ける場合もある。だから、普段は考えないようにしている。塔太郎にも、青龍になれる理由は、お前の素質や祇園祭との縁の深さ、強くなりたいという強い想いゆえじゃないかと言ってあるが……。

ただ、洛東《らくとう》に鎮座《ちんざ》する八坂神社にとって、都の東を守るとされる『青龍』は大切な存在だ。塔太郎という青龍がこの世に現れた事について、ご祭神が気づかない訳がないんだ。なのに、今でも何もおっしゃらない、咎《とが》めもないという事は……、すなわちご祭神が、それを認めているからに他ならない——と、俺達は思っている。

俺達を含む『こちら側』は、神社に迷惑をかけた者の実子を、また過失とはいえ、ご祭神から得た雷で火事を起こしてしまった者を、表立って受け入れる事は難しい。それでも、塔太郎が今まで頑張ってきたのを、ご祭神が見ていたからこそ……。いや、これ以上はよそう。全ては推測だから）

魏然は、それきり黙ってしまう。大も何も言えないでいると、それらを補うようにして、鴻恩の明るい声がした。

（俺達がそう思うようになって、早《はや》数年。本当は、こういう話を、塔太郎にしてやりたいんだ。だけど、なかなか、言えないんだよなぁ。魏然が言ったように、そもそも確信的な話じゃないし、仮に言ったとしても、あいつがこれを聞いたら絶対、変に畏《かしこ》まったり、気を遣ったり、気負《きお》ったりする。だから古賀さんも、まだ言っちゃ駄目だぞ？）

（はい。もちろん……）

（だけど、何事も時期というものがある。――今日、祇園祭を守り切れたら、あやかし課は祇園祭の秘かな、大きな功労者だ。もちろん塔太郎も含まれる。たとえ実父が神社や京都の敵だとしても、ご祭神は決して、塔太郎を邪険にする事はないはずだ。だから俺達は、それに賭《か》ける事にしたんだ。――この事件が解決したら、俺達は、自分達の推測の真偽を、ご祭神に確かめる。そうして推測通りだったら、

許可を貰って、あいつにも、伝えてやろうと思うんだ）

そう話す鴻恩の声は、とても優しい。彼らの言葉を、大は、しんとその身に沁《し》み込ませていた。今、自分の前を歩く塔太郎がこれを聞けば、どんなに喜ぶだろうか。そう思うと、胸が苦しいほどである。

しかし、そんな大事な話を、彼らはどうして、本人ではなく後輩の自分にしたのだろうか。大が問うと、

（君が、魔除《まよ》けの子だからだ）

と、魏然が言う。その答えに大が困惑すると、鴻恩が笑って説明した。

（ごめんな。分かりにくいよな？　要は、勘《かん》なんだ。俺達狛犬や狛獅子は、神社を守るという存在ゆえか、相手を嗅《か》ぎ取る能力にちょっとだけ長けてるんだ。古賀さんからは、どんな絶望も明るく照らすような、そんな雰囲気を感じる。あと、そうだな……。君は、塔太郎によく似てる。顔立ちの事じゃないぞ。境遇がだ。

塔太郎は、神様の力を得た人間だ。古賀さんもまた、眷属《けんぞく》を通して神様からお力を頂いた。俺達が塔太郎の面倒を見て、その塔太郎が、古賀さんの面倒を見ている……。こう考えると、何だか古賀さんと塔太郎に、不思議な繋《つな》がりがあるように思わないかい？　今回はその縁の力が、きっと、塔太郎を助けるように思うんだ。弟のように大事な弟子を、託したいほどに）

神託のような信頼の言葉をかけられ、大ははっとする。だからな古賀さん、と、かぶせるように、ともすれば懇願《こんがん》するように、魏然も続けた。

（あいつを頼む。支えてやってくれ。見ての通り、今日の迎撃作戦は大規模だ。あいつは絶対、無茶をする。なのに、俺達は立場上、無事を願う事しか出来ない。いつか、塔太郎が、何の問題もなく神社の正門――南楼門をくぐって本殿《ほんでん》に来てくれる事が、俺達の夢なんだ）

これが、鴻恩と魏然の、塔太郎という人間に対する想いなのだろうと、大は思った。

神仏ないしはその眷属と人間は、相容《あいい》れない存在なのだと、大は生まれ育った京都の感覚で知っている。

けれど同時に、その違うもの同士が、立場上一線を引きつつも、時にはまるで家族のように、共に今の時代を生きているという事も、同じように知っていた。

千年の都・京都は、そういう町なのである。

塔太郎は、今や京都府警のあやかし課全体のエースである。

それでも、後輩に支えてほしいと頼むとは、よほど塔太郎の事が心配なのだろう。長年の交流で出来上がった、親心。大の脳裏《のうり》に、鴻恩と魏然、塔太郎という三人の、厳しくも温かい修行風景が浮かぶ。血の繋がりはおろか、立場も、存在そのものさえも違う。

それでも、彼らは間違いなく家族だった。

強い絆《きずな》を感じ取った大は、二人の願いをしっかり受け止めた。

（お任せ下さい！　私も、精一杯頑張ります！　私達あやかし課の働きを、どうぞ見守って下さい！）

力強く答えると、鴻恩と魏然は、大から何かを感じ取ったらしい。一瞬の沈黙の後、安心したような笑い声がした。

（ほらな？　魏然。古賀さんなら、絶対に話しても大丈夫だって言ったろ？　見かけは小さい女の子だけど、心は俺達の長官みたいに、こんなにもどっしりしてるじゃないか）

（全くだ）

彼らとの会話が終わる頃、大は事務所の建物の前まで来ていた。塔太郎が遠くの魏然と鴻恩に頭を下げて、中に入る。その直後、大も二人へ頭を下げた。

ドアを開けて建物の中に入ると、誰かとぶつかりそうになる。相手は、こちらに振り向いた塔太郎だった。目に、穏やかな光をたたえて大を見下ろし、

「魏然さんと鴻恩さん、大ちゃんに、何話したはったん？」

と、尋ねる表情は、少し笑っていた。

「霊力の会話、聞こえたはったんですか⁉　あっ……。いえ、違うんです。今のはその……」

「隠そうとせんでもええで。一回振り向いた時と、中に入る直前でお辞儀《じぎ》する時、ちらっと見たんや。遠くの魏然さんが、微笑んでこっちを見たはって、鴻恩さんも、いつもみたいに『笑ってる』んじゃなしに、微笑んだはった。でも、俺には何も聞こえへんから、『あ、大ちゃんに霊力で喋《しゃべ》ったはんにゃな』って、すぐ分かったよ」

わずかな動きで、遠くの者の心情を見て取るのは、さすがの洞察力《どうさつりょく》である。師匠の行動の意味を察する事が出来るのも、長年の師弟関係ゆえだけではないだろう。

大は横目で塔太郎を見たが、塔太郎は、戯《たわむ》れに訊いただけで深追いする気はないらしい。だんまりもどうかと大は考え、

「魏然さんも鴻恩さんも、塔太郎さんの事を、凄く心配されてましたよ」

とだけ話す。塔太郎も、それ以上は訊かず目を細めた。

「そうか。変な怪我なんてしたら、また魏然さんに怒られてまうもんなぁ。気ぃつけよっと」

目を細めるのは、感動した時の、塔太郎の癖《くせ》。師匠二人に気にかけてもらって、

嬉しかったらしい。

大はふと、修行の話をしていた時の魏然も、目を細めていたのを思い出した。

塔太郎の癖は、魏然に影響されたものではないか。あるいは逆に、塔太郎の癖が、魏然にうつったのか。「不器用同士が仲良しだと、そうなるんだよな」と、茶化す鴻恩の姿が思い浮かんだ。

気づけば大も、目を細めて微笑んでいた。


全てのあやかし課隊員に召集がかかり、大や塔太郎はもちろん、一人残らず、へリポートと格納庫の間の広場に集《つど》う。鴻恩や魏然ら随神課の者達や、あやかし課の上層部達をはじめ約八十人の集団がずらりと並ぶ様は壮観だった。

この時既に、大達は半透明になり、随神課も基地と周辺に神威《しんい》を流して、気配さえ隠していたらしい。基地のフェンスの外では、犬の散歩をしている人や、ランニングをする人が何人も通り過ぎていく。しかし、いつもの静かな基地に見えるのか、誰も大達には気づかなかった。

上層部の列の中に、深津はもちろん、総代達を率いる伏見稲荷大社氏子区域事務所の所長・絹川伊代子《きぬかわいよこ》や谷崎もいる。

壇上には、漆黒《しっこく》の闕腋袍に、黄金の唐鍔《からつば》が眩《まぶ》しい飾剣《かざりたち》、頭には巻纓冠《けんえいのかんむり》という、随神課の中でも明らかに格上を示す、武官束帯《そくたい》の男性が立っている。その横に、左腕に腕章を巻き、礼肩章《れいけんしょう》に飾緒《しょくしょ》、白手袋という警察の礼装姿の、眼光の鋭い中年男性がいた。

やがて、中年男性が口を開く。青空の下、低く落ち着いた声で、集まった隊員達に出陣式の開始を告げた。声を張り上げている訳でもないのに、後方の大の耳にもよく届く。霊力で拡散させているらしかった。

「これより、京都府警察人外特別警戒隊、ならびに八坂神社随神課の合同による、祇園祭山鉾襲撃予告事件における迎撃作戦、天上班の出陣式を、開始いたします」

今回の迎撃作戦は、それまで、深津という一事務所の所長が指揮官だったものを大きく飛び越え、人外特別警戒隊の隊長・副隊長が、自ら現場に立って采配《さいはい》を振る「隊長指揮」という大規模なものになっている。

今、壇上で話しているのは、副隊長である警視・松永五郎《まつながごろう》で、彼が今回、天上班の指揮官に就《つ》くという。

次に、地上班の指揮官は、隊長である警視正・柳生敬一郎《やぎゅうけいいちろう》だと説明する。柳生本人はここにはおらず、地上班の出陣式が行われている円山公園にいるとの事だった。

最後に、松永の隣にいる武官束帯の男性を、随神課を統《す》べる長官・牛利《ごり》であると丁寧に紹介し、彼によって、八坂神社の祭神全ての署名が入った特別交戦退治許可状が授与されると話した。名前を呼ばれた牛利が、松永に目礼を送っていた。

　牛利は、神社の主祭神・素戔嗚尊《すさのをのみこと》の世話役も務める事から、主祭神がかつて称されていた「牛頭天王《ごずてんのう》」の一字を頂いて、牛利と名乗っているという。その立場と名前に相応《ふさわ》しく、牛利の発する気配には鬼もひれ伏すような圧力があるのに、根底には、京都の歴史の長さや雅《みやび》さを思わせるような、深い優しさがあった。

　威容を誇る武官束帯の長官と礼装の警視が並ぶなど、おそらく滅多にない事である。牛利が祭神の名代《みょうだい》なのは一目瞭然《いちもくりょうぜん》。彼の言葉は、すなわち祭神の言葉と捉《とら》えて相違なかった。

　今、八坂神社と警察が、襲撃予告に対して手を取り合い、京都の平和を守ろうとしている。大は、「出陣式は団結力を高める意味合いもある」という、玉木の言葉を思い出していた。

　しかし、その言葉を本当の意味で実感したのは、その直後だった。出陣式を取り仕切っている松永が、改まって牛利に言った。

「本作戦の確認に先立ちまして、牛利様より諸連絡がございます」

　頭を下げて促す松永に、牛利も頷く。口を開いた牛利はまず、目の前のあやかし課隊員達へ、労《ねぎら》いの言葉を贈った。

「ただいまご指名を頂きました、牛利にございます。松永様、ならびにお集まりの皆様方には、我が神社の祭礼・祇園祭の警護のためにお心を砕いて頂き、深く御礼申し上げます。本件においては、既に負傷された方もおられると聞き及んでおります。その方々に対しましては、心よりのお見舞いを申し上げるとともに、職務ご遂《すい》行《こう》に対し、敬意を表します」

その時、牛利は明らかに集団の中の大を見て、続いて一瞬だけ、栗山が入院している京都市の方角に視線を送る。頭は下げずとも、心からの感謝や慰《なぐさ》めが込められた、親身な言葉だった。

さらに牛利は、ここからが重要だと分かるように、ゆっくり息を吸う。

「本来の警察の出陣式は、まず、作戦の全体説明からと伺っております。しかしながら、本作戦を説明するためには、先に、我々がお貸しするものの説明を済ませ、皆様にご理解頂く事が、大前提かと存じます。従いまして、ただ今より、実物を皆様にお見せ致します。——主祭神より、一首を賜《たまわ》っております」

懐から一通の書状を出し、恭《うやうや》しく八坂神社の方向へ両手で掲《かか》げ、拝礼する。牛利の言う「お貸しするもの」とは、いうまでもなく例の「乗り物」だった。

いよいよ、と大達が固唾《かたず》を呑《の》んで見守る中、牛利が書状を開き、朗々《ろうろう》と詠《よ》み上げる。その内容は、青龍のごとき働きを期待するという、力強くも典雅《てんが》な和歌。詠み終えた牛利が再び八坂神社へ拝礼した瞬間、大達の背後で、どんという強い気配がした。

振り向いてみると、今まで何もなかったヘリポートに、巨大な朱《しゆ》塗《ぬ》りの和船が鎮座している。舳先《へさき》に付けられた大金幣《だいきんぺい》が、夏の日射しを反射して、眩《まぶ》しいほど光り輝いている。約八十人の目が一斉に見開かれ、潮《うしお》のようなざわめきが起きた。

「船の上に神社がある」

と、誰かがおののく。思いもかけない荘厳さに、船から目が離せない。最後には、その場がしんと静まり返ってしまった。

これだけの数の隊員を乗せる事から、大は、乗り物は「船」だろうと予想はしていた。塔太郎をはじめ、多くの隊員も同じように考えていただろうし、事実、それは当たっていた。

しかし、いざ現物を目《ま》の当たりにすると、まず船の大きさに圧倒され、自分達の想像力が、いかに貧弱だったかが身に沁みる。

確かに、見た目は巨大な木製の和船である。しかし、その上に、八坂神社の本殿を思わせるような、朱塗りの荘厳な建物が載っているのである。本殿とも呼ぶべき建物の前には、朱の鳥居《とりい》。後ろには、赤、緑、白、黄、紫の五色《ごしき》の吹流《ふきなが》しと、紫の幟《のぼり》が立てられていた。

幟には、「京都府警察人外特別警戒隊」と白抜きされている。随神課が、今回のために新調してくれたらしい。幟の色が紫なのも、人外特別警戒隊の色に合わせたのだろう。

壇上の牛利いわく、

「これが、天上班全体を指揮する『大将船』。今回、我々随神課がお貸しするのは、この大将船をはじめとした、多くの『空飛ぶ和船』であります」

との事で、牛利の言葉が一区切りした瞬間、上空に、幻《まぼろし》が確かな輪郭《りんかく》を作るように、大小様々な朱塗りの和船が現れた。

屋形船《やかたぶね》や、大きな一枚の帆《ほ》を張った船、明らかに人や物を運ぶだけのような、小回りが利く輸送船や物見船《ものみぶね》も見える。そのほとんどに、紫の流れ旗が立てられていた。

今、大達の頭上に浮かび、流れ旗をなびかせるこれらも全て、大達を乗せて戦う船だという。

大将船も含め、本来は、祭神が乗るための船らしい。いくつかの船には名前が書かれており、大将船の側面には、堂々たる字で「しじょう」と書かれていた。

大は、八坂神社の参道である四条通りから取った名前だと察した。

肉眼で読めるそれぞれの船の名は、「かわらまち」「おいけ」「からすま」「にじょう」「さんじょう」「まつばら」等、全て京都の通りの名前である。

（多分、大きな船に、大通りの名前を付けたはんねやな。河原町、御池、烏丸、堀《ほり》川《かわ》みたいに……。でも、丸《まる》太《た》町《まち》や五《ご》条《じょう》の名前はない。多分、八坂神社の氏子区域が、北は二《に》条《じょう》までで、南が松《まつ》原《ばら》までやしや）

と、大は解釈した。

やがて、松永が紙の束《たば》を持って牛利と交代し、誰がどの船に乗るかを読み上げる。いくつもの船とその乗員が読み上げられた後、琴子、玉木、みやびと共に、大の名が呼ばれた。

大の乗る船は、木製の盾《たて》を巡らせた小型船「にじょう」。天上班の先頭を行く船だという。それを聞いた大は、堺町《さかいまち》二条で生まれ育った自分が、それに乗るのも何かの縁と強く思えた。

深津は、木箱のような装甲《そうこう》を設けた関船《せきぶね》「さんじょう」に乗る事となり、総代は、他の変化庵の隊員達とは別れて、屋形船「かわらまち」の乗員となる。

今回の作戦は大規模なためか、喫茶ちとせや変化庵という、各氏子区域事務所単位で人員を配置するのが基本らしい。しかし、遠距離の砲撃が可能な深津や、物資や雑兵《ぞうひょう》を描き出せる総代、長柄の武器を持つみやび等、一部の隊員は作戦に適した船に乗る事になっていた。

大将船「しじょう」の乗員は最後に読み上げられ、指揮官の松永をはじめ、数名の隊員と共にエースの塔太郎の名が呼ばれた。

それにしても、これほどの数の大きな船が、どうして宙に浮き、なおかつ、大達を乗せて空を飛べるのだろうか。

疑問に思った大が、船の一つを注視する。すると船底から、何やら光が漏《も》れている。

その美しい光に見覚えがあり、また、その光から強い霊力を感じた時、大は反射的に、

「霊玉《れいぎょく》や！」

と口走っていた。

ぱっと視線を変えて、塔太郎と琴子、さらに、変化庵の一行を探して総代を見る。三人とも、大と同じように驚いており、大の視線に気づいて頷いていた。

六月の丹後《たんご》出張の際、大達は、伊根の八坂神社の祭神・スサノヲノミコトに「霊玉」というものを見せてもらった。海の生き物や潮流《ちょうりゅう》など、あらゆるものの霊力が、何千年とかけて海で結晶化したものだという。その集合体である「玉鯨《たまくじら》」は、伊那湾に浮かぶ青島《あおしま》にも劣らぬほどの巨体で、宝石のような光を放ちながら悠々と泳ぎ、大達の度肝《どぎも》を抜いたものだった。

スサノヲいわく、

「何せ霊力の塊だから、万能の資源になるんだ。空《から》の灯油《とうゆ》ストーブの中に入れれば、暖かくなる。ガソリンの代わりに車に放り込めば、走る。玩具に入れたら、電池代わりにもなるぞ。電気の供給源としても使えるな。さらに、食ったら美味《うま》いんだ。粉末にして大量に飲んだら、一ヶ月くらいは、飲まず食わずでもいけるんじゃないか。いや、それは言いすぎか。せいぜい半月くらいかな？」

との事で、霊力は文字通り万能の力であり、それが結晶化した霊玉は、使用出来る霊力の塊なのだった。

今、宙に浮いている全ての船に、多量の霊玉が取り付けられている。もちろん、大将船にも付いているだろう。鶴田も話していたように、その力によって、船が飛べるという仕組みだった。

大達四人と、その上司である深津や絹川以外は、霊玉の事を知らないらしい。他の隊員達は、なぜ船が浮いているのか分からず驚いている。そんな中、牛利が泰然《たいぜん》とした口調で、霊玉の存在を明かした。八坂神社が正式に依頼し、伊根浦《いねうら》を統べる八坂神社の祭神・建速須佐之男命《たけはやすさのをのみこと》から、譲り受けたという説明もあった。

大達が聞いたスサノヲの話では、祇園の八坂神社側が、いつか起こるであろう京都信奉会の襲撃への備えとして、スサノヲに依頼したらしい。

その「いつか」がまさに、今なのだった。

船の説明が終わると、牛利が部下達に指示を出す。鴻恩と魏然を含む随神課の者達が、大達に「かわらけ」と呼ばれる白い素焼《すや》きの盃《さかずき》を配った。

渡された盃に入れられたのは、さらさらと光る虹色の粉末。これは霊玉を粉にしたもので、牛利の説明では、これを飲めば熱中症はもちろん、高所での恐怖さえも緩和《かんわ》されるという。

「ご存知の通り、京都の夏は大変な暑さです。また、空中戦は、感覚も士気も狂いやすく、非常に困難であると思われます。今回、人外特別警戒隊の皆様には、今お配りしている霊玉の粉末を神水《しんすい》に溶いてお飲み頂き、戦いに臨んで頂きたく思います。

霊玉の粉末は、我々随神課が調合し、御祈禱《ごきとう》させて頂いたものでございます。神水で溶いたその水は、必ずや酷暑《こくしょ》をはじめ、あらゆる辛苦《しんく》から皆様をお守りするでしょう」

随神課の者達が、八坂神社の境内から汲《く》んだ神水を盃に注いで回る。

大の盃へ、霊玉の粉末を入れてくれたのも、神水を注いでくれたのも、大の知らない者だった。しかし、塔太郎の前には、偶然か、誰かに代わってもらったのか、鴻恩が立ち、

「頑張れよ」

と、小さく声をかけて神水を注いだ後、塔太郎の背中をぽんと叩いていた。

師匠の一人に出陣前の励ましを受けた塔太郎は、凜々しい顔で小さく「はい」と頷いている。その後、鴻恩は、大にも視線を送ってくれた。

大は、塔太郎の横顔をそっと見守り、鴻恩にわずかに頭を下げる。その後、天地神明に祈るように盃を捧《ささ》げ、霊玉が溶けた神水を飲み干した。

わずかに塩味を感じるそれは、喉越《のどご》し優しく、すとんと胃に落ち着く。その感触を得た瞬間、体中が、えも言われぬ心地よさに包まれた。

それまで感じていた夏の暑さが、急に引いていく。むしろ、涼しいくらいである。十四日の夜に、綾傘鉾の棒振《ぼうふ》り囃子の力を受けた時と同様、身も心も軽くなった。

加えて驚くべき事に、ここにいる隊員全ての視界やその状況を、共有出来るようになっていた。

例えば、壇上の松永が見ている景色を知りたいと心に念じてみる。すると、脳裏にふわっと、今の松永の目に映る、「壇上から約八十人の隊員を見下ろす景色」が、色鮮やかに浮かぶのである。

何らかの術だというのは、すぐに分かった。大は傍《かたわ》らの塔太郎に、そっと訊いてみた。

「これって、前に、鶴田さんが施《ほどこ》してくれた術と似てますよね？」

「うん。俺、ずっと前に深津さんから聞いた事あってんけど、松永副隊長は、元々は陰陽師隊員やったらしい。せやし多分、松永副隊長の術やと思う」

この会話とほぼ同時に、壇上の松永からも説明があった。

他者の視界を共有する術としては、京都文化財博物館の事件で鶴田が大達に施した「二面の目」というものがある。しかし今、大達に施された術は、片目に別の景色が見える二面の目よりも、さらに上級だった。

二面どころか、四十倍以上の景色を自由自在に脳裏に映し、脳や精神に負担なく、全隊員の状況を知る事が出来る。大規模の戦いで、全員が戦況をくまなく把握するには、まさに必要不可欠だった。

松永の術に、随神課が霊力を上乗せして作った術の札《ふだ》が、あらかじめ神水に溶かされていたらしい。大は、自分とは遠く離れた場所の、陰陽師隊員の一団にいる鶴田の様子を覗《のぞ》いてみた。鶴田は、陰陽師隊員として大先輩である松永を尊敬の目で見つめていた。

この術について松永は最後に、

「厳密には違うのかもしれませんが、今回はこの術の名称について、便宜上『千里《せんり》眼《がん》』と呼ぶのがよいかもしれません」

と、話していた。

霊玉を飲んで「千里眼」を得た全隊員が、各々《おのおの》驚いている。効果の行き渡った事が確認された後、随神課による隊員達へのお祓《はら》いが行われた。

その後、牛利が松永に退治状を授与し、松永が恭しく受け取った瞬間、退治状が一瞬だけ光って消える。同時に、松永の服装が一瞬で変わり、警察の礼装から、牛利と同じ武官束帯になっていた。

本人の精悍《せいかん》さも相まって、松永が、まるで牛利の分身になったようである。大達は、今回の退治状が松永のまとう装束となり、松永が、牛利と同じ霊力・能力を使えるようになった事、そして、その松永が大将船に乗る事で、随神課と何ら変わらぬ力を発揮出来るのだと悟った。

松永から迎撃作戦の全体説明がなされ、いよいよ、出立《しゅったつ》の時刻となる。

作戦の概要を聞いた大は、塔太郎の事が心配だった。様々な事情でやむなく、基本的には塔太郎が一人で船越と戦うからだった。

(私や他の隊員は、別の役目を担《にな》ってて、援護すら難しくなる。塔太郎さんに、もし、何かあったら……)

思わず、入院した自分や栗山を重ねてしまう。顔を上げると、塔太郎の姿があった。何度も見てきた、塔太郎の力強い立ち姿。エースとして颯爽《さっそう》と戦い、勝ってきた姿。

それを見た大は、愛《いと》しさゆえに弱気になった自分を、心の中で叱咤《しった》した。

(私は今まで、塔太郎さんの何を見てたんや。変な事を考えたらあかん。塔太郎さんやったら、きっと大丈夫。私も一隊員として、自分の役目を果たすだけ)

揺るがぬ心が大切なのだと、大は今までの経験から思い出す。それを天が見ていて、大が覚悟を決めるのを待っていたかのように、牛利が告げた。

「それでは、皆様をお送り致します。——八百万の神のご加護《かご》がありますす事を、心よりお祈り申し上げます」

その瞬間、大の目の前の景色がふっと変わった。

気がつけば、木製の船の中にいた。

屋根がないので、太陽の灼熱《しゃくねつ》の光がまっすぐ大達に突き刺さる。霊玉を飲んだお陰で暑さは感じないが、そうでなければ、あっという間に倒れていただろう。

どうやら牛利、あるいは随神課が総力を挙げて、大達を指定した各船へ瞬間移動させたらしい。今いる小型船「にじょう」の中には、大の他に琴子、玉木、みやびがいるのはもちろん、「にじょう」の船長となった小松《こまつ》という水干《すいかん》姿の警部補の他、小松の部下もいる。それだけでなく、甲冑《かっちゅう》をまとった小鬼や異形《いぎょう》の化け物も、沢山乗っていた。

　作戦の全体説明で、陰陽師隊員達が用意した大量の式神も、雑兵として加わると聞かされていた。今、静かに座っている小鬼や化け物達がそれであり、大達と一緒に、ここへ瞬間移動されたのだった。

　大は、琴子達と共に、船の縁に巡らされている盾の隙間《すきま》から顔を出し、外の景色を確かめる。小型船「にじょう」は宙に浮いていて、航空隊の基地や久御山の田園地帯が眼下に広がっている。周囲には、同じような船が沢山浮き、出発の時を待っていた。

　千里眼で他の隊員達の様子を見ると、皆、船から顔を出して周りを見渡している。どの船にも式神が沢山乗っていて、迎撃部隊の人員は、約八十人から大幅に膨れ上がっていた。

　大将船だけが、堂々とへリポートに鎮座したまま。総大将の松永や、それに付き従う隊員達だけは、随神課の立てかけた梯子《はしご》を使い、自らの足で、船の上へと跳躍する。そして一礼して鳥居をくぐり、静かに本殿へ入っていった。

　最後に船へ跳躍したのは、塔太郎である。それを見下ろしていた大は、あえて千里眼ではなく、自分の目でその姿を見届けた。

　塔太郎が、鳥居へ一礼する前に顔を上げる。その視線の先には、大の乗っている

「にじょう」があり、間違いなく、まっすぐに大を見つめていた。

視線が合った大ははっとして、すぐに、表情を引き締める。

「ご武運を」

大が身を乗り出して囁《ささや》くと、塔太郎も微かに頷き、何かを言い返した。

肉眼では、さすがに何と言ったのかは分からない。瞬時に千里眼で確かめたところ、大の言葉と同じく「ご武運を」だった。

共に戦うとはいえ、別の船に乗り、任務も違っている。

だからこそ、次に会う時はきっと笑顔で、と大は祈り、塔太郎もまた、そう思って同じ言葉を贈ったのだろう。

空飛ぶ船から久御山の町を見下ろせば、どこまでも緑の畑が広がっている。カーブを描いた久御山ジャンクションや、遠くのビルや町並みが、まるで模型のようである。

大は、風に煽《あお》られる前髪を押さえながら、隣のみやびに訊いてみた。

「みやびちゃん、どう？　全然怖くないやんな？」

大もみやびも、高所恐怖症という訳ではない。しかし、今いる場所は、普通の者なら萎縮《いしゅく》するような高さで、足場は小型船の床のみである。

にもかかわらず、霊玉の効果なのか、浮遊感もなく、感覚に狂いがない。地に足を付けている状態と、少しも変わらない。これなら、普段通りの戦いが出来そうだった。

みやびも、ハーフアップの髪をなびかせて首を横に振り、溌剌《はつらつ》とした笑顔を見せた。

「全っ然、何ともない！　これで勝てるっ！」

その時、大達の耳に、松永の霊力の声が響く。全隊員の乗船が完了し、これを以《もっ》て、出陣式は終了だという。あとは、戦いの場に向けて発《た》つだけだった。

しゃがみ込んだみやびへ視線を移すと、袋から武器を出している。みやびの新しい武器は薙刀ではなく、折り畳み式の刺股《さすまた》だった。

「特注してん！　前の文博《ぶんぱく》の時より、一層姉さんの援護が出来るように！」

それに応《こた》えて琴子が勇ましく、

「私らが切り開いて、勢いつけるんやもんな」

と、東を見据えた。みやびも、目を輝かせて「ですよね！」と頷き、両手で刺股を持った。

彼女達の頼もしさに釣られて、大も腰に差した愛刀を撫でる。

もう一人の自分も、確かに傍《そば》にいた。

幕間　一

大将船「しじょう」の甲板《かんぱん》に立ち、鳥居《とりい》をくぐる直前。

坂本塔太郎《さかもととうたろう》はそっと顔を上げて、小型船「にじょう」から顔を出す古賀大《こがまさる》を見つめた。

自分の視線に気づいた大が、はっと目を見開く。すぐに、塔太郎が大好きな凛々《りり》しい顔つきになり、

「ご武運を」

と、囁《ささや》いてくれた。

距離が離れているので、声は聞こえない。けれども、自分の耳に確かに、大の声が響いた気がする。塔太郎も頷《うなず》き、同じ言葉を大に返した。

出陣式前の最終の作戦会議で、船越《ふなこし》と戦うのは、主に自分一人と決められた。回復の力を持ち、その応用で敵の攻撃を弾《はじ》く船越と戦うには、強い雷が必要となる。近くに他の隊員がいれば、巻き込んでしまうからだった。

塔太郎が船越と渡り合う間に、大を含む全隊員が、船越以外の犯人達を制圧し、

山鉾《やまほこ》を載せる船を押収《おうしゅう》、または破壊する。そういう作戦だった。

船越の能力を考慮し、「山鉾町襲撃と山鉾の奪取を防ぐ」という任務を確実に果たすための、上層部による判断である。それらは全《すべ》て、先ほどの出陣式で、全隊員に知らされた。

大の乗っている「にじょう」は、先頭をゆく船の一つである。要するに、彼女達が真っ先に、敵の中へ飛び込む事になる。

大が「あやかし課隊員」である以上、それを止める事は出来ない。塔太郎が、内心どんなに心配でも、本当は大に、安全な山鉾町で笑っていてほしいと願っていても、叶《かな》わぬ事だった。

しかし同時に、大がとても強い事を、塔太郎は誰よりも知っている。

(俺《おれ》は大ちゃんの強さを信じたい。俺もいる。他の皆もいる。そんな大ちゃんと『まさる』がきっと、この戦いを勝利に導いてくれて、また、笑顔の日々を過ごせるんやと信じたい)

自分と彼女が出会い、今日に至るまで、彼女の身には何度も苦難が降りかかった。敵との戦いでは負傷する事も数多く、故意でなかったとはいえ、他ならぬ自分が傷つけた事もあった。

最近も、船越との戦いで負傷した。既に完治したと聞いてはいるが、塔太郎は今でも、船越に殴《なぐ》られたという大のこめかみが気になっていた。

しかし、大は、どんなに自分が辛《つら》い目に遭《あ》っても、一人で、あるいは誰かの力を借りて、乗り越えてきた。最後には必ず、塔太郎に笑顔を見せてくれた。

そのまっすぐな強さを、塔太郎は尊敬している。

大の分身である「まさる」も、最初こそ乱暴者だったものの、持ち前のまっすぐな心で塔太郎達と関《かか》わり、今では立派なあやかし課隊員となった。

いよいよ、敵がやってくる。塔太郎は一瞬だけ、船越の事を考えた。

いつか渡会《わたらい》に言われた通り、自分と船越が似通っているのは、事実かもしれない。塔太郎も船越も、ひどいいじめに遭った過去を持ち、己《おのれ》の拳《こぶし》で戦う者。決定的な違いは、一方が警察官で、もう一方が犯罪者という点だけだった。

塔太郎は、今は亡き古武術の恩師・白岡正雄《しらおかまさお》先生の言葉を思い出す。

「武術っちゅうんは、自分や誰かを守るために、仕方なく使うもんなんや。絶対に、自分からいたずらに使《つこ》たらあかんし、ましてや、弱い者いじめで使うのは馬鹿たれじゃ」

そして、大が自分にくれた言葉。

「祇園祭や町の皆が、元気になった塔太郎さんに守ってもらえる時を、待ってますから！」

心の中で唱《とな》える度《たび》に、自らの存在意義がはっきりする。似通うところがあったとしても、絶対に船越と自分とは違うという事、似通っているからこそ、自分が船越を退治するべきなのだとも、感じていた。

（俺という人間は、今日、この日のために存在するんかもな。――雷の力を持つ事が出来て、ほんまによかった）

今、塔太郎は、自分を縛《しば》り付けてきた雷の力さえ、受け入れていた。

抱《かか》えきれない想いを胸に、鳥居に一礼する。一歩踏み出した塔太郎は、静かに、本殿《ほんでん》の中へと入っていった。

第二話　山鉾《やまほこ》巡行と天上決戦　〜激突編〜

祇園祭《ぎおんまつり》の前祭《さきまつり》・山鉾巡行は、毎年テレビ中継がある。今年も、午前八時三十分から生放送されていた。

カメラは、四条烏丸《しじようからすま》に立つ豪華絢爛《ごうかけんらん》な長刀鉾《なぎなたほこ》や、そこに搭乗している沢山の囃子方《はやしかた》、強力《ごうりき》と呼ばれる男性に担《かつ》がれ、鉾に乗り込むお稚児《ちご》さん等を映している。

お稚児さんを担いだ強力が歩を進める度《たび》に、お稚児さんの天冠《てんかん》の飾りが涼しげに揺れ、しゃらしゃらという音さえ聞こえそうだった。

中継所の司会者が、祇園祭の関係者や解説者、京都に縁《えん》のある女優をゲストに招き、穏《おだ》やかな口調《くちょう》で実況している。

「今、お稚児さんがこちらを向かれました。大きな拍手が送られています」

と伝えた後、

「今年の長刀鉾の稚児を務めるのは、小学四年生の山村涼成《やまむらりようせい》くんで……」

という、簡単な解説も行っていた。

長刀鉾より西では、山一番の山をはじめ、残り二十二基の山鉾も、大半が四条通りに集結して出発を待っている。既に、観客が溢《あふ》れんばかりに集まっており、京都府警の交通規制や雑踏警備に従いつつ、山鉾を見守っていた。

巡行の出発する午前九時まで、あと十分。大《まさる》は、京の町から遠く離れた南東の大空に浮かぶ屋形船《やかたぶね》「おいけ」の畳《たたみ》に腰を下ろし、備え付けのテレビで巡行の状況を見つめている。

山鉾巡行が始まるまで、天上班は、空の上で交代で待機する事になっていた。

最初の待機者となった大は、琴子《ことこ》達に南東の見張りを託《たく》して輸送船に乗り、小型船「にじょう」から「おいけ」に移っていたのである。

テレビの前で正座して、ずっと中継を見つめる大。刀も腰に差したままである。

体力を温存するために移ったのに、いつ、船越が来るかと気が気でなかった。

（南東以外を見張る物見船《ものみぶね》からも、松永《まつなが》副隊長からも、琴子さん達からも、連絡はない。もちろん地上班からも……。やっぱり船越は南東から、注連縄《しめなわ》切《き》りの直後に来るんやろか……）

緊張の時が過ぎていく。

大と同じく、自分の持ち場からここへ移り、隣で中継を見ていた総代《そうしろ》が、

「このまま船越が諦《あきら》めて、待ちぼうけで終わっちゃえばいいのにね」

と、小さなため息をついた。

大も、

「ほんまやね。それが一番ええのに……」

と呟《つぶや》きながら、膝《ひざ》の上の両手をそっと丸めていた。

「古賀《こが》さん。せめて、正座は崩さない？　足が痺《しび》れたら動けなくなって、逆によく

ないよ」

大の緊張した様子を見た総代が、やんわり促《うなが》してくれる。大はそこでようやく気づき、握りかけていた両手を解《ほど》く。ゆっくり、足を崩した。

「ありがとうね、総代くん。つい、畏《かしこ》まってもうた」

「どういたしまして。大事な戦いを前に、お祭を大切にしたいって気持ちが、正座の姿勢から伝わってきたよ。僕もね、『動く美術館』は、京都だけじゃなく日本美術の宝だと思ってる。だから、このお祭は、何としても守りたいよね」

動く美術館とは、山鉾の別称である。各山鉾が、日本の美意識や技術の粋《すい》を極めた懸装品《けそうひん》を多く持ち、巡行等で見られる事が由来だった。

総代もまた、絵に関《かか》わる者の一人として祇園祭を好きになり、彼ならではの〝守りたいという強い意思〟を抱《いだ》いている。

「実際に生で見て、写生したかったな」

テレビ中継を見つめる眼差《まなざ》しは、大にも伝わる熱さだった。

今から約二十分前。大、琴子、玉木《たまき》、深津《ふかづ》、総代、そして塔太郎を含む迎撃部隊・天上班は、厳《おごそ》かに京都府警察航空隊の基地を発《た》った。

出発の際、各船は、眠る大鯨《おおくじら》が起きるかの如《ごと》く、ごとんと左右に揺れた。その後、ふわりと船体を上向け、空に向かって滑《なめ》らかに動き出したのである。

「にじょう」他、数隻《せき》を先頭とした天上班は、まずは京都市の方向を目指す。ある程度の位置まで来ると、進行方向を変えた。螺旋《らせん》階段を大きく昇るかのように、全船は紫の旗を翻《ひるがえ》し、南東へ進んでいった。

舵《かじ》はそれぞれの船長が取っており、松永の力によって、霊玉《れいぎょく》を飲んだ各船長と、その船に取り付けられた霊玉とが、手足のように繋《つな》がっているらしい。舵も船長の意のままに動き、どの船も、面舵《おもかじ》一杯を難なく行っていた。

大が千里眼《せんりがん》でそれぞれの様子を見ると、どの隊員も恐れる事なく、また、霊玉の効果なのか船酔いする者もなく、静かに空を見据《みす》えていた。大将船では、本殿《ほんでん》の奥に松永が座しており、瞳《ひとみ》を閉じて一心に呪文《じゅもん》を唱《とな》えている。傍《かたわ》らには、他の隊員達や塔太郎《とうたろう》もいて、いつでも動けるように待機していた。

今回の作戦では、大将船を動かすのはもとより、敵軍が飛び道具を使った際に結界《けっかい》を張るのも、戦いの最中に船から落ちた者、あるいは、捕縛《ほばく》した敵兵を輸送船に移すのも、全《すべ》て松永一人が行う事になっている。松永が、退治状をまとって牛利《ごり》の分身となり、神仏と同等の霊力《れいりょく》を使えるようにしたのはそのためだった。

当然、霊力の通話も、随時行き渡るようになっている。個々の船の指揮は各船長が執《と》り、迎撃作戦全体における重要な指令は、松永が出すと決められていた。

京都の南東へ向かった天上班はさらに高度を上げて、綿のような雲が目の前に見えるところまで辿《たど》り着く。そこで初めて、天上班は全船停止した。南東や南南東をじっと見張って、船越の出現を待つのだ。

視界は、どこまでも青い空に、夏らしい白い雲が重なっている。下を見れば、もはや模型と見紛《みまご》うほどの、小さな京都の町並みがあった。

縁取《ふちど》りのように隆起する、青々とした東山三十六峰《ひがしやまさんじゅうろっぽう》。その西には、Y字状の鴨川《かもがわ》が細く延びている。そのさらに西の、緑の長方形は、京都御苑《きょうとぎょえん》だった。

京都だけでなく、滋賀県までもが見渡せる。鏡のような琵琶湖《びわこ》が、日の光をめいっぱい反射させて広がっていた。

陽光だけでなく、霊力の光も感じられる。近江《おうみ》の母なる琵琶湖が持つ、崇高《すうこう》な霊力の光だった。悪《あ》しきものがあの上を飛ぼうとすれば、たちまち焼けてしまうだろう。

これらの景色を見た瞬間だけは、大や他の隊員達も、感嘆《かんたん》の声を上げた。

陰陽師《おんみょうじ》隊員の占いで、船越は南東から来ると予想されている。これには様々な根拠があり、その重要な要素の一つが、まさしく琵琶湖だったのである。

先ほどまで「おいけ」にいた鶴田《つるた》が、その事について、大や総代に説明してくれた。

「空飛ぶ船という点から、船越が、京都市外から来るとみてほぼ間違いない。そうなると、真っ先に除外出来るのは北東やね。古賀さんやったら分かるやろ？」

「はい。比叡山《ひえいざん》があるから、ですよね」

「そう。北東が、魔の入る方角・鬼門《きもん》っていうのは、それこそ古くから言われてる。やからこそ、昔から強固な対策が立てられた訳や。北東には、何といっても比叡山がある。日吉大社《ひよしたいしゃ》に延暦寺《えんりやくじ》、そこに鎮座《ちんざ》する神仏や眷属《けんぞく》達がいはって、常に京都を守ったはる。他にも、多数の存在が守護したはる」

決戦前、猿ヶ辻《さるがつじ》が「北東は僕らに任してや」と大に言ったのは、まさにこの事だったのである。

総代もうんうんと納得し、

「要するに、霊力の光をずーっと放っている琵琶湖の上を通って、さらに、日本最大級の守護神達を相手にするっていうのは、どう考えても無謀《むぼう》ですよね。京都市に辿り着く前に大損害、あるいは、全滅かなって思います」

と言うと、鶴田が「総代くん、ご名答や」と自分の腿《もも》をぽんと叩《たた》き、口角《こうかく》を上げた。

「裏鬼門である南西にも、石清水八幡宮《いわしみずはちまんぐう》が鎮座したはるさかい、似たような事が言える。さらに陰陽道では、北西も禍《わざわい》が入る方角なんやけど、そやからこそ、大将軍八神社《だいしょうぐんはちじんじゃ》が鎮座したはんねん。

そもそも京都は、南を除いた三方が山で囲まれてる。山は、天候が変わりやすいだけやなしに、霊力の乱れも起きやすい場所。結論としては、天上地上を問わず、最低限の損害で京都に入ろうと思えば、基本的には大回りで南から入るか、滋賀から入るにしても琵琶湖は避けて、瀬田川《せたがわ》を通って入る他ないねんなぁ。後者は、山越えせなあかんから、空飛ぶ船では向かへんやろうけど……」

南のつく方角の中で、山地の西南西や裏鬼門の南西を除くと、消去法で、残りは南南西、南、南南東、南東、東南東の五つになってくる。

ここで陰陽師隊員達の占いが行われ、祇園祭に関係する場所、物、人といった全ての吉凶と五方向の吉凶を占った結果、「南南東」あるいは「南東」と絞《しぼ》られたのだった。

鶴田は大達に話しながら、この前人未踏《ぜんじんみとう》の占いを思い出し、

「やり終わった時、僕も上司達も全員、疲れ果てて死んでたわ」

と、苦笑《にがわら》いだった。

その鶴田は今、交代の時間が来たので、輸送船で自分の持ち場に戻っている。

「おいけ」に乗っている他の隊員達も、一部の者は障子《しょうじ》を開けて外を確認しており、あとは、大や総代と共に、テレビ中継で祇園祭の状況を把握していた。

長刀鉾は午前九時に四条烏丸を出発すると、麩屋町《ふやちょう》通りとの交差点・四条麩屋

町まで進み、注連縄切りを行う。

その瞬間こそが、問題の「九時十分頃」。しかし、船越とその軍は、未《いま》だに姿を見せていない。

大は、鴻恩《こうおん》や魏然《ぎぜん》から聞いた話を元に、頭の中で、自分なりの想定を繰り返していた。

（九時十分前になっても、船越は現れへん。でも、魏然さんが、久御山町《くみやまちょう》から琵琶湖までは、ヘリで五分もかからへんって言うたはった。そやし、南東から一気に京都へ攻め入るのは、十分もあれば出来る……。船越は一気に私らを潰《つぶ》す気なんかもしれへん。大砲か何かを打ってくる？　それとも、船の大軍で突っ込んでくる？　その時は、私の乗ってる「にじょう」が、猛スピードで敵に突っ込む作戦になってる。そやから……）

待機の時に、いたずらに精神を消耗《しょうもう》させるべきではない。大も、それは頭では分かっていた。色々考えてしまうのは、大の悪い癖《くせ》である。

こういう時、大の頼りになるのは、隣にいる同期だった。

「総代くん、緊張する？」

顔を上げ、尋ねた大の真意に、総代は確かに気づいていた。

「そりゃそうだよ！　相手は、今までにないくらい強い奴《やつ》だからね」

総代は顔をふっと緩《ゆる》めて、小さく首を横に振る。ふざけているのではなく、大の緊張をほぐすための、あえての軽さ。

しかし、すぐに改まって、優しくも真剣な表情を見せた。

「でも、僕達は、清水寺《きよみずでら》の事件の時も、文博《ぶんぱく》の事件の時も、皆で力を合わせて勝ってきた。だから今回も、きっと大丈夫だよ」

その言葉は、いつだって大の背中を押してくれる。入院する前の栗山《くりやま》も、似たような事を言って、船越に啖呵《たんか》を切っていた。

自分だけで抱《かか》え込まず、総代に頼って正解だった。緊張を鎮《しず》め、再び力を得た大は、心から総代に感謝した。

「総代くん、ありがとう。さすがやね。私、何も言うてへんかったのに」

「同期ならではの、以心伝心《いしんでんしん》っていうのかな？　緊張をほぐしたいっていう古賀さんの気持ち、ちゃんと伝わってたよ」

「よかった。その代わりって訳じゃないけど、先鋒《せんぽう》は私に任してな」

「もちろん。僕も『かわらまち』から、思い切り援護するからね」

お互いを励ますように微笑《ほほえ》み合う。自然な流れで、がっちり握手した。大の手のマメと、総代のペンダコが触れ合っている。背中を預けるに足る、互いの研鑽《けんさん》が伝わってきた。

その時だった。

「――『にじょう』から全船へ。南東に船越の軍と思われる船舶数十隻の飛来を確認。幻影《げんえい》の類《たぐい》ではなく、現物であると思われる」

「にじょう」の船長・小松から、霊力による通信が入った。

直後、

「船越が来よったぞーっ！」

と、遠くの船の隊員が顔を出して、「おいけ」に向かって叫んでいた。

大や総代、塔太郎を含む全隊員が、一斉に動き出す。大将船以外の隊員達は、船の縁《へり》まで走って半身を投げ出すように外を見て、目を見開く。

大も、現れた敵の全容に、息を呑《の》んだ。

小松の連絡通り、南東方向に、空飛ぶ船の軍団がいる。全て、黒い流れ旗をなびかせた漆黒《しっこく》の船だった。

瑞々《みずみず》しい空や雲を背景に、異質さを放って近づいてくる。大型の和船が七隻。それを中心として、小舟や中型船が、沢山付き従っていた。

喜助《きすけ》の供述では、もともと、船越の軍団は、船を五隻ほどしか持っていなかったという。

しかし今、大達の目に映る数を考えると、小舟や中型船はもちろん、大型船をも二隻増やして、ここに来たらしい。何隻かは漆黒の幟《のぼり》まで立てており、それが一層、不吉さを煽《あお》っていた。

距離が遠いので、向こうの軍団の詳細はまだ分からない。しかし、どの船にも、雑兵《ぞうひょう》が多く乗っている事だけは、容易に想像出来た。

総代が目元に力を入れ、呼吸を忘れたように凝視《ぎょうし》している。

「あの真ん中の、城の載ってる船が……」

と言うのに、

「船越の、乗ってる船やね」

と、大も答えた。梅小路《うめこうじ》公園で船越に敗《やぶ》れた時の事を思い出す。船越に殴《なぐ》られたこめかみの傷跡《きずあと》が、わずかに痛んだ。

敵の七隻の大型船は、よく見ると違いがある。うち一つは、深津の乗っている関《せき》船《ぶね》「さんじょう」に酷似《こくじ》していた。木箱のような装甲《そうこう》は、遠目からでも頑丈《がんじょう》なのが伝わってくる。

小舟や中型船に守られている四隻は、帆《ほ》や矢倉《やぐら》がなく板の甲板《かんぱん》のみで、空母のように平たく開放的である。雑兵達は甲板の下、船の内部にいるらしい。おそらく甲板に、奪った山鉾を載せるつもりなのだろう。

六つ目は、装甲や建物がない代わりに、大小様々な柱が乱立している。互いを繋ぐように、斜めの板が何枚も取り付けられていた。甲板には段差があり、幕も斜めに張られていたり、ロープらしきものも垂れ下がっている。船全体が、まるで巨大な遊具のようだった。

そして、最後の中央の一隻は、軍勢の中で最も大きく、身震《みぶる》いするほど豪華だった。

漆黒の巨体が鬼灯色《ほおずきいろ》で縁取《ふちど》られ、三層の見事な天守《てんしゅ》を載せている。甲板も広い。まさしく、総大将に相応《ふさわ》しい船。船越の乗っているものとみて、間違いなかった。

天上班はもちろん、敵の軍勢も不気味に沈黙を守っている。敵は徐々に近づき、各船の輪郭《りんかく》もはっきりして、大達を威圧していた。

大は、喜助の供述を思い出す。

「此度《こたび》の戦《いくさ》は、武則大神《ぶそくおおかみ》様のご神勅《しんちょく》を頂き、我が軍の威信《いしん》をかけたものと、船越様はおっしゃっていました。な、なので、十七日の出陣は、船越様配下の隊三つ、全てがお出になると……」

大の心臓が、ぶるりと震えた。今回の船越は、持てるものを総動員している。あれほどの軍勢と、今から戦うのである。

その黒い軍団の力は未知数で、大に警戒心を起こさせる。それは恐怖ではなかったが、落ち着け、落ち着けと念じていなければ、鳥肌が立ってしまいそうだった。

退治状が出ているので、こちらから打って出る事は可能である。

耳に、松永の声がして、

「総員、ただちに持ち場に戻れ」

という指示と同時に、各輸送船が全速力で動き、「おいけ」や他の船に横づけていた。

輸送船の隊員が「おいけ」に呼びかける間も、船越の軍は近づいている。

「こちらへ移ったら速《すみ》やかに、自分の持ち場の船を伝える事！　急いで！」

待機していた隊員達が次々に、呼びかけに応じて輸送船に飛び乗っていく。大と総代も襷《たすき》がけして、いつでも乗れるよう準備した。

船越が乗る天守の欄干《らんかん》が見えるほど、彼我《ひが》の距離が近づいた時だった。

「――ごきげんよう、人外特別警戒隊《じんがいとくべつけいかいたい》の諸君。朝からご苦労な事だ。坂本《さかもと》塔太郎と話がしたい。奴を出す余裕はあるかね？」

突如《とつじょ》、周辺の空いっぱいに、霊力の声が響いた。

敵の総大将・船越が、唐突《とうとつ》に、一気に要件を伝えてきた。

予想外の事に、天上班全体に動揺が走る。大も目を見開いたまま、動けないでいた。

松永が全隊員に、一旦、待機を命じる。風に煽られた船の軋《きし》む音だけが聞こえる中、どの隊員も総毛立《そうけだ》つ。視線は全て、指揮を執る大将船に向けられていた。

大将船の内部でも、松永を除いた全員が、塔太郎を見ている。塔太郎本人は険《けわ》しい表情で松永に向かって、

「俺《おれ》は構いません。ご検討をお願いします」

と、自分の意志を伝えたうえで、指示を仰《あお》いだ。

松永は塔太郎以上に泰然《たいぜん》としており、塔太郎に小さく頷《うなず》く。

「話していい。俺が繋ぐ」

塔太郎が了解と返事すると、松永は再び目を閉じ、呪文を唱え始めた。

それと同時に、大達全隊員へ、松永からの指示が入った。

（大将船から全船へ。ただいまより、嘱託《しょくたく》隊員・坂本塔太郎による、船越との通話を開始する。船越および集団への刺激を避けるため、通信の終了まで、各隊員はその場で待機せよ）

その声に従い、大と総代は他の隊員達と共に、「おいけ」の窓から様子を窺《うかが》い、じっと息を潜《ひそ》める。

やがて、松永の力によるものか、南西の空に、薄《うつす》らと映像が現れた。映っているのは、本殿にいる塔太郎。その背後に、松永が座していた。

（塔太郎さん……！）

大は窓から顔を上げ、映像の中の塔太郎を見つめた。塔太郎は、真顔で確かな決意をたたえながら、

「こっちの準備は整った。そっちも、映像を出せるか」

と、静かに船越へ呼びかけている。相手からも、すぐに反応が返ってきた。

空に映る塔太郎の横に、船越の姿も浮かび上がる。格天井《ごうてんじょう》に黒い板張りの床といった、天守の内部。その中央に置かれた豪華な椅子《いす》に、船越が堂々と座っていた。

船越の服装は、以前の鬼灯色の詰襟《つめえり》から一転、漆黒の詰襟に変わっている。左胸には大きな金の勲章があり、よく見れば、精巧な虎《とら》のレリーフだった。どっしりと、両手を肘掛《ひじか》けに置いているその出《い》で立ちだけで、船越の本気がよく分かる。天上班の前に堂々と姿を現し、通信してきたのも、自信の表れだろう。

その風貌《ふうぼう》から、今、大達と対峙《たいじ》しているのは、大掛かりな分身ではなく、間違いなく船越本人だと分かる。船越の傍らの床で、山伏《やまぶし》姿の緑色の鬼が、じっと座って刀印《とういん》を結んでいた。

どうやら、この鬼の法力《ほうりき》で、天上班と通信しているらしい。反対側の、船越の斜め前には、老君と呼ぶに相応しい男が立っていた。

立烏帽子《たちえぼし》に無地の狩衣《かりぎぬ》、その上に、鎧《よろい》の腹巻《はらまき》を付けている。腰元には何もなく、

右手に錫杖《しゃくじょう》を持っていた。余裕のある表情や立ち位置から考えて、船越の重臣らしい。

空に映像が揃《そろ》い、両者の準備が終わる。天上班はもちろん敵陣営も静まる中、最初に口を開いたのは船越だった。

「坂本塔太郎。およそ二週間ぶりだな。元気だったかい？」

塔太郎は答えない。船越の傍らにいる鬼が、印を結びつつ、

「通信を受けておいて無視とは」

と不快感を露《あらわ》にしたが、船越はもちろん、重臣も動じなかった。

船越が、ふんと鼻で笑った。

「ま、黙っているのもいいだろう。君が、僕の事を死ぬほど嫌いなのは十分知っている。僕がなぜ、君と話がしたいかというと、一言くらいは文句を言わなきゃ気が済まないのと、命乞《いのちご》いの時間は与えてやろうと思ったからだ。

気が合う事に、僕も、死ぬほど君の事が嫌いでね。武則大神様を煩《わずら》わせるうえに、僕に屈辱《くつじょく》を与えた。完膚《かんぷ》なきまでに叩きのめして、君にも屈辱を与えたい。だから、君らを蹴散《けち》らして京都へ乗り込み、堂々と山鉾を奪って帰るんだ。巷《ちまた》の人間は、さぞかし怖がるだろうな。そうして、武則大神様を真の神だと理解し、崇《あが》める事になるだろう。坂本塔太郎、今ならまだ間に合う。屈辱を味わう前に、白旗

をあげたらどうだ？　苦しませず討ってやるぞ」

船越の物言いに、天上班はしんと静まり返る。気がつけば大は、屋形船の窓枠が割れんばかりに握り締めていた。

（今すぐ、船越に、一太刀《ひとたち》浴びせたい。ほんまやったら今日は、皆で楽しむ巡行の日やのに。皆、笑顔になるはずやったのに……！　それやのに、私らは何で、こんなところで、こんな思いをせなあかんの。悲しいぐらいやわ……！）

隣の総代も、瞳《ひとみ》に怒りの炎を燃やして、画面の船越を見つめている。

「古賀さん、落ち着こう。多分、坂本さんが、一番怒っているはずだから」

「うん」

画面の中で微動だにしない塔太郎を見つめ、二人で呼吸を整えた。

こんな船越に対して、塔太郎は、一体どんな言葉を返すのだろうか。肝心《かんじん》の塔太郎は、船越を許さないという気持ちは確かでも、同時にじっと、何かを考えているようである。

全員が見守る中、塔太郎が口を開く。

ゆっくり紡《つむ》がれたその言葉は、とても静かなものだった。

「なぁ、船越。――この戦いをやめて、一緒に巡行を観《み》いひんか」

この一言に、大をはじめ天上班はもちろん、敵もかなり驚いたらしい。案《あん》の定《じょう》、鬼はいきり立ち、この時ばかりは、さすがの重臣も眉根《まゆね》を寄せていた。

重臣が船越に目線を送り、

「通信を切りますか」

と訊《き》くのに、

「いや、いい。続けろ」

と、船越はゆったり片手を上げ、重臣や鬼を制している。数秒後、船越は上げた手をゆっくり肘掛けに戻し、背もたれに身を委《ゆだ》ねた。

「ふうん……」

と、塔太郎の言葉を咀嚼《そしゃく》するかのような、長い深呼吸をする。

やがて、

「何を言い出すかと思ったら……。この僕を馬鹿にしているのか！」

と怒鳴《どな》り、右足で激しく床を踏み抜いた。

あまりの威力に、天守が相当揺れたらしい。音と衝撃を受けて、鬼が子猫のように背中を丸めた。船越が忌々《いまいま》しそうに足を引き抜き、乱暴に木屑《きくず》を払う。鬼は、辛《かろ》うじて刀印を結んではいるが、すっかり萎縮《いしゅく》して怯《おび》えていた。それを見た重臣が、呆《あき》れたように嗤《わら》っている。

当の船越は、鬼にはもちろん、重臣にさえ一瞥《いちべつ》もくれる事なく、一気に塔太郎へ捲《まく》し立てた。

「投降しろというつもりで言ってるのか？　君達は、僕を退治するつもりでここに来たんだろう？　初めから討つ気満々なくせに、何が一緒に、だ！　武則大神様は、僕に嘘《うそ》なんかつかない。騙《だま》し討ちなんかしない。息子のてめえは大違いだな。だいたい、巡行を見たからと言ってどうなるんだ。武則大神様以外のものを、僕が拝《おが》むとでも思ったのか」

その形相《ぎょうそう》は、鬼気《きき》迫るものがある。それでも塔太郎は動じない。初めから、船越が拒絶するのを見通していたかのように、話を続ける。

「嘘は言うてない。馬鹿にもしてない。初めから退治する気なんは、ほんまや。俺は、お前と相対した瞬間に、お前を倒そうと思ってる」

「ほら見ろ。退治されれば、巡行は見られない。矛盾《むじゅん》している」

「してない。祇園祭は、何十年後もやってる。その時に、一緒に観よう言うてんねん」

「何……？」

「このまま戦いになれば、俺は必ず、お前を退治する。けど、ここで考え直して投降してくれれば、お前を含めて全員、退治するには至らへん。お寺さんに行くだけで済む……。出所はいつになるかは分からへんけど、心がけ次第では早く出られる。その後で巡行を、祇園祭を、直接その目で見てほしいねん。絶対に、あほな事せんでよかったなと、思うはずやから」

大と総代は、思わず顔を見合わせていた。他の隊員達も、塔太郎の祇園祭への浅からぬ想いを感じ取ったらしい。塔太郎の説得に敬意を表してか、あるいは、自分達もあやかし課隊員として同じ気持ちだと示すためか、中型船に乗っている朝光《あさみつ》ケン・ジョーの双子《ふたご》が、自分の制帽をそっと脱いでいた。

しかし、画面の船越はまだ、ふんと鼻で笑っている。

「口車《くちぐるま》だな。君の言う事なんか、あてにならない」

「祇園祭は、千年続いてきたんやで」

「……」

「山鉾を奪うつもりやったら、お前も、祇園祭の事は多少調べてるはずや。その中に、あったやろ？　戦や天災、政治の流れで仕方なく中止になったり、伝統を変えざるを得なかった歴史が。そういう困難を全部乗り越えて、京都の人達と祇園祭は生き抜いてる。こんな空から見下ろすんじゃなしに、地に足をつけて山鉾を見上げたら、きっと分かると思うねん。人の生きる力が、こんなにも眩《まぶ》しいんやって。そしてそれは、一瞬の輝きじゃないって事が。山あり谷ありの人生を一人一人が生きながら、皆でお祭をやってきたからこそ、今の祇園祭がある。そんな千年に比べたら、お前が出所するまでの時間なんて、すぐや」

「要するに……。反省して逮捕されて、心を入れ替えてやり直せと言ってるんだな？」

「そうや。出所してすぐは、誰かに色々言われるかもしれへん。でも大丈夫や。京都の町は、やり直そうとする人や、こけても立ち上がる人を必ず応援してくれる。それに……俺もいる。お前がほんまに心を入れ替えてくれるんやったら、俺がお前の面倒を見て、皆に説明するから」

塔太郎の声が、空に響く。嘘ではない包容力が、大にも伝わってくる。

「やから、奪うんじゃなくて、一緒に観ような。祇園祭を」

そう、塔太郎が船越に、一生懸命に呼び掛けた時、大はとうとう心が締め付けられ、俯《うつむ》いてしまった。

かつて、「俺が面倒を見る」と言われて救われたのが、他ならぬ自分と「まさる」。その時の塔太郎の明るさや、頭を撫でてくれたり、肩を叩いてくれた手の感触が、思い出となって大の心に溢れてくる。

（私はあなたの、そういうところが好きなんです……）

塔太郎は、どうしてこんなにも優しいのだろうか。どうしてこんなにも、相手を受け入れる事が出来るのだろうか。

それはきっと、彼を育てた周りの人達が優しいからで、その人達が住んでいる町、すなわち「京都」が、優しいからではないだろうか。

そんな事を思っていると、

「古賀さん。変な事を言っていいかな」

総代が映像から目を離し、京の町を見つめていた。

「今……、何でだろう。坂本さんが船越に呼び掛けてるんじゃなくて、『京都』そのものが、船越に呼び掛けてる気がするんだ」

総代もまた、塔太郎の人柄と、それを育《はぐく》んだものを感じ取ったらしい。大は迷わず首を横に振り、

「変な事ちゃうで。私も、似たような事を考えてた」

と、小さく微笑む。それを見た総代は、自らの過去を語りつつ、京都の町に賛辞《さんじ》を贈る。

「僕が初めて『京都』という場所を知ったのは、いつだったかな。小学生になる前だったと思う。テレビで五重塔《ごじゅうのとう》が映ってて、面白い建物だなって思った。あやかし課隊員になる前の僕は、そんな風に京都の事を、遠い世界のように思ってたんだ。ずっと東京に住んでたからね……。でも、京都に引っ越してきて、実際に住んでみて、やっぱり思うよ。ここは凄《すご》い町なんだって。はんなりしてても、本当は力

強い町なんだって。——だから船越も、京都を歩いてみたらいいのにね」

「うん」

「坂本さんの言葉、届くといいね」

「うん……！」

二人で目線を戻し、船越を見る。画面の向こうの船越は、憮然《ぶぜん》とした表情で、しばらく何も言わなかった。

しかし、塔太郎の話を、決して適当に聞いていた訳ではないらしい。

「なるほどな」

という声は理知的で、確かに塔太郎に向けられていた。

「君の言う通り、僕も、祇園祭の歴史はだいたい把握している。人が作り上げた豪華絢爛な山鉾や神輿《みこし》、長く続いている伝統、日本三大祭の一つと呼ばれ、世界的にも有名な祭……。どれも、一朝一夕《いっちょういっせき》で出来上がったものじゃあない。努力の結果だと、さすがの僕にも分かるさ。それについては、心からの称賛を贈ろう。京都と、その町の人々や神仏は、全く素晴らしいものだよ」

今まで、全てを鼻で笑っていた船越に、ようやく塔太郎の心が届いたかに思われた。

大や総代はもちろん、天上班の隊員全てが、微《かす》かな希望を持った。「おいけ」のテレビからは、未だにテレビ中継が流れている。祇園囃子と解説者の話す声だけが、わずかに聞こえていた。

テレビから音が聞こえているのに、時が止まったかのように、静かである。このまま事態が好転してほしいと、誰もが願っていた。

だが、

「――だからこそ、僕が奪い、武則大神様が持つに相応しいんだ」

言い切った船越の眼光は、揺るがぬ強さを持っていた。

天上班全体を睨《にら》むその瞳こそが、塔太郎に、そして、天上班や京の町に出した、船越の最終決定だった。塔太郎や大、天上班が確かな決意でここにいるように、船越もまた、邪悪でも、確かな決意を持っていた。

重臣が、錫杖を持ち直して船越に向き、

「失礼します。自分の船に戻ります」

と、わずかに頭を下げて歩き出す。自分の持ち場に移ったのか、画面から外れた。

大と総代は、お互い何も言えずに目線を落とす。他の隊員達も落胆《らくたん》しているのが、周りの雰囲気から伝わってきた。

しかし、天上班の誰も、塔太郎を責めない。画面の塔太郎は静かに目を伏せ、小さく呟いた。

「それが、お前の答えなんやな」

「そうだ」

船越が、強く返した。

「武則大神様は、京都の痛みを背負っておられる。京都の崇高なものがそんな尊いお方のお傍《そば》に侍《はべ》るというのは、とても自然な事だと思わないかい？　心を入れ替えろと君は言ったが、僕は、武則大神様に激励されて、今の僕に生まれ変われたんだ。武則大神様がお望みだから、僕は山鉾をお傍に持っていく。武則大神様がお望みだから、君を討つ。僕は、それこそを誇りに思っている。二度も生まれ変わる必要はない」

「……そうか」

「嫌なら、頑張って守りたまえ。君の拳《こぶし》が勝つか、僕の拳が勝つか。楽しみだな」

それを最後に、船越の映像が消える。塔太郎の努力もむなしく、交渉は決裂した。

空には、ぽつんと映像が一つ、塔太郎だけが映っている。塔太郎の心情を表すかのように、映像がだんだん薄れてゆく。

「……そのまっすぐな心を優しい事に使ってくれたら、俺は、どんなに嬉《うれ》しかったやろな」

微かな言葉を最後に、塔太郎の映像も消えた。大はそれを、無言で見守る。千里眼で様子を見る気にはなれなかった。船越にとっては、きっと、神崎武則《かんざきたけのり》と暴力だけが正義なのだろう。大は心の中で、塔太郎の背中に寄り添い、慰《なぐさ》めた。

古賀さん、と、総代に声をかけられ、後ろを指される。大が振り向くと、今回の作戦で初めて出会った、機動隊の装備を着けた男性隊員が立っていた。

「君は確か、坂本くんの後輩やったね。この事件が終わったら、彼に言うたげて。最後まで犯人への説得を続けて、警察のあるべき姿でいてくれて、ありがとうな、って」

それだけで、塔太郎の努力が皆に伝わり、無駄ではなかったと分かる。大は、胸が詰まりそうになるのを抑えながら、

「はい。必ず伝えます」

と、男性隊員に頷いた。総代がそっと、大の背中をさすってくれた。

「ありがとう、総代くん。——もう、大丈夫」

「だよね。今の君の目は、僕の知ってる凜《りん》とした目だ。——行こう」

もはや開戦まで、一刻の猶予《ゆうよ》もない。敵の軍勢も、最後の準備をしているだろう。大や総代はもちろん、全ての隊員が気持ちを切り替える。ただちに輸送船に乗り、風のように自分達の船へ戻った。

輸送船は、先に「にじょう」へ着き、大が飛び移る。琴子達に迎えられつつ遠く

を見ると、総代もまた、「かわらまち」に到着していた。

何隻もの輸送船が隊員達を運び終わった時、テレビ中継の司会者が、山鉾巡行の出発である午前九時を告げる。中継のカメラに映る長刀鉾では、祇園囃子が始まっていた。

晴れた空の下、扇子《せんす》を持った音頭取《おんどと》りが合図を送る。「エーンヤラヤー」の掛け声で、曳《ひ》き手達が一斉に綱を曳いた。心地よい軋み音がして、ゆっくり、長刀鉾が動き出す。大きく左右に揺れて、車輪が回り始めた。

観覧者達からは、歓声が上がる。拍手もわずかに聞こえており、実況している司会者も、

「今、動きました！　迫力満点ですね」

と、この時ばかりは興奮していた。

数万人に見守られ、四条通りを、長刀鉾が悠々《ゆうゆう》と東へ進んでゆく。山一番の山や、他の山鉾も続いてゆく。柔らかな清めの光が映り込み、テレビ画面からも、強い霊力が伝わってきた。

京都府警の警察官達が、交通整理や雑踏警備を行っているのと同時に、地上班も秘《ひそ》かに、山鉾町に結界を張っているのがよく分かる。

山鉾巡行の中継は、千里眼を通して、全隊員が見られるようになっていた。

大は千里眼で、皆の様子をそっと見る。関船「さんじょう」に乗っている深津や他の隊員達も、別の船に乗る絹川《きぬかわ》や佐久間《さくま》をはじめ変化庵《へんげあん》の隊員達も、「にじょう」の琴子や玉木、みやび、小松《こまつ》も、どの隊員も皆、巡行が滞《とどこお》りなく始まった事に、ひとまず安堵《あんど》の表情を見せていた。

そして、祭が無事に終わる事を一番願っている塔太郎は、大の予想通り目を細めて、じっと松永の傍らに控えていた。

塔太郎は誰よりも、巡行が無事に始まった事に、胸を撫《な》で下ろしているに違いない。その姿は、テレビから聞こえる祇園囃子に想いを乗せて、祈っているようだった。

九時十分、地上の四条麩屋町では、長刀鉾の稚児が、神鏡《しんきょう》の如く磨かれた太刀を手にしている。

祇園囃子が奏《かな》でられる中、張られた細い注連縄を前に、介添《かいぞ》えされながら太刀をゆっくり左に振り、右に振り、再び左に振る。そして、ひと息に太刀を振り下ろした。

注連縄が切られた瞬間、ぱつんという軽《かろ》やかな音がする。観覧者達から、万雷の喝采《かっさい》が湧《わ》き起こる。二つに分かれた注連縄がするすると、厳かに地上へ落ちていった。

まさに、結界を解放し、山鉾が神域に入る「注連縄切り」の瞬間だった。

「今、注連縄が切られました！」

テレビの実況中継の声が聞こえたその時、天上では、船越の軍勢から、多量の大砲の発射される音がした。霊力による砲撃らしい。標的は大達である。敵の船からは、霊力がそのまま煙になったかのような、悪《あ》しき気配が立ち上っていた。

敵の砲撃が、こちらに弾着するまでの数秒の間に、ただちに松永の指揮が飛ぶ。

「総員、突入ーッ！」

空いっぱいに響くと同時に、大将船を除く天上班の全ての船が急発進した。紫の旗が一斉にはためき、風を切る。本殿の松永が目を見開き、

「急急如律令《きゅうきゅうにょりつりょう》！」

と、叫ぶように呪文を唱えた。走る全船に松永の結界が張られ、飛んできた砲弾が、結界に激突して大爆発した。

全船はおろか、空さえも揺るがしたそれが、戦いの幕開けだった。

砲弾で結界が割れ、夏の太陽を反射して光りながら飛び散る無数の欠片《かけら》。その光景を、大は一生忘れないと思った。

船越の軍勢の船影が、明らかに大きくなった。速度を上げ、強行突破する気らし

い。一隻でも多く京都の中心部へ侵入させようと、北西を目指してばらつき始める。

これに対し、大達先鋒の船団も、一隻も通さぬと対峙《たいじ》する。敵は、さらにそれを撃破せんと、後方の船から絶え間ない砲撃を繰り返していた。

天上班も、深津の乗っている「さんじょう」をはじめ、弓や大砲を撃てる隊員達を乗せた中型船・大型船が迎撃を始めて、大達を援護する。

いつもは指揮官の深津も、今回は一隊員。愛用の銃に、自分の霊力を全て流し、「さんじょう」の装甲の狭間《はざま》から照準を合わせて集中している。さらに斎王代《さいおうだい》の事件で大に見せた事のある大砲に変化させ、それを両手でしっかり握りしめ、霊力の巨砲を打っていた。

「砲撃は、俺らや松永さんの結界に任しとけ！　とにかく行け！　他は考えるな！」

「さんじょう」から深津が千里眼を介して早口に告げた。大達への激励だった。

敵の猛攻に対し、絹川や佐久間ら遠距離からの攻撃に長《た》けた隊員達は、自分の弓矢に持てる霊力を全て流し込む。敵を傷つけなくとも、当たれば即昏倒《こんとう》の威力を持つ先の丸い矢・神頭矢《じんどうや》を強力に射かけて、敵の砲撃を相殺《そうさい》していた。

敵も、大砲で霊力の砲弾を撃てる者はもちろん、弓兵も多数揃えているらしい。船の一つを注視すると、敵兵は、霊力持ちの人間もいれば、化《ば》け物もいて、各々が鎧をまとって武装している。矢に関しては、向こうも射殺す気まではないのか、神頭矢だったのは幸いだった。

夏の晴れた大空に、白い尾を引く流星群のような敵味方の砲撃や、黒い尾を引く矢の雨が飛び交う。そんな激戦の嵐をかい潜《くぐ》りながら、大波のような高所の突風を抜け、「にじょう」をはじめ先陣の船団が、山鉾を載せるための大型船に接近する。轟音《ごうおん》が常に空気を揺るがし、大達の鼓膜《こまく》を刺激した。敵から飛んできた矢の何本かが、結界を壊し、天上班の船を傷つけた。

大達に飛んでくるものの大半は、松永の結界や、深津達が防いでくれている。しかし、さすがに全てを防ぐのは困難らしい。運悪く当たれば、戦線離脱は避けられない。どんなに注意していても、それはもう神に祈るしかなかった。

遠くの敵も、自分達の大型船を守ろうとする。黒い流れ旗をなびかせた、無数の小舟や中型船が、大達の前に立ち塞《ふさ》がる。鎧姿の雑兵を乗せ、大型船の前にわらわらと集まる敵の船団によって、あっという間に大型船が見えなくなった。

敵の先頭の船と、大達の乗る「にじょう」との間が百メートルもないほどに近づいた時、本殿の松永が再び目を見開き、「急急如律令」と呪文を唱えた。

同時に、舵を取る船長の小松から指示が出た。

「繋がった瞬間に走って相手の船に飛び移れ！　後は作戦通り、臨機応変とする！」

早口の指示に合わせるかのように、大将船から瞬《また》く間に、透明の板が八方に伸びた。

大人二、三人が並んで走れる程度の幅で、放射状に広がってゆく。板は、天上班の船を繋ぎ合わせるに留《とど》まらず、敵の前線の船までも、手当たり次第に繋いでいった。

これも、松永の結界の応用形らしい。大将船から伸びる、無数の板状の結界が、上下左右、行き来自由の、巨大な空中回廊《かいろう》を作っていた。

慌てた敵の兵士達は、伸びてきた結界の板を破壊したり、舵を切って引き剝《は》がそうとする。しかし、結界の板は、千切れてもさらに伸びて敵の船を捕《と》らえてしまう。動こうとする味方の船や隊員に対しては、変幻自在《へんげんじざい》に消えたり伸びたりした。

敵がまごつく間に、こちらの先陣の隊員達は、自分の船から飛び出して結界の板を走り、敵の小舟や中型船へ向かってゆく。

大は、「にじょう」から結界の板に飛び出した瞬間、頭の簪《かんざし》を抜いた。

（状況判断は私に任して。思い切り戦って！）

入れ替わりながら大が念じると、心の中の「彼」も頷く。

眩《まばゆ》い光明《こうみょう》が、もう一つの太陽のように放たれて、大は「まさる」に変身した。

今回の大達の任務は、「山鉾町の襲撃と、山鉾の奪取を防ぐため、犯人達を制圧し、大型船を破壊する事」が、絶対的に第一にある。その次に、「主謀者たる、京《きよう》都信奉会四神《としんぽうかいしじん》・船越の退治」が位置づけられていた。

第二の任務は、塔太郎がほぼ一人で担《にな》う。第一任務を担うそれ以外の隊員達に出された指示は、

「目的に適《かな》うものであれば、如何《いか》なる行動も臨機応変としてよしする」

という、およそ前代未聞《ぜんだいみもん》のものだった。

もちろん、各船の船長が状況を見て、周囲の隊員に指示を出したり、戦況を動かすような使令は松永から出たりと、全く自由という訳ではない。

しかし、大混戦が予想される今回の戦いでは、下手《へた》に指揮で締め付ければ、かえって対処が遅れたりする可能性がある。それによって、任務遂行《すいこう》の失敗を招くという本末転倒《ほんまつてんとう》を避けるための作戦だった。

まさるも、大を通してそれをよく理解している。小松や松永、周囲の指示がない限りは、とにかく走り、戦って使命を果たし、あるいは仲間が窮地《きゆうち》に陥っていれば助けるのだと肝《きも》に銘《めい》じていた。まさるは鞘《さや》を引いて颯爽《さつそう》と刀を抜き、結界の板を蹴って走った。

誤って結界の板から落ちても、松永が救ってくれる天上班とは違い、敵は、落ちた者の救済措置を持たないらしい。向こうの兵士達は、落ちるのを恐れて船からほ

とんど出なかった。

それでも、雑兵の何人かは勇《いさ》み立ち、結界の板に出て、まさる達へ突っ込んでくる。遠くの船からは、ぎょろ目の顔に、腕に鱗《うろこ》の付いた化け物の何匹かが、神頭矢を射かけてきた。

結界や砲撃で守られながら、まさるは、最初に相対した雑兵の太刀を、素早く弾《はじ》いて引き倒す。続いて、飛び掛かってくる大鎧姿の化け猫と斬《き》り合い、鍔《つば》迫《ぜ》り合いになった。

そのわずかな隙《すき》をつき、琴子が足に霊力をかけて跳躍《ちょうやく》し、まさる達を飛び越してゆく。まさると琴子は、すれ違いざまに目だけで連携し合う。まさるが敵を引き付ける間に、琴子を敵の中型船へ一番乗りさせるという、咄嗟《とっさ》の作戦が成功した。

琴子だけでなく、みやびや玉木も、まさるを飛び越したり追い抜いたりして、中型船へ向かっている。千里眼で見れば、他の隊員達や他の船も、船越の軍勢へ近づいていた。

倒した雑兵を踏み台にして、跳躍した琴子が中型船の甲板に立つ。素早く、薙刀《なぎなた》を上段《じょうだん》に構える。追いついたみやびが琴子の横で片膝をつき、刺股《さすまた》を構えながら、鮮やかに啖呵を切っていた。

「遠からん者は音に聞け！　近くば寄って目にも見よ！　彼女こそは、かの武蔵坊《むさしぼう》弁慶《べんけい》も褒《ほ》めたる琴御前！　腕に覚えのある者よ、京へ入りたくば、いざ尋常に勝負っ！」

　威勢のいい口上《こうじょう》に、一瞬、敵が怯《ひる》む。しかしすぐさま、奮《ふる》い立った数人が琴子に襲いかかった。琴子はそれに一切動じず、足を捌《さば》いて軽やかに反転した。

　敵の矢を避《よ》けながら、踊るように薙刀を振る。敵の全てが、激しい薙刀によって面や脛《すね》を打たれ、あるいは、武器を弾き飛ばされていた。

　その様子から、琴子が、薙刀を新調していた事が分かった。刃を厚く、重くして、威力が増している。それなのに、薙刀自体は羽のように軽やかに動くのが不思議だった。瞬時に柄《つか》を持ち替えて、円を描くように、琴子の刃が敵を薙《な》ぐ。琴子は丹後《たんご》出張の際、体重だけを消して、イルカになった葵の背中に乗っていた。今回はそれを、薙刀に応用しているのかもしれなかった。

　激しく動く琴子には死角も出来やすいが、そこへ入るのがみやびの刺股。折り畳《たた》み式の小型のそれは、琴子の死角を狙《ねら》おうとする敵兵の足を素早く絡《から》め、確実に転ばせて頭から倒す。

　元々、みやびも薙刀の使い手だったので、敵の足を狙うのは朝飯前だった。

「傘《かさ》アっ！」

　という、みやび得意の、傘状の結界も駆使しながら、次々と敵を弾き飛ばす。二

人の連携は、上達が目覚ましい。さらに、後方に控えた玉木が、

「洛東《らくとう》を守護する祇園社よ、何卒《なにとぞ》、おん力を我に与えたまえ！」

と、こちらも得意の呪文を唱えた。八坂神社《やさかじんじゃ》の加護《かご》を存分に受けた玉木の結界が、一分《いちぶ》の隙もなく琴子達を守る。伏見稲荷大社《ふしみいなりたいしゃ》のお札《ふだ》が貼られた鉄扇《てっせん》による炎も強力で、琴子達三人だけで、中型船の制圧がほぼ出来ていた。

倒した敵兵は、天上班の小鬼や化け物達、担当の隊員が縛《しば》り上げる。それを、千里眼で確認した松永が、輸送船へ瞬間移動させる。落下した敵兵も同様に、松永が助けて転移させていた。

松永の転移は、あくまで落ちた隊員や敵兵の救出、確保した敵兵の移送に限られている。それでも、琴子をはじめ各隊員の働きによって、敵兵は次々捕縛され、数を減らしていた。

しかし、肝心の大型船には、まだ誰も乗り込めていない。護衛の船が多いためか、松永の結界の板さえ、繋げられずにいた。

それでも、天上班の優勢は明らかである。絶え間なく振り上げられる琴子の薙刀が、太陽を反射して銀色に輝いている。さながら、千里眼なくとも快進撃を知らせる、銀の旗印のようだった。

玉木が声を上げ、

「目標はこの向こうです！　まさる君、今のうちに舵を！」

と、遠くの大型船を指さした。玉木の指示に、まさるは雑兵との戦いをやめ、素早く頷いて別の結界の板へ飛び移る。護衛の船が減り、守備が手薄となった目標の船、山鉾を載せる大型船の一つへ走った。

狙うのは、大型船の船尾の巨大な舵。

和船の舵は吊《つ》り下げ式になっているので、破壊しやすい。出陣式の作戦説明で、そう知らされていた。舵を失った船は、当然、操舵《そうだ》不能となる。和船の舵は、まさるにアキレス腱《けん》との事だった。

ようやく結界の板が、その大型船に繋がり、船を止める事に成功する。京都に入らすまいと動きを封じ、舵まで伸びて、まさるの移動を援護する。すると、大型船の中にいた雑兵が、次々結界の板へ下りてきた。たとえ落下しても、警察が助けてくれると気づいたらしい。先ほどと違って落下を恐れず、猛然とまさるへ押し寄せてくる。

しかし、まさるは、それらの雑兵を刀で払いのけ、あるいは、真正面から斬って相手の太刀を折る。夢中で刀を振り、舵に辿り着くまでの間、まさるは心の中に、確かな決意をずっと抱いていた。

自分は一体、何のために存在しているのか。船越に敗れ、栗山を守れなかったあの日以来、ずっと何かを見失っていた。

けれど、日に日に強くなり、船越の分身を倒した大を見て、励まされた。元からの強さに奢《おご》らず、常に精進《しょうじん》を続ける塔太郎を見て、自分もそうなりたいと憧れた。

自分は、「魔除《まよ》けの子」。悪しきものに勝ち、魔を去らせる。猿《さる》のような身軽さも、身《み》の丈六尺《たけろくしやく》（約百八十センチメートル）の体格も、そのために存在している。

――そのために、存在していたい。

打ち勝つという清き闘争本能が、まさるを突き動かしていた。この時のまさるは向かうところ敵なしで、放射状に張られた結界の板を器用に飛び移り、あるいは、飛び込みながら敵を斬り伏せていく。その身体能力は、まさしく猿そのものだった。

あっという間に、まさるは大型船の船尾に辿り着く。敵兵達が、必死にまさるを捕《つか》まえようとしたが、まさるはそれに構わず自身の得意技、「神猿《しんえん》の剣　第二十番　栗田列火《あわたれっか》」を、巨大な舵に振り下ろした。

渾身《こんしん》の技を受けた舵は、斬られた箇所から亀裂《きれつ》が入る。魔除けの力が流れ込むと、音を立てて砕け散った。舵の大きな破片が、ぼろりと空中に落ちる。破片は全て、松永の転移によって回収された。

操舵不能にすれば、破壊完了である。使命を果たした代わりに、まさるは雑兵達から押さえ込まれてしまった。

しかし、それを助けてくれたのは、後に続く隊員達。警察の制服姿の女性隊員が、警棒で、雑兵の顎《あご》を鋭く打ち上げて気絶させる。その後、倒れていたまさるを起こしてくれた。

「ようやったね！　ありがとう！」

話す事が出来ず、頷いて応《こた》えるまさるを見て、別の隊員が、まさるの代わりに状況を全船に伝えてくれる。

「目標一隻、舵を破壊して操舵不能。周囲の船も、制圧中！」

この時、他の船も激しい戦闘に入っており、空全体が大混戦となっていた。大将船の松永からの返事は、

「了解。引き続き、別の船にかかれ」

という簡単なものだけ。しかし、その声はわずかに弾《はず》んでいた。琴子、みやび、玉木の三人も、まさるが大型船を一隻仕留《しと》めたと聞いて、戦いつつも一瞬微笑む。

大将船で待機している塔太郎も、静かに目を細めていた。

操舵不能になった大型船が、駆け付けた天上班の輸送船によって曳航《えいこう》されていく。同じように、制圧した敵の小舟や中型船、雑兵達も、そのまま久御山の航空隊まで送られ、そこで待機している一部の隊員や、随神《ずいじん》課の者達が確保・護送する手《て》筈《はず》になっていた。

天上班の優勢が続いていた。千里眼によって、他の隊員達の活躍もよく分かる。深津や絹川達が攻撃を続けているのはもちろん、まさる達と離れた場所では、接近戦が得意な隊員達が、別の大型船を目標に結界の板を走り、それを阻《はば》もうとする雑兵と戦っていた。

中でも目を見張るのは、「まさる部」の一員・鈴木《すずき》の俊足《しゅんそく》である。彼の家に伝わる「走術《そうじゅつ》」は、文字通り、霊力を使って速く走る事だという。白いジャージ姿から一転、黒のランニングシャツに細い裁着袴《たつつけばかま》、諸肌《もろはだ》を脱いで腰巻にした着物に腕章を括《くく》りつけるという格好《かっこう》の鈴木が、結界の板を、矢さえ当たらないほどの速さで駆けていた。

張り巡らされた空中回廊は、鈴木のために用意されたトラックのようなものだった。敵とすれ違う刹那《せつな》、巧《たく》みに押したり武器を取り上げたりして、敵のバランスを崩してゆく。鈴木の後ろから後輩らしき隊員が走っており、眼鏡《めがね》の奥に、冷静さを秘めた巫女《みこ》姿の女性隊員が、身軽に振るう鞭《むち》で敵の手足を凍《こお》らせ、数秒で動きを完全に封じていた。さらにその後ろから、別の隊員達が式神《しきがみ》を引きつれて敵を確保するという連携は、まさる達とは違った完璧さを見せていた。

この他、谷崎《たにざき》も別の船で氷の鷹《たか》を三羽、存分に操《あやつ》って、奮戦していた。鞭と銃を駆使する朝光ケンは、自分のいる船から、別の船にいる雑兵達の武器を正確に撃ち落とす。そこへ、双子の片割れ・ジョーが優《すぐ》れたバランス感覚で船から船へ飛び移り、鮮やかな棒捌きで敵の首筋や下顎を打ち、気絶させていた。

琴子達も、今は山鉾を載せる別の大型船へ向かっている。しかし、あと少しというところで、箱型の装甲の大型船が、結界の板を千切《ちぎ》って突っ込んできた。

琴子達はやむなくその船に飛び乗り、装甲の上を走って切り抜けようとする。

すると、

「散れ、この野郎！」

という、女性の怒鳴り声がした。装甲の天井がぶち破られ、弾丸のように何かが跳躍した。派手な和服を着崩した鬼の女丈夫《じょじょうふ》が、巨大な金槌《かなづち》を手に琴子に向かってきた。その気迫と眼光の鋭さは、明らかに雑兵ではなかった。

女丈夫は、金槌を力の限り振り下ろす。さすがの琴子達も危ないと判断し、素早く後方へ跳んで避けた。外れた金槌が装甲を割り、船体が揺れる。内部の雑兵が驚いたのか、「ひぃ」という悲鳴がした。腕を樽《たる》のように膨《ふく》らませ、豪快に笑う女丈夫の破壊力に、琴子達は目を見張り、身構えた。

結界の板で敵と戦っていたまさるは、その様子を知って援護に行こうと考える。しかしすぐさま、第一任務を果たすため、他の大型船へ向かうべきだと思い出した。

咄嗟に、心の中の「大」に頼る。

すると、

(心配なんは分かるけど、琴子さん達は強い。それよりも、別の大型船に向かって。松永副隊長の指示もそうやった。琴子さん達がいる装甲の船と、遊具みたいな船、船越がいる船と、まさるが壊してくれた船を除くと、山鉾を載せる船は残り三つ。そこへ行って！)

という大の指示が、確かに聞こえた。

まさるはそれに従い、再び、別の大型船を目指して走り出す。その様子を、玉木が千里眼で見ていたらしい。

「まさる君、この鬼は僕らに任せて下さい」

女丈夫に警戒しつつ、素早く言って送り出してくれた。その直後、打ち込んできた女丈夫を琴子とみやびが迎え撃ち、玉木も扇子を振った。

まさるは、玉木達を置いて敵の猛攻を潜り抜け、先ほど助けてくれた他の隊員達と共に、別の大型船まで辿り着く。しかし、この船の舵はすでに引き上げられて、船の最後尾にあたる外艫《そととも》に載せられていた。

どうやら、まさるが別の船の舵を壊したのを見て、ただちに引き上げたらしい。やむなく、まさる達は結界の板から高く跳躍し、大型船の甲板に立った。

天上班の勢いに、船越の軍は、雑兵だけでは勝てぬと判断したらしい。船越配下の三つの隊の頭領《とうりよう》達が、腰を上げたようだった。

琴子達と戦う女丈夫の他に、朝光兄弟が戦う遊具のような大型船には、軍服姿の若い男性が立っている。

そして、まさるが飛び移った大型船には、話し合いの映像に映っていたあの重臣が待っていた。

「――来たかな」

外艫を背に、錫杖を杖《つえ》代わりにして立つ重臣は、まさるを見て愉快そうに笑う。

「この兼勝《かねかつ》、腕が疼《うず》いて仕方ないわ。そなたのような若人《わこうど》と渡り合う事が、わしの趣味での」

言い終わる前に、まさるは甲板を蹴って刀を握り、兼勝に向かっていた。他の隊員達は、舵を狙って走り出す。

対する兼勝は微動だにせず、錫杖で足元をこんと突く。その瞬間、兼勝の影が、一気に盛り上がって枝分かれした。そして、それぞれ一つ目の黒い人型となり、集団でまさる達に襲いかかってきた。

まさるは、これまでと同じように斬って通り抜けようとしたが、一つ目達は次々と兼勝の影から生まれ、黒い波のように立ち塞がる。一太刀浴びせれば消えるものの、数が膨大《ぼうだい》で払い切れない。まさるは、弁慶の太刀に封じられていた何百もの僧兵や、可憐座《かれんざ》の座長・可憐が操る大量の式神との戦いで、集団戦は経験済みのはずだった。

ところが、この一つ目達は、過去の敵と違って個々で戦わず、体をぴったり合わせてまさる達を押し包もうとする。集団戦のはずなのに、まるで、迫りくる壁と戦っているかのようだった。

次第に押され、まさるを助けてくれた女性隊員が、一つ目達に埋《う》もれてしまう。まさるが急いで救出すると、その隙に、他の男性隊員が二人、一つ目達の手によって船の外へと押し出され、空中に落とされてしまった。

まさるは、真《ま》っ青《さお》になって一つ目達を薙ぎ払い、端から思わず手を伸ばす。幸いにも、船から落とされた隊員達は、松永によって輸送船へ転移されていた。

安堵する間もなく、一つ目達が肩を組むようにして押し寄せる。まさるは、辛うじて一つ目達を踏み台にして高く跳《と》び、甲板の空《あ》いている箇所に着地して、難を逃《のが》れた。

大将船に座す松永は、開戦直後から、各所への結界や転移を同時に、それも常に行っている。つまり、最初から極限の状態だった。隊員達を、特定の位置に移す余裕はないらしい。

ゆえに、転移先は、輸送船か救護船への一方通行のみ。救出され、そこへ移された隊員達が、再び前線まで戻ってくるのは難しかった。

味方が減ってしまったため、残ったまさる達は敵に押され、舳先《へさき》近くまで後退せざるを得ない。中央辺りに立つ兼勝との距離は、開く一方だった。

そのうえ、一つ目達が四つん這《ば》いになって積み重なり、土嚢《どのう》のように、外艫をすっかり守っている。まさるは、残りの隊員達と協力して、迫る一つ目達を斬り伏せ、押しのけ、飛び越し、ようやく兼勝本人に刀を振り下ろした。

しかし、

「たわけ！　どんな敵でも、大抵は術者を狙うものよ！　わしが無力だと思うてか！」

と、兼勝は巧みに錫杖を操り、まさるの刀を弾いて舳先に押し戻してしまう。距離を取った後は、兼勝は再び、自分の影から一つ目を作り出していた。

追いつめられたまさる達は、とうとう、近くの結界の板に飛び下りざるを得ない。兼勝は、まさる達を船から追い出したばかりか、一つ目の一反木綿《いったんもめん》まで作り出し、深津の乗っている「さんじょう」をはじめ、他の船まで襲わせていた。

その間も、一つ目達が爬虫類《はちゅうるい》のようにわらわらと船から結界の板に降りてきて、まさる達を狙う。一つ目達と戦うまさるの顔に、悔《くや》しさが滲《にじ》む。船から、兼勝の愉快そうな声がした。

「これが本当の影法師《かげぼうし》よ。影武者《かげむしゃ》と呼んでもよいぞ。『数の暴力』、とくと見よ」

やはり、船越の重臣というだけあって、一筋縄《ひとすじなわ》ではいかなかった。

他の大型船にいる重臣二人も、

「船越様がお褒め下さった、『力なき暴力』……。船越武士第二隊長・卓也《たくや》、いざ参《まい》るっ！」

と、若い軍服の男がサーベルを抜いて朝光兄弟に挑《いど》んでおり、装甲の船で琴子と戦っている女丈夫もまた、

「船越武士が第三隊長、桜子《さくらこ》！　この名前、『圧倒的な暴力』と一緒に覚えときな！」

と、自身の怪力を頼みに、巨大な金槌を振り回していた。

桜子の金槌は、威力があまりに強すぎるため、琴子達も迂闊《うかつ》に近づけない。

「どうしたお前ら！　どっちかが潰れるまで殴り合いだ！」

桜子の挑発に、琴子達は冷静に金槌を避け続けながら、反撃のチャンスを待つしかなかった。

卓也と戦う朝光兄弟や他の隊員達も、船全体に乱立している柱にロープで括りつけた鉄球が飛んできたり、柱に張られた板がシーソーのように動き、雑兵が予想外の方向から襲ってきて苦戦している。様々な仕掛けに気を取られていると、卓也のサーベルが襲ってくるという、一瞬たりとも気の抜けない状態だった。

そのサーベルにも、卓也の術らしきものが込められているらしい。顔面ぎりぎりでその攻撃を避けた隊員の一人が、両目を押さえて戦闘不能に陥《おちい》った。その隊員は、ただちに松永によって助けられ、後方の救護船「ほりかわ」に転移された。

サーベルから発せられる飛沫《ひまつ》か、香りか、いずれにせよ、接近するだけで危険な代物《しろもの》である。朝光兄弟をはじめ他の隊員達は、襲いかかる卓也のサーベルを武器で弾いて距離を取り、周囲の雑兵の攻撃を避けるので精一杯。琴子達同様、船からの脱出さえ阻まれていた。

重臣達それぞれの、持てる力を駆使した術によって、戦況がにわかに変わり始める。それによって、雑兵達の士気も上がったらしい。

まさるが、周辺の一つ目を斬り伏せて伸びた結界から跳躍し、兼勝のいる甲板に戻った頃には、次から次へと、霊力の通信が入ってきた。

「『ろっかく』から全船へ。『ろっかく』大破のため、後退します！」

「『てらまち』から全船へ。乗員四名、戦闘により、体内の霊玉の消耗激しく、体力の低下と負傷あり。一時後退します」

「『しんまち』から全船へ。黒い一反木綿による襲撃あり。至急、応援を願います」

どれも、味方の苦戦を伝えるものばかりだった。

天上班の隊員は、出発前に霊玉を飲んでいる。それによって熱中症はもちろん、多少の事では体調を崩さないようになっていた。

それでも、戦いが長引いたり、大きな被害を受ければ、どうしても霊玉の消耗は激しくなり、疲労が蓄積されてしまう。焦《あせ》ったまさるや他の隊員達が、懸命に一つ目達と戦うも、各船・各隊員に不運が広がったせいか、ついに、天上班の勢いが止まってしまった。

戦況を見た兼勝が、意気揚々《いきようよう》と声を上げた。

「敵の進軍が止まったか。上出来だ！　誰ぞ答えよ！　長刀鉾はいずこ⁉」

午前九時に四条烏丸を出発し、十分頃に注連縄切りを行った長刀鉾。

巡行中のその現在地を知る事で、兼勝は、現在のおおよその時刻と、注連縄切りによって解放された、地上の結界の修復状況を知ろうとしているらしい。

兼勝の問いに、隊員達を振り切った遠くの中型船から、

「申し上げます！　現在、九時四十六分。長刀鉾は四条河原町《かわらまち》にて、辻回《つじまわ》しの支度《したく》をしております！」

と、雑兵が身を乗り出すようにして答えていた。

天上班が、一部の船にテレビを載せて、地上の山鉾巡行の状況を把握しているように、敵もテレビかラジオを備えているらしい。

まさる達も、戦いつつ千里眼を使い、「おいけ」等の船にいる隊員達の目を通して、巡行の中継を確認した。

確かに巡行は今、先頭の長刀鉾が四条通りと河原町通りの交差点・四条河原町に到着し、数回かけて行われる辻回しの二回目の準備中だった。

辻回しとは、山鉾巡行における大きな見所の一つであり、文字通り、巡行している山鉾が、南北と東西の道路の交差点、いわゆる「辻」で方向転換する事である。

車輪が前後にしか動かぬ構造のため、山鉾が方向転換するには人力しかない。車方《くるまかた》と呼ばれる法被《はっぴ》を着た男達が、手早く山鉾の車輪の下に青竹を敷き、水を撒《ま》く。そうして滑りやすくしてから、音頭取りの合図に合わせて、曳き手達が一斉に左へ引くのである。

四条河原町での辻回しなら北へ、河原町御池《おいけ》での辻回しなら西へ、と方向を変える様子は手に汗握り、迫力がある。あらゆる力が合わさって、山鉾がぱきぱきと音を立てて青竹を踏み、ぐぐぐと向きを変える。その瞬間、観覧者達から驚きの声や歓声が上がるのだった。

中継の司会者が、青竹を敷く車方の様子を実況している。長刀鉾は、一回目の辻回しで既に方向を変えて、東北東に向いていた。囃子方が奏でる祇園囃子は続いており、観覧者達の熱気も高まっていた。

出陣式での説明では、注連縄切りによって解放された地上班の結界が、徐々に復元される一つの目安が、この辻回しだという。

つまり、先頭の長刀鉾の、最初の辻回しが行われて以降は、結界の修復が上り坂となる。時間が経《た》つほど、結界が強固になるという訳だった。

船越側から言えば、長刀鉾の、四条河原町での辻回しまでが、最も侵入しやすい時。

その事を、重臣である兼勝は熟知しているらしい。

「そらっ、好機は今ぞ！　このまま一気に攻めよ！」

勢いを増す自軍を最大限に煽り、天上班を振り切って京都へ攻め入ろうとした。

兼勝の指揮に、周りの雑兵達も声を上げて船を動かす。兼勝の出した一反木綿も、依然、深津達の船を襲い、攪乱《かくらん》している最中だった。

このままでは突破される。まさるはもちろん、それぞれの隊員の顔に汗が伝った、その時。

どこからか、大砲の音がした。

そしてその数秒後、まさるや兼勝がいる大型船に、何発かが命中した。舷側《げんそく》に当たったらしい。船体が激しく揺れ、一つ目達が動揺して、まさる達から一気に離れた。

どこから、敵か味方か、とまさる達が思う間にも、砲撃は続く。船が揺れ続ける中、兼勝は、このままでは外艫もろとも、舵がやられると危惧《きぐ》したらしい。錫杖を振って一反木綿を呼び戻し、外艫や舵にへばりついて守るよう指示した。

粘土のように、一反木綿達が外艫を巻いて覆《おお》いつくす。舵の破壊がさらに難しくなった代わりに、一反木綿の数は減った。

天上班の船や、隊員達の負担が軽くなる。相変わらず、まさる達には一つ目達が襲ってくるものの、深津ら遠距離攻撃の船が持ち直した事は、まさる達にとっても幸運だった。

勢いに乗じて突破される事だけは、何とか回避出来たらしい。反対に、好機を逃した兼勝は不機嫌そうに眉根を寄せ、

「どこからだ。奴らの砲撃や弓の船は、全て見極めていたはず」

と、口走っていた。

まさるが戦いつつ遠くを見ると、前線に、一隻の屋形船がいる。その窓の障子には、大きな丸に流星の記号が、墨の色も黒々と沢山描かれていた。

あっ、とまさるが気づくと同時に、記号が実体化して射出され、大型船を砲撃する。その後は、ただの白い障子に戻っていた。敵の船や雑兵達、そして、兼勝に命じられて船を襲う一反木綿達は、砲撃がどこから来るのか分からず、右往左往《うおうさおう》するばかりだった。

屋形船「かわらまち」では、総代が休む間もなく外した障子に記号を描き続け、傍らの式神や隊員に渡し、障子のつけ外しを手伝ってもらっている。その間、総代は別の紙に、簡単な烏天狗《からすてんぐ》も描き続けていた。

すぐに実体化して、空へ飛び立ったそれらが、兼勝の一反木綿はおろか、卓也の船にいる雑兵の目さえも引き付ける。小さい体でも見事に迎撃して、天上班を援護していた。

（総代くんや！）

心の中の大の声に、まさるも思わず笑《え》みを浮かべた。

天上班の、唯一無二の才能とも言える、総代の参戦。敵が隠し玉を出し、勢いづいた時の備えとして、松永がこのタイミングで投入したらしい。加えて、深津ら遠距離攻撃の船にも、指示を出したようだった。「さんじょう」をはじめとする砲撃や弓の船が、船体の傷などものともせずに前線に近づいていた。

これらによって、今度は天上班が活気を取り戻す。押されかけていた戦況は、今や五分五分まで持ち直していた。

しかし、兼勝は冷静さを崩さない。瞬時に全体を把握し、屋形船が前線にいる事に不自然さを感じたらしい。

「からくりは分からんが、あの船だ！　攻め落としてしまえ！」

錫杖が軍配のように振られた瞬間、兼勝の影がまた枝分かれし、今度は大量の烏となる。弾丸のように、恐ろしい速さで一直線に飛ぶ烏の大軍は、瞬《また》く間に「かわらまち」を襲い、障子の全てを打ち破った。

露になった内部で、総代が襲われているのが見える。巻物や畳に絵を描いて出しながら、あるいは、諸肌を脱いで白狐《びやっこ》を出し、他の隊員達や式神と共に必死に応戦していた。

やがて、天上班の別の船が、全速力で「かわらまち」に近付いて援護する。

兼勝の追撃を許してはいけない、と、まさるが兼勝へ走ろうとすると、

「急急如律令！」

という、鶴田の叫び声がした。

兼勝が周りを見回した瞬間、兼勝を取り囲むように、大きな箱状の結界が現れる。結界に閉じ込められた兼勝はわずかに驚き、

「なんと、これは」

と、眉根を寄せつつ笑っていた。

駆け付けた中型船「たかくら」から、鶴田が結界を張り、兼勝を閉じ込める事に成功していた。結界そのものが大きいため、兼勝の影も、結界の中だった。

鶴田は多量の汗を流し、刀印に集中して極限まで結界を頑丈にしている。

影ごと閉じ込められてしまえば、どんなに一つ目を出したところで、外には出せない。数を頼みに内側から破ろうとしても、それは同時に、兼勝自身が圧迫される事を意味していた。

兼勝は、一時的な敗北を悟り、

「してやられたな。が、船さえ守れば目的は果たせる。好機を逃しても構わん。

――一度後退せよ！」

と、結界に閉じ込められたまま、錫杖を振って命令を出した。

錫杖の音を聞いた一つ目達が、瞬く間に外艫へ向かって体をくっつけ合い、寄り集まって外艫から下部へと下がり、即席の舵を形成する。集合体の舵を得た兼勝の

船は、ゆっくり方向転換すると猛スピードで動き出し、逃亡を開始した。

兼勝は、結界の中から錫杖をさらに振り、結界の外にいる残りの一つ目達に、まさる達への猛攻を命じる。船の速さと、一つ目達の押し出しによって、まさる達は振り落とされ、再び結界の板へ飛び降りるしかなかった。

結界の板で、一つ目達と戦うまさる達は、置き去りにされてしまった。

兼勝の船が戦線から離れるのを、「たかくら」をはじめ、天上班の他の船が猛追する。その間も、鶴田はずっと、刀印を結ぶのに集中していた。

鶴田が結界を解いてしまえば、兼勝はすぐにでも一つ目や一反木綿、烏達を作り出すだろう。兼勝を封じる事は出来たものの、同時に、鶴田の動きも制限されたのだった。

兼勝は、船の死守だけでなく、それをも狙いに入れて逃亡したのかもしれない。

一つ目達をおおかた消し終えた頃、まさるの傍らで戦っていた隊員が、

「やられた」

と、苦々《にがにが》しい表情で言った。

しかし、当の鶴田は、船の上で気丈《きじょう》な姿を見せていた。

「大丈夫です。あの重臣は、僕がずっと抑えときます。そうすれば、僕と奴の根競《こんくら》べになって、こちらの損害は随分軽いです」

刀印をぐっと結び直す様は、頼れる陰陽師そのものだった。

天上班は鶴田一人で、兼勝だけでなく、「無限に湧く雑兵」をも封じ込めた事になる。その事実は大きかった。

この時、朝光兄弟達と戦っていた卓也も、最後には彼らの奮戦に屈して、遊具のような大型船を捨て、船から船へと逃亡しており、大型船は天上班によって押収《おうしゅう》された。

暴れ回っていた桜子も、とうとう琴子達の連携の前に敗れたらしい。琴子の渾身の薙刀によって金槌を折られ、空に落ちたそれを松永に回収された桜子は、追いつめられると案外脆《もろ》い性格だった。子供のように戸惑《とまど》い、悔しさを滲ませながら琴子達に背を向け、別の船へと逃げ込んだ。桜子が離れた装甲の船は、駆け付けた別の隊員達によって制圧され、曳航されていく。

桜子が逃げ込んだ船は、大混戦によって近くまで来ていた、天守の船。

他でもない、船越が乗っている船だった。

琴子達も桜子を追いかけ、黒い甲板の上に飛び移る。

桜子は、甲板を走って天守を見上げるなり、

「ふ、船越様！　船越様ぁ！」

と叫び、自らの総大将へ助けを請《こ》うていた。戦意喪失《そうしつ》した者を確保するのは容易

であり、琴子は脛を打って転ばせた後、みやびと共に、桜子を捕らえようとした。

琴子が、桜子に触れたその瞬間、癇癪《かんしゃく》めいた雄叫《おたけ》びがして、天守の最上階、その欄干が爆発したように吹き飛んだ。

飛び散る欄干と共に飛び降りてきたのは、船越その人である。琴子達が咄嗟に後方へ飛びのいた瞬間、船越が甲板を揺らして着地する。琴子達の前に立ち塞がるように、王者のような立ち姿を見せた。

「船越様……！」

桜子が、安堵と喜びの声を上げる。自分に見向きもせず、鬼神のように立つ船越の背中に奮い立ち、

「お、お力になります！」

と立ち上がった。

周辺の空気が張り詰め、船越に並んで再び戦おうとする桜子。

だが、

「失《う》せろ！　無様《ぶざま》な姿を見せるな！」

と、船越が叫び、桜子を片手で持ち上げる。桜子に抵抗する間も与えず、まるで地上に打ち付けるかのように、船の外へ放り投げてしまった。

あまりに突然の事で、桜子本人はもちろん、琴子達も動けなかった。桜子の悲鳴

がこだまする。千里眼を通して、これを見ていた全隊員は衝撃を受けた。

　桜子が、松永の力で輸送船に転移されたと知るまでは、まさるも凍ったように動きを止め、船越の非道さに戦慄《せんりつ》した。落ちていく桜子の姿を見た雑兵達も、自分達の戦いを忘れて呆然《ぼうぜん》としていた。

　船越の冷酷《れいこく》さを目の当《ま》たりにした琴子達は、武器を握る手に力を籠《こ》める。玉木も船越に対して扇子を構えつつ、怒りに震えていた。

「松永副隊長の転移が間に合わなかったら、どうなってたと思いますか……⁉」

「どうも何も、君達が助けるんだろう？」

　船越は平然として、笑みさえ浮かべている。琴子達が警戒を強めた瞬間に、船越が走り出した。その気迫に、みやびが一瞬怯んでしまう。それを、船越は見逃さなかった。

　迎え撃とうとした琴子から方向を変え、猛虎《もうこ》のごとくみやびに襲いかかる。辛うじて間に合った玉木の結界が、みやびを守った。

　しかし、船越はいとも簡単に、拳で結界を破壊する。結界が消えたと同時に、みやびの体を庇《かば》おうとした琴子もろとも、殴り倒そうと飛びかかってきた。

　玉木の結界も、今度は間に合わない。玉木が、両者の間に入って身代わりになろうとした時、大きな影が玉木ら三人を飛び越し、船越に体当たりした。

船越を阻み、後方に突き飛ばしたのは、立派な角《つの》の生えた大鹿《おおじか》である。その上には、大鎧姿の小松が乗っていた。

過酷《かこく》な戦いで、小型船の「にじょう」は既に大破しており、輸送船で地上へ曳航されていた。船長だった小松は「にじょう」から降り、別の輸送船でここへ駆け付けたらしかった。

「小松さん！」

玉木達の声に小松は見向きもせず、

「無謀な戦いで力を損じるな！　第一任務が最優先、この一騎打《いっきう》ちで判断せえ！」

と、叫んで鹿から飛び降り、後方に飛んで腰の太刀を抜いた。

船越は、自分を押していた鹿を忌々しげに持ち上げて甲板に叩きつけ、

「面白い」

と、邪悪に笑った後、小松との一騎打ちに乗る。太刀を持った小松の動きは、鎧姿とは思えぬ俊敏《しゅんびん》さで、何度も船越に斬りかかった。

しかし、大や栗山の時もそうだったように、船越はそれらを全て、自分の回復の力で弾き飛ばす。とうとう、小松の鎧を摑《つか》んで捕らえ、兜《かぶと》の上から小松を殴った。

善戦むなしく、小松は呻《うめ》き声を上げて倒れ、やがてふっとその場から消えてしまう。松永が、輸送船に転移させたのである。

小松の、この一方的な敗退によって、琴子達は自分達の置かれた立場を思い出す。

船越と戦う事は、不可能ではない。しかし、大鎧であれだけ戦える小松が敗れたのである。今ここで琴子達が船越と戦えば、小松の二の舞になる可能性が高かった。

再び、琴子達は船越の攻撃を何とか避けて結界の板に飛び下り、撤退《てったい》する。自分達の目的は、あくまで大型船の阻止であり、決して船越ではない。小松は、その事を隊員達に思い出させるために体を張ったのだった。

「ふん、賢《かしこ》い奴らだ」

撤退し、別の大型船に向かう琴子達を見て、船越がせせら笑う。

その様子を、千里眼で知った朝光ケンが、素早く声を張り上げた。

「Todd is coming! Everyone, keep the distance! Joe! You and I should just take care of on the surroundings! Then Toddy can concentrate on the enemy!

(トディが来る！　皆、距離を取れ！　ジョー！　お前は俺と引き続き、周辺を片付けろ！　そうすれば、トディは相手に集中出来る！)」

戦いの中、突如《とつじょ》として発せられた流暢《りゅうちょう》な英語。その英語を、逃走中の卓也はもちろん、他の敵兵達も、奇策の号令と受け取ったらしい。「トディ」が塔太郎のあだ名という事も、以前から知っている者達でないと分からない。

皆一斉に、ケンを注視した。その一瞬が、船越軍の隙を生む。船越への道が開けた刹那、一直線に、大将船から青い龍が飛び込んだ。

青龍が、一気に船越を食らおうとする。船越もまた、一気に愉悦《ゆえつ》の表情に変わり、後ろへ飛びのいた。青龍は、船越を食らいそこなって甲板に突っ込むが、全く意にも介さず人間に戻って立ち上がる。瞬きするより速く、塔太郎は拳を握るや甲板を割れんばかりに蹴り、船越の顔面に突っ込んでいた。

船越も雄叫びを上げ、

「来たか！　英雄譚《えいゆうたん》のクライマックスだ！」

と、自身の左拳に回復の力をありったけ注《そそ》ぎ、塔太郎の拳を迎え撃った。

塔太郎の雷と船越の弾く力がぶつかり、一瞬激しく光る。その後は、目にも留まらぬ速さの、船の損傷を度外視《どがいし》した攻防だった。遠方からの砲撃や矢は、塔太郎の全身の雷や、船越の全身の回復力によって、全て弾かれていた。

事態の目まぐるしさに呑《の》まれ、結界の板を走っていたまさるは一瞬、自分が何をすべきか分からなくなる。塔太郎を援護したいのはもちろん、琴子達と共に、大型船にも向かいたい。兼勝を追って、鶴田の助けになりたい気持ちもあった。

しかし、

（まさる。――まさる！）

という、心の中の「大」が鋭い声を出して、迷いから引き戻してくれる。

（塔太郎さんやったら、大丈夫。私らにはまだ、やる事があるはず。兼勝の船は逃げたけど――。ほら、向こうの船が空いてる！　行って！　山鉾を載せる船は、あと二つ！　琴子さん達と協力すれば、きっと阻止出来る！）

力強い大の指示に、まさるは刀を握り直した。

遊具のような船も、装甲の船も押収した。兼勝の船は逃亡中で鶴田達が追いかけており、あとの一隻はまさるが破壊した。船越の船は、今や塔太郎と船越の、一騎打ちの舞台である。

残り二隻の大型船を目指して、まさるは再び走り出し、刀を振り続けた。

幕間　二

「やから、奪うんじゃなくて、一緒に観《み》ような。祇園祭《ぎおんまつり》を」

その言葉を吐《は》いた坂本塔太郎《さかもととうたろう》の目を見た時、そっくりだと思った。

自分が心の底から敬愛する、武則大神《ぶそくおおかみ》様にそっくりだと。

実の親子だから、よく似ているのだろうか。


自分がまだ、「その人」と出会う前。あの時の自分は、暴力以外に、信じられるものはないと思っていた。暴力が、自分をいじめから救ってくれた。暴力に感謝した。

力があれば虐《しいた》げられない。力があれば、大抵の事は叶《かな》う……。だから、力があれば十分だった。

けれど、強くなるための修行と称して、ある男に喧嘩《けんか》を売り、その人に完封されてから、全《すべ》てが変わった。

神崎武則《かんざきたけのり》と名乗ったその人は、叩《たた》きのめされて呻《うめ》く自分を見下ろし、やがて膝《ひざ》をついて肩を貸してくれて、自分を立たせながらこう言った。

「殴《なぐ》ったりして、悪かったなぁ。せやけど、もう無茶しんときや」

余力さえあれば、もう一度殴ってやろうかと思った。何が悪かっただ。ボコボコにしたのはそっちじゃないか。喧嘩を売ったのは自分だという事も忘れて、殴り返す機会を窺《うかが》っていた。

すると、神崎さんは、精悍《せいかん》な横顔を見せながら、僕にこう言ってくれた。

「お前、凄《すご》い奴《やつ》やな。俺《おれ》相手にあそこまで戦える奴、久し振りに会《お》うたわ。渡会《わたらい》以来かなぁ……。きっと、めっちゃ頑張って、修行してきたんやな。大変やったやろ。色々、辛《つら》い事もあったやろ。過去は訊《き》かへんけど——頑張ったな」

気づけば、僕は泣いていた。貸してくれる肩から伝わった温かさが、声が、自分の心にまっすぐ伝わってきて、突き刺さった。

いじめられてから今日まで、その言葉を、誰かにずっと、言ってもらいたかったから。

喧嘩に負けて、悔《くや》し泣きも混じっていたけれど、とにかく、頑張ったなと言ってもらえた事が、嬉《うれ》しかった。自分をいじめていた奴らに勝った時は、誰も、そう言ってくれなかったから。

何も言わず、ただ泣いている自分を横目で見て、神崎さんはまた言った。

「俺、お前の、そのまっすぐさが気に入ったわ。お前の力が発揮出来る場所があんねんけど、どや。俺の力になってくれへんやろか」

僕は頷《うなず》いた。小さく、

「ありがとうございます。お供します」

と言い、忠誠を誓った。

神崎さんは、「どういたしまして」と、微笑《ほほえ》んでいた。


神崎さんが僕を連れていった先は、人間の住む場所とは別の世界だった。

「俺の仲間にな、そういうのを作れる奴がおんねん。どう言うたらええんかな。人間の世界の時間に干渉されない、『別の空間』を作れる奴がいて……。そいつに俺が霊力を貸したって補助して、この世界が出来上がったんや」

そこは、碁盤《ごばん》の目に、瓦《かわら》屋根の家が、ずらりと並ぶ町だった。どこかで見た事あると思い、

「修学旅行で行った、京都に似ていますね」

と、僕が言うと、神崎さんは嬉しそうに頷いた。

「そや。京都に似せたんや。そやけど、これからだんだん、もっとよくなる。この町は京都を超える、『京都』になるんや」

だから、この町の名前は「理想京」なのだと、神崎さんは言った。

神崎さんは僕に、ここ理想京の治安維持をしてほしいという。

「悪い奴は、強い奴が見張らなあかんしな。お前やったら、きっとどんな敵でも、倒してくれるやろ」

僕は嬉しくなり、すぐに「やります」と胸を張った。

その後、僕は、神崎さんによって「京都信奉会《きようとしんぽうかい》の幹部」に引き合わされ、紹介された。あまりに神崎さんが僕を推《お》すものだから、僕も、得意になって背筋を伸ばし、自分を大きく見せていた。

この時、幹部は三人いて、一人が、枝のように細い老人で、徳本《とくもと》さんといった。もう一人も、背筋はしゃんとしているけども老婆《ろうば》だった。岸本《きしもと》さんといった。どちらも、和服をぴしっと着ていて、どこかの政治家みたいだと思った。

そして、最後の一人が若い男性だった。

神崎さんが、

「渡会。久し振りの若手なんやから、仲良くしたってや」

と言ったので、この人が神崎さんの言ってた人なのかと、僕は渡会をまじまじと見ていた。

数日後、神崎さんから、「治安維持長」に任命され、幹部三人と共に、「京都信奉会の四神《しじん》」となった。神崎さんや他の三人から、理想京を作った経緯《けいい》をざっくりと聞いた。とある事情で京都を追放され、神崎さんは理想京をお作りになったらしい。

何年かして、徳本さんがいなくなり、代わりに、成瀬《なるせ》という男が工事長として新たに四神の一人となった。

そんな風に色々あったが、僕自身は、神崎さんに心から仕《つか》えて、自分の力を発揮する事以外、考えていなかった。だから、それ以外の事は、あまり覚えていない。というより、理想京にいると、妙に頭がぼんやりするのは気のせいだろうか。

とにかく僕は、神崎さん以外は、どうでもよかった。

治安維持長の仕事は、楽しかった。理想京を乗っ取ろうとする化《ば》け物、神崎さんに「ここは本当の京都じゃない」などと言い出して反旗《はんき》を翻《ひるがえ》す奴、神崎さんの町に相応《ふさわ》しくない言動をする奴は、皆、僕の拳《こぶし》や僕の部下を使って黙らせた。

その度《たび》に、神崎さんは、僕を褒《ほ》めて下さった。

でも、一年ほど前から、神崎さんのご機嫌が、すこぶる悪くなった。神崎さんは、八つ当たりのように、悪天候や地震を頻発《ひんぱつ》させた。僕にはどうする事も出来なかった。

神崎さんが不機嫌になると、いつも皆が頼るのは渡会だった。

「早《は》よ渡会さんを呼んできてえな。あの人が必要や」

それがとても悔しかった。側近長だからといって、偉そうにする事も。

渡会が警察に逮捕されて、理想京に戻れなくなった時、僕自身は嬉しかったが、成瀬や岸本さんをはじめ、周りは、あれこれ対策の会議を開いて今後の事を相談していた。

その結果決まったのが、「京都のほんまもんを、武則大神様へ献上《けんじょう》する事」。これはどうやら、最初の発案者は渡会だったらしい。自分だけでそれを行おうとして失敗して、最初の逮捕者になるなんてざまあみろだ。

ただ、その案自体は、僕ら四神が引き継いで、岸本さんが中心になって進めていた。成瀬が京都府警に退治されて消え、次に可憐座《かれんざ》を送り込んで失敗した後、神崎さんの知るところとなった。その時、忠勤を一番褒められたのは岸本さんだった。悔しかったが、岸本さんは有能で、町の運営を行っている人だから、まぁ、当然だろうと僕も納得出来た。

だから、僕も岸本さんに負けず、神崎さんの——武則大神様の役に立ちたいと思った。

僕は、武則大神様の〝一の虎《とら》〟なのだから。武則大神様が怒り狂うほどに嫌っておられる、実の息子を討ち取れたら、岸本さんと同じように僕の事もお褒め下さるだろうか。

そう考えていた時の、今回の命令。岸本さんから、祇園祭《ぎおんまつり》の山鉾《やまほこ》奪取の依頼があった後の、武則大神様のお言葉。

「例の奴はお前に任せる。消せ」

武則大神様、どうぞお任せ下さい。

僕という存在を認め、激励し、生まれ変わらせて下さった武則大神様。きっと、山鉾を持って帰ります。あなたが疎《うと》んでいる存在――あなたの実の息子も、きっと抹殺《まっさつ》してみせます。

そうすれば、理想京に、山鉾が並ぶ光景が出来上がって、ご機嫌もお直りになる事でしょう。

あなたが目指している「京都を超える『京都』」に、きっとまた一歩、近づくと。初めて会った日の、あの微笑みを拝する事が出来ると、信じております。

第三話　山鉾《やまほこ》巡行と天上決戦　～決着編～

極限というのは、きっと、今の事を言うんやろな――。

船越《ふなこし》と戦う塔太郎《とうたろう》は、周りの音が何も聞こえないほどに、集中し切っていた。全身に、絶え間なく雷を行き渡らせ、移動や格闘に使う。手足はもちろん、全身が雷になったような速さでもって、船越に挑《いど》んでいた。

雷の拳《こぶし》で貫こうと突っ込み、跳《と》んだ刹那《せつな》に回し蹴《げ》りする。それを船越が、腕を巧《たく》みに駆使して払いのけ、ばねのように一瞬で跳《は》ねて、着地した塔太郎の背後に回り、首を摑《つか》もうとした。

塔太郎は、振り向きざまに船越の手を蹴りで弾《はじ》き、跳躍《ちょうやく》して下がる。距離を取ると、船越が激しく挑発した。

「どうした坂本！　その程度で何を守る気だ⁉」

高揚し、目を見開き、親指で胸の勲章を突《つ》いては、来いと誘う。塔太郎が甲板《かんぱん》を蹴って繰り出す突きを、船越は回復の力を込めた拳で相殺《そうさい》した。船越が手刀《てがたな》で首を狙《ねら》っても、塔太郎は巧みに避《よ》けて反撃を繰り返す。そんな攻防が延々と続いていた。

塔太郎は、今この瞬間のような、京都信奉会《きょうとしんぽうかい》との対決のために、天神《てんじん》と名高い菅原道真《すがわらのみちざね》に師事してきた。その甲斐《かい》あって、移動・格闘・防御の全《すべ》てにおいて、塔太郎の雷の扱いは完璧だった。まさしく、いつか鶴田《つるた》が評したような、雷神《らいじん》そのものだった。

ただ、船越の方も、前回と違い、今回は塔太郎に対してきっちり策を講じたらしい。雷の速さは追えない、また、追うべきではないと的確に判断している。自身は極力動かず、突っ込んでくる塔太郎を迎え撃つスタイルだった。

船越はかつて道場に通い、古武術を会得《えとく》した人間である。塔太郎の格闘技に対する判断、身のこなし、反撃の素早さは、一分《いちぶ》の隙《すき》もなく完璧だった。回復を応用した弾く力も、船越が集中して使いこなせば、威力は塔太郎の雷と同等だった。

千里眼《せんりがん》で、この戦いを見た他の隊員達は、これが船越の本気かと言葉を失っていた。同時に、そんな船越と対等に戦う塔太郎に対しても、驚嘆《きょうたん》していた。

塔太郎が今まさに、己《おのれ》の限界を突破しながら戦っている事に、誰もが気づいていた。

自分の攻撃が何度退けられても、相殺されても、塔太郎は気持ちを崩さない。船越の猛烈な蹴りを避け、振り下ろされる拳や裏拳《うらけん》を弾いて後方に飛び、雷線《らいせん》の鈴《すず》を放つ。船越本人が避けてしまっても、甲板上で放電すれば、周囲はボロボロになる。塔太郎が雷線の鈴を使い切る頃には、甲板は大破していた。

山鉾を載せる船としては、もはや使い物にならない。船越は、今は塔太郎の討伐《とうばつ》だけに集中しているらしい。天守《てんしゅ》を含め、次第に壊れゆく自分の船を、全く気にしていなかった。

周りの雑兵《ぞうひょう》達も、隙を見て矢や砲撃で塔太郎を狙い、船越の助太刀《すけだち》を試みる。

しかし、そもそも神速のような塔太郎には当たらないし、当たったとしても、全身に巡らせている雷が一瞬で矢を焦《こ》がし、砲撃も防ぐ。船越への流れ弾《だま》とて同様だった。船越が自身の能力で弾き、防いでいる。それらもまた、船が壊れる要因になっていた。

塔太郎は敵の大将と戦いながら、結果的に山鉾奪取のための船も破壊していたのである。

塔太郎の神がかった姿に、船越は一層興奮した。

「何という奴《やつ》だ！　腹立たしいが、さすがは武則大神《ぶそくおおかみ》様の血縁者！　それでこそ討ち取り甲斐がある！　やはり僕しかいない。武則大神様の命《めい》を遂行《すいこう》し、お心を満足させるのは、僕しかいないっ！」

今度は自ら塔太郎へ突進し、回復の力を上半身に集中させる。迎え撃った塔太郎の雷の突きを、回復の力で膨《ふく》らんだ体で、まっすぐ受け止めていた。

船越は、そのまま塔太郎の体を押さえ込む。足を払い、強い力で塔太郎を倒した。

倒された塔太郎は即座に、顔面を殴《なぐ》りつけようとする船越の拳を防ぐ。手で受け流したので拳が逸《そ》れ、掠《かす》った頬《ほお》から一気に血が出た。塔太郎は、それに構わずむしろ好機と捉《とら》え、両手で船越の服を摑む。自分の方へと一気に引き寄せ、雷を込めて思い切り、船越の腹を蹴り上げた。

近距離からの蹴りが効いたのか、船越が腹を押さえて一歩飛びのく。それを見逃《みのが》さなかった塔太郎は、すぐさま起き上がって追撃した。

船越を倒す絶好の機会とあって、拳に全てを集中させる。船越も、抵抗するように左手を出す。互いがここ一番と言えるほど、激しくぶつかろうとした。

その時、遠くで、朝光《あさみつ》ケンの叫び声がした。

「トディ！　避けろ！」

ほぼ同時に発砲音がして、塔太郎の頬を何かが掠った。

反射的に目を細め、動きを止めたその一瞬が、仇《あだ》となる。塔太郎の拳が弾き返され、船越の拳が腹に当たった。咄嗟《とっさ》に雷を巡らせた事が、不幸中の幸いだった。塔太郎自身は後方に吹き飛んだものの、急所を打たれて戦闘不能となる事だけは、免《まぬが》れた。

ケンら他の隊員達から逃げていた卓也《たくや》が、遠くの小舟から銃を撃ったのだ。小舟で立ち止まり、集中して撃ったらしい捨て身の一撃。それが、雷を拳に集めていた、塔太郎の頬を掠めたのだった。

塔太郎はただちに立ち上がるも、目元が痛み、わずかにふらつく。船越に殴られた痛みに加え、卓也の放った弾丸に、サーベル同様何らかの術が込められていたらしい。雷で体力を酷使《こくし》し、体内の霊玉《れいぎょく》をかなり消耗《しょうもう》していた事も、毒が体に回る原因となった。

引き続き塔太郎は戦うが、突き蹴りが上手《うま》く出せなくなる。

その異変に船越が気づき、大声で叫んだ。

「よくやった、卓也！　僕の指示通りだ！」

遠くで称賛《しょうさん》を聞いた卓也は、既にケンに確保されている。しかしその表情は、何よりも誇らしげだった。

「ありがとうございます、船越様。暴力に栄光あれ……！」

この時、塔太郎の千里眼には各隊員の活躍が映っていた。まさるが、再び鬼神《きしん》の如《ごと》き戦いを見せ、琴子《ことこ》ら他の隊員達と協力して、新たに大型船の舵《かじ》を破壊する事に成功している。その吉報が、玉木《たまき》の霊力《れいりょく》の通話によって、戦場に響き渡っていた。

そんなまさる達の奮戦ぶりが、毒を受けた塔太郎の心を、確かに支えてくれた。今一度、気持ちを静めて集中し、毒の苦しさを意識から追い出す。千里眼を通じて、ケンや他の隊員達に届くと信じ、甲板から叫んだ。

「俺《おれ》は大丈夫です！　心配ありません！　船越は俺が倒します！」

戦闘可能を宣言すると、直後に船越も雄叫《おたけ》びを上げる。

「よく言った。敗北の底で悔《くや》しがるといい！」

襲い掛かる船越を、塔太郎は真っ向から迎え撃った。

そんな塔太郎の姿と、制圧された大型船が曳航《えいこう》されるのを見た敵の雑兵達が、わずかに士気を落としてゆく。進むべきか逃げるべきかと、悩んでいるらしい小舟もあった。

しかし、結界《けっかい》に閉じ込められても尚《なお》、執拗《しつよう》に逃走を続ける兼勝《かねかつ》が、芯《しん》の通った声を上げる。

「よいわ、よいわ！　一隻《せき》ぐらいくれてやれ！　船越様もわしも健在よ！　大船一つ京に入れれば、我らの勝利。まずは京都に押し入るだけでよい！」

霊力を乗せた声が空いっぱいに響いた。

兼勝の余裕のある命令を受け、敵の軍勢が再び動き出す。天上班が全力で阻止《そし》するも、味方の船の大破や、隊員の戦線離脱が相次いだせいで、押され気味となる。

鶴田の結界に閉じ込められつつも、船を町に向かわせようとする兼勝を先頭に、船越の軍勢は徐々に、京都に迫っていた。

それらの戦況を把握したうえで、塔太郎は、卓也の毒を受けているにもかかわらず、今まで以上に船越へ突っ込み、突き蹴りの速度を上げた。

（気力の勝負や！　天上班も、そう長くは保《も》たへん）

だからこそ、どんな怪我《けが》をしても自分が勝たねばならない。船越さえ倒せば、この戦いはほぼ決する。一秒でも早く倒す必要があると、塔太郎は直感していた。

（それが俺の、エースの役目やから）

固い決意が、塔太郎を突き動かしていた。船越を倒す。その向こう側に、京都の平和がある。塔太郎はそれを摑みたかった。

大型船の制圧に徹《てっ》するまさる達や、山鉾町に結界を張る地上班。今この瞬間も、粛々《しゅくしゅく》と山鉾巡行を進め、

「背中は、あんたらに任したで」

と、塔太郎ら警察に治安を託《たく》した京都の人達が、瞼《まぶた》に浮かんでいた。

塔太郎は過去の経験から、暴力を振るわれる辛《つら》さを知っている。自分以外の大切な人達に、その辛さを味わってほしくなかった。千年以上続く祇園祭《ぎおんまつり》の歴史に、辛い歴史を重ねたくなかった。

そんな強い思いが、塔太郎に力を与え、精神を保たせていた。

塔太郎の決死の格闘に、とうとう船越が押され始める。遠くから、これを見ていた兼勝は目を見開き、

「奴は化《ば》け物か」

と、驚嘆《きょうたん》していた。

激しい戦いの末、塔太郎と船越のそれぞれの拳が、天守近くで再びぶつかろうとする。

龍虎相搏《りゅうこあいう》つその瞬間さえ、塔太郎は頭の片隅に、冷静さを保っていた。心身が冴《さ》え渡り、全てがゆっくり、明瞭《めいりょう》になる。

戦いの前に、入院している栗山《くりやま》と交わした、電話の内容。

お前らが、船越に勝てるよう念を送っとく、と言った後に、栗山が話した大切な一言。

「船越の事やけどな……。あいつ、多分、左利《き》きやぞ。俺らの無線機を奪った時、左手で持っとった」

塔太郎は、それを思い出していた。親友が、命を賭《と》した戦いで得た情報が、ここで活《い》きた。

今、船越はまさしく、左の拳を使おうとしている。無意識の時や、ここ一番という時は、やはり利き手を使うらしい。

その左拳を後ろに引いたせいで、船越の右半身が前に出ている。右脇腹には、人体の急所の一つ、肝臓《かんぞう》がある。船越の拳をぎりぎりで避けた塔太郎の左拳が、まっすぐ船越のそこへめり込み、肝臓を破らんばかりに突き上げていた。

船越が一瞬、目を見開いて呻《うめ》く。回復の力を使われる前に、塔太郎は今度こそ雷を全て溜《た》め、腰を入れて全身全霊で拳を突き上げ、船越のみぞおちを仕留《しと》めていた。

船越も咄嗟に、自らの腹に回復の力を集めたらしい。塔太郎の雷の拳と、船越の弾く力とが、激しくぶつかり合って光を放つ。それが大きな衝撃となって、両者共に吹き飛ばされた。

爆風《ばくふう》に煽《あお》られ、塔太郎は舳先《へさき》近くまで、船越は天守まで飛んでいく。船越の体は、回復の力を駆使したせいで、相当頑丈《がんじょう》になっていたらしい。船越の背中がまるで人型の弾丸のように、天守の壁を貫いていた。

天守は衝撃を受け止め切れず、支柱も折れていた。音と粉塵《ふんじん》を出しながら、屋根が落ち、白壁が崩れ、ずり落ちるように形を変える。船越を象徴していた天守が、船越という主《あるじ》をその腹に入れたまま、やがて、完全に崩壊した。

その光景は、空の戦場にいる者達全てから見えた。千里眼で確認するまでもなく、兼勝の船からも、それを追う鶴田の乗る船からも、深津《ふかづ》達の乗っている船や大将船からも。

そして、残りの大型船へ向かうまさる達が立つ結界の板からも、はっきり見えたらしい。その一瞬だけ、全ての戦いが止まった。

天守の崩壊する音が、次第に小さくなってゆく。鎮《しず》まった瓦礫《がれき》の山から、船越が出てくる気配はない。舳先近くまで飛ばされた塔太郎は、よろりと立ち上がって顔を上げた。

遠くの中型船「たかくら」から、鶴田の、嬉《うれ》しそうな叫び声がした。

「やった……。坂本《さかもと》さんが、やってくれはりました！」

天上班の間で、せり上がるように喜びの声が湧《わ》く。塔太郎の体には、今まで抑えた分と言わんばかりに、一気に毒が回っていた。体が重くなり、息も上がる。目だけは瓦礫の山に向けていたが、意図せず片膝《かたひざ》をついてしまった。

塔太郎が船越を倒した事で、天上班の勝利はほぼ決まっていた。敵は、ほとんど意気消沈《いきしょうちん》の状態である。雑兵達は最早《もはや》これまでと諦《あきら》め、いかに逃げるかを考えているのが伝わってくる。兼勝だけが、逃走を続けながら周辺を見回し、自軍の突破口を探していた。とはいえ、自身も結界に閉じ込められ、鶴田達に追われている。摑まるのは時間の問題だった。

しかし肝心《かんじん》の、船越の退治はまだ確認出来ていない。塔太郎が、息を整えて立ち上がった時である。瓦礫の山となった天守が、にわかに盛り上がる。そこから豪快に出てきたのは、煤《すす》だらけ傷だらけになった満身創痍《まんしんそうい》の船越だった。

やはり、船越は簡単には倒せない。わずかに、天上班の全員が落胆《らくたん》する。対する敵は、雑兵の一人が「船越様！」と歓喜の声を上げた。その声が、塔太郎の耳まで届いていた。千里眼で見れば、逃走している兼勝も、にやりと笑っていた。

雑兵達は攻撃を再開し、天上班も、松永《まつなが》の指揮のもと迎え撃つ。まさるや琴子達も引き続き、兼勝の船を除けば残り一隻の、最後の大型船に向かっていた。

結局、戦いは依然、各所で攻防が続いたまま。もちろん塔太郎も、体力や霊力がぎりぎりなのを押して、雷を全身に巡らせた。

そのまま船越へ走ろうとしたが、明らかに、船越の様子がおかしかった。

「僕は、まだやれる……。こんなところで……敗《やぶ》れるなど……っ！」

掠れた声を出し、膝を曲げて歩き出そうとする。すると一瞬、何かの啓示を受けたように上を向き、はっと目を見開いた。

「武則、大神……様？」

塔太郎は一瞬耳を疑い、急いで周囲を見回した。

その直後。船越本人の意志に反するように、船越の右手が、自分の胸の勲章を鷲《わし》摑《づか》みした。よほど強い握力なのか、勲章が玩具のように歪《ゆが》み、小さく丸められる。

船越本人は、突然の右手の暴走に、ひどく驚いて困惑している。自分の体にもかかわらず、右手の動きを止められずにいた。

塔太郎が走り、足に雷を込めて跳躍したが間に合わない。あっという間に、勲章を摑んだ右手がまっすぐ船越の口へ向かい、船越の喉《のど》へ、強引に勲章を押し込んでしまった。船越は、混乱したまま激しく咳《せ》き込む。直後に飛び込んだ塔太郎の突きを、何とか避けていた。

　船越は、瓦礫の木材を足掛かりに、塔太郎の頭上を大きく飛び越える。霊力の込められた跳躍で、塔太郎の背後に着地していた。

　それら回避の行動さえ、船越の意志ではないらしい。

　一体、何が起こっているのか。即座に振り向いた塔太郎は、目《ま》の当たりにした光景に愕然《がくぜん》とする。数秒、何が起こっているのか理解出来なかった。

　甲板に立つ船越の顔半分が、明らかに、別人に変わっている。次第に船越の顔の部分が、別人に侵食《しんしょく》されていく。

　その「別人」の顔は、少し老《ふ》けている事を除けば、どう見ても塔太郎そっくりだった。

　わずかに残っている「船越」が、もがくように苦しんでいた。

「武則大神様……お待ち下さい……。僕はまだやれます。まだ……」

微《かす》かな言葉が、全てを物語っていた。京都信奉会の教祖・神崎武則《かんざきたけのり》が、船越の中、にいるらしい。あの勲章の中に、神崎武則の魂《たましい》が込められていたようだった。

　そして今、船越の体を、神崎が乗っ取ろうとしている。

「武則大神様……」

「船越。ちょっと黙っといてくれ」

発せられた声は、船越のものではなかった。塔太郎によく似た別人の声が、まるで一人芝居のような、奇妙な会話を続けていた。

塔太郎は走り出そうとしたが、毒のせいで力が抜け、瓦礫に躓《つまず》いて倒れてしまう。

その隙に、船越が塔太郎まで距離を詰め、塔太郎の襟足《えりあし》を思い切り踏んだ。動きを止められた塔太郎は、抵抗して立ち上がろうとする。その間にも、船越の体はどんどん侵食されていた。

船越が神崎に、必死に懇願《こんがん》していた。

「武則大神様……僕の体を……返して……」

「やから。船越ちょっと黙っといてくれって」

「神崎さん」

「船越」

ぴしゃりと打ち切った神崎の声は、とても冷たい。船越の声を、心を、全く見ていないようだった。

「――もうええよ。お疲れ。あとは俺がやるから」

船越へ返した言葉は、臣下《しんか》を労《ねぎら》うものではなく、ため息交じりの見限ったような言葉。さらに、

「抵抗しててんと体だけ貸せ。俺が言いたいのはそれだけや」

という事務的なものと、

「番犬むなしくここまで、ってこっちゃな。同じ犬やったら、渡会《わたらい》の方がずっとええわ」

という失望の言葉が、とどめだった。

それを聞いた瞬間、辛《かろ》うじて残っていた船越の顔が、悲しく歪む。自分にとって最上の人に言われた言葉が信じられず、絶望していた。

「犬……？　虎《とら》じゃなく……？　渡会の方がいいって、そんな……。僕はただ一生懸命……あなたに、頑張ったなと、言ってほしくて……。……まさか……僕に渡してくれた、勲章……この、ため……に……？　僕は……、最初からあてにされてなかっ」

神崎が苛立《いらだ》たしげに、自らの顔を片手で払う。神崎の顔から「船越」が消えた。その時の船越が、藁《わら》にも縋《すが》るように見つめていた最後の人物は、神崎の足元から脱した塔太郎だった。

船越の顔が、体が、完全な別人に変貌《へんぼう》する。船越の魂を消し去り、船越の体を乗

っ取った詰襟《つめえり》姿の神崎は、塔太郎と瓜二《うりふた》つだった。

この時、塔太郎は、船越が自分に助けを求めていた事に気づいていた。誰かを攻撃するより、誰かを助ける。そんな無意識の良心から、塔太郎は、反射的に船越へ手を伸ばそうとした。

それが、致命的な隙を作ってしまった。気づけば、塔太郎は神崎に顎《あご》を摑まれており、

(しまっ——)

と手を上げて離れようとしたが、遅かった。

神崎に、力の限り殴り飛ばされる。邪悪な力の籠《こ》もった神崎武則の拳が、塔太郎を瓦礫の山に沈めていた。

崩れた瓦礫に、塔太郎の体が埋《う》もれてゆく。神崎が、忌々《いまいま》しそうに吐き捨てた。

「挨拶《あいさつ》が遅れたな……。久し振りやな、息子。立派になっとるやないか。——京都でのうのう暮らしよって。今のは父親の鉄拳《てっけん》や。分身の俺程度にそんなやられ方では、泣けてくるわ」

それと同時に、どこかの小舟から、雑兵の一人が叫ぶ。

「来た……。最上神《さいじょうしん》だ……! 武則大神様のご降臨《こうりん》だぁーっ!」

感極《かんきわ》まった、勝利の絶叫だった。

まさる達が戦う相手、「京都信奉会」。神崎武則はその教祖である。

その神崎が、突如《とつじょ》として船越の体を乗っ取り、船越を消し、この戦場に現れた。

そしてエースたる塔太郎が神崎に殴り倒された瞬間、天上班の全隊員、そしてまさるも、一瞬の頭の中が真っ白になる。

心の奥底の大《まさる》が、

（塔太郎さん！）

と叫んだ事で、まさるはようやく、我に返ったほどだった。

塔太郎は即座に立ち上がったが、神崎もまた、右手を黒い剣に変化させ、塔太郎の胸を貫こうとしている。塔太郎本人や周辺の隊員達はもちろん、松永も、運悪く負傷者を転移しており間に合わない。

まさるの感情が、絶望に染まる。しかし、その時塔太郎を助けたのは、

「急《きゅう》急如律令《きゅうにょりつりょう》！」

と叫び、結界を兼勝から塔太郎に切り替えた、鶴田だった。

黒い剣が結界に弾かれ、神崎が瞬時に飛びのく。鶴田が塔太郎を守った事で、兼勝が解放されてしまった。塔太郎の命を考えれば、やむを得ない事だった。

自由を得た兼勝は、途端に錫杖《しやくじよう》を振って一つ目や一反木綿《いったんもめん》を作り出し、攻撃と防御を再開した。結界から出た塔太郎が、血を流しながらも必死に神崎に立ち向かう。神崎はそれを悠々《ゆうゆう》と避け、重傷の塔太郎を蹴り倒した。古武術を会得している船越の体を、存分に使っているらしい。蹴りの威力は相当だったようで、立ち上がった塔太郎の出血が、さらにひどくなっていた。

神崎が、鶴田の乗っている「たかくら」を、まっすぐ見据《みす》える。

「――今の結界、あっこからやな」

独り言の後、全身を一気に黒くし、細長い何かに変化《へんげ》すると、すぐに甲板から弾丸のように飛び立った。その姿は、黒い邪悪な龍そのもの。目が異様に滾《たぎ》っており、体から溢《あふ》れ出る黒い靄《もや》が、時折、歪んだ人間の顔のように見えた。

黒龍《こくりゆう》の神崎のすぐ後を、青龍《せいりゆう》に変身した塔太郎が追う。しかし圧倒的に、神崎の方が速かった。あっという間に、神崎が「たかくら」に突撃し、鶴田以外の隊員達を激しく尾で薙《な》ぎ払う。隊員達を船から落とした神崎の尾からは、細い人間の手足が何本も生えていた。

千里眼でこれを見たまさるは、目の前の雑兵と戦いながら、全身に鳥肌が立ってしまう。同じく千里眼でそれを見たらしい琴子も、

「いやっ、何あれ⁉」

と、結界の板で戦いながら口に出し、表情を歪ませた。

青龍の塔太郎も「たかくら」に飛び込んだが、神崎は既に、人間に戻って鶴田を殴り倒している。両手でがっちりと、鶴田の首を摑んでいた。

「やっぱりお前か。結界と体の気配とが、よう似とるもんな」

早口に呟《つぶや》きながら、鶴田の首を締めていく。

「乗っ取った体やとあかんなぁ。俺自身も分身やし、両手使わんならん」

「……っ……！　うあ……っ！」

鶴田が目を見開いて苦しむ。人間に戻った塔太郎が、拳で神崎を砕こうとする。周辺から駆け付けた他の隊員達も、船から矢で狙い、射撃し、あるいは、結界の板から船に乗り込んで、塔太郎と一緒に神崎を倒そうとした。

しかし、神崎は振り向きざまに片手で、鶴田がいつもそうしているように刀印《とういん》を結ぶ。

「急急如律令！」

という神崎の叫びで現れた結界が、矢も射撃も、塔太郎の雷の拳さえも弾いてしまった。

その強度は、鶴田本人のものにそっくりだった。

塔太郎が渾身《こんしん》の蹴りで結界を割った瞬間、神崎も塔太郎の懐《ふところ》へ飛び込んで腹を突く。船越とほぼ同じ威力の拳が、塔太郎の腹を確実に捉え、塔太郎は後方に飛ばされてしまった。

その隙に、神崎は再び黒い龍となって飛び出してゆく。神崎にやられた鶴田は、もはや立ち上がる事も出来ず呻いていた。

それでも、普段から霊力マニアとして知られ、大達に解説もしている鶴田なだけに、神崎に摑まれた瞬間、その能力を見定めたらしい。

「坂本さん、皆さん、神崎に摑まれたら駄目です。奴の能力はきっと、相手の霊力を吸収し、使えるようになる事です……！」

残った気力を振り絞り、得た情報を伝える。それを最後に、鶴田は気絶してしまった。松永によって、救護船へ転移される。

その後の戦況は、文字通り地獄絵図だった。

神崎が恐ろしい速さで船から船へ飛んだかと思えば、ただちに人間の体に戻り、狙った隊員の首を締める。その都度、追いかける塔太郎が阻止し、隊員達を救出した。

神崎の素早さも腕力も、普通の霊力持ちとは桁違《けたちが》いである。塔太郎は、何とか神崎を退治しようとするが、船越からの連戦なうえに、青龍になり、卓也の毒まで体に回っている状態では、いくらエースでも被害を抑えるので精一杯。神崎の能力は、それこそ変化、格闘、結界と多岐《たき》にわたり、時には鶴田の進言通り、締め上げた隊員達から霊力を奪い、彼らとほぼ同じ能力を使っていた。

氷の鞭《むち》を使う鈴木の部下・氷室麗華《ひむろれいか》も、この魔の手にかかって締め上げられる。

鈴木がただちに「麗華ちゃん！」と叫んで助けようとすると、神崎は後方に飛びのいて腕を鞭に変化させた。素早く振るい、氷の鞭で鈴木の足に裂傷を負わせる。神崎に捕《つか》まっていた麗華は、霊力を吸収されたせいか倒れており、戦闘不能に陥《おちい》っていた。

神崎が狙いを鈴木に切り替え、捕《と》らえようとするのを、飛び込んだ青龍の塔太郎が防ぐ。

すぐさま、神崎が隊員から奪ったらしい砲撃の力を使い、手から霊力の弾丸を放って塔太郎を遠ざけた。撃たれた塔太郎は、青龍の体から血を流しながらも神崎に嚙《か》みつき、鈴木を空中へ放り投げて助ける。神崎が黒龍になり、鈴木を諦めて標的を変えると、塔太郎もすぐに後を追った。

神崎が次に狙ったのは総代であり、「かわらまち」の屋根を破壊して飛び込んだ神崎が、総代の首を摑もうとする。総代は咄嗟に、腰の袋から鉛筆を抜いて、神崎の手の甲を突き刺した。

神崎にとっては何の痛みにもならなかったそれが、相当癪《しゃく》に障《さわ》ったらしい。

「面白い奴やと思たのに」

吐き捨てた直後に総代の胸倉《むなぐら》を摑み、仰向《あおむ》けに倒す。総代の肩を踏み、右手を黒い金棒に変化させ、総代の命とも言える、筆を持つ手を潰《つぶ》そうとした。

やめろーっ、という、隊員の誰かの叫びが響く。同時に、追いついた塔太郎が、青龍のまま、総代を庇《かば》うように滑《すべ》り込んだ。

塔太郎は脇腹を金棒に打たれ、口から飛んだ血が畳《たたみ》を濡《ぬ》らす。

「坂本さんっ‼」

総代が真《ま》っ青《さお》になって起き上がる頃には、塔太郎は血だらけのまま人間に戻って雷の突きを出しており、それを腹に受けた神崎が、忌々しそうに飛びのいていた。

「坂本さん、怪我《けが》は⁉」

無我夢中で尋ねる総代に、塔太郎は背を向けたまま、

「ごめん、総代くん……。鉛筆、あんなんするためのもんちゃうのに」

と、画材を刺す道具にしてしまった事、ひいては、神崎を止められない事を詫《わ》びて、飛び立つ神崎を追った。

残された総代は、塔太郎の、絵や画材に対する敬意、そして愛情を感じ取ったらしい。急いで走って、船から身を乗り出す。

「坂本さん！　お願いですから一旦下がって！　血が、血が……！　体の霊玉だっ

て、枯渇《こかつ》してるはず……！」

塔太郎の血にまみれた屋形船からの総代の声は、塔太郎には届かなかった。

神崎武則たった一人に、天上班の足並みが、信じられないほど乱されていた。

ただでさえ、砲撃と矢が飛び交う戦場である。そこへ、神崎による霊力の吸収で負傷者が相次ぎ、戦線離脱者が続出する。天上班の式神《しきがみ》達は、とうに全滅していた。

塔太郎が青龍となって常に神崎を追い、攻撃を止めていなければ、天上班は壊滅《かいめつ》していただろう。誰が見てもそれは明らかで、松永は、塔太郎がどんなに負傷しても、救護船へ送れないらしい。

天上班の奮戦も虚《むな》しく、敵の雑兵達が、神崎の猛攻に勢いを得て波に乗る。あと少しで大型船に辿《たど》り着きそうだったまさる達も、雑兵達による、数隻まとまっての猛攻に遭《あ》って阻《はば》まれてしまった。

そこへついに、黒龍の神崎が迫ってくる。まさる達が覚悟して身構えた瞬間、青龍の塔太郎が神崎の尾を嚙み、自身もろとも、崩れた天守だった船へ投げ込んだ。

塔太郎も神崎も瓦礫に埋まってしまう。しかし、神崎の方が、先に人間に戻って甲板に立った。それを見た雑兵達の歓声は、もはや最高潮だった。

喝采《かっさい》を浴びた神崎が堂々と、兼勝に向かって叫んだ。

「徳本《とくもと》！　戦いの指揮はお前に任せる。早《は》よ行て山鉾取ってこい！　警察は全部俺が消す。久し振りに腕見してみぃ！」

　この時、兼勝は、自らの船を京都の町へ急がせており、雑兵達を鼓舞《こぶ》するために、舳先近くに立っていた。

　神崎の命を受けた瞬間、兼勝は錫杖を甲板に突き、一つ目や一反木綿をどんどん作り出す。

「全く……。落ちぶれた今は、『兼勝』と呼べと言うとろうに」

　呟いた後、神崎に向かってにやりと笑う。次に、顔を上げた兼勝の表情は、歴戦の神将《しんしょう》そのものだった。

「委細承知仕《つかまつ》った！　武則《ぶそく》殿！　心置きなく、大暴れ召されよ！」

　錫杖を持ち直し、勢いよく天に突き上げる。その様子を見た雑兵の一人が、後に続くように自分の刀を突き上げて、声を上げた。

「この戦い、我らの勝利ぞ！　武則大神様に兼勝様がいれば、今や恐れるものなし！　撃て、進め！　我らの力、千年の都に思い知らせてやれ！」

　今までとは、まるで違った意気盛んな声。それに釣《つ》られて、あちこちで雑兵達が鬨《とき》の声を上げ始める。状況を察した兼勝が、「よう言うた！」と大声で応《こた》えた。

「貴様《きさま》ら雑兵が、精兵《せいびょう》になるのを待っていた！　皆の者、わしに続け！　残る大型船は、ただちにこの船に付き従え！　目標はただ一つ、山鉾のみ！　追いすがる警察には一兵たりとも構うでない！　目覚ましい活躍をした者には、後で褒美《ほうび》をくれてやる！」

一気呵成《いっきかせい》に言葉を並べたて、最大限に煽る。そのせいで、雑兵達は極限まで感情を釣り上げられ、興奮し、狂喜して、血気に逸《はや》っていた。恐怖や疲労さえも忘れた、恐ろしい軍団が出来上がっていた。

兼勝の船が先陣《せんじん》を切り、もう一隻の大型船も、猪《いのしし》のごとく京都を目指す。味方の船さえ轢《ひ》きそうな速さで、兼勝の船と縦一列になった。

疾走《しっそう》する大型船二隻の舵は、兼勝の出した一つ目達がすっかり守って、もはや手が出せなくなっている。兼勝自身も、船越に代わって指揮官となった自分の安否が、戦いの要《かなめ》だと理解したらしい。自らの背中や周囲も、天上班に撃たれないよう、一つ目達を重ねてきっちり守らせている。そんな兼勝や大型船を、さらに取り囲むように、雑兵達の小舟や中型船が護衛して、天上班の包囲を破っていく。

塔太郎を除く全ての隊員が、それを止めようと懸命に追いかけた。

だが、敵は、小舟の雑兵に至るまで勝利を確信しており、それが士気を高めていた。霊玉を消耗し、暑さに体力を奪われた隊員達とは、動きに雲泥《うんでい》の差があった。

戦う敵ならまだましで、兼勝達の目標は、今や完全に、山鉾の奪取一本に絞《しぼ》られていた。そのため、天上班を回避して、ひたすら町へ急ぐ船も多い。天上班の前線部隊はどんどん置き去りにされ、追い縋る形となってしまった。

この時、天守のあった船では、黒龍に変身しようとする神崎を塔太郎が捨て身で止めており、神崎に殴り倒されても足を摑んで引き倒し、神崎の手から発射される砲撃を、雷の拳で相殺していた。塔太郎は、口から垂れる血にも気づかないほど、神崎を押し留《とど》める事に集中している。それだけが、わずかな救いだった。

天上班の総大将たる、松永の声が空に響く。

「面舵《おもかじ》一杯、前に出よ！」

とうとう、大将船「しじょう」までもが動き出した。兼勝の行く手を塞《ふさ》ぐように、猛スピードで移動し、遥《はる》か前方で対峙《たいじ》する。雑兵達は、五色《ごしき》の吹流《ふきなが》しを持つ「しじょう」の存在感に、わずかに怯《ひる》んだ。

しかし、兼勝は恐れるどころか「おお」と喜び、興奮する。

「見よ！ ついに大将を引きずり出したぞ！ とすれば、相手には真実、後詰《ごづめ》がない！ 全軍行け！ 奴らを京都盆地に沈めて、勝利への道をこじ開けるのだ！ 森《しん》羅万象《らばんしょう》は、常に勝者が決めるもの。それが分からん貴様らではあるまい！ ものども、かかれっ！ あれを討ち取れ！ 沈めてしまえーっ！」

最前線に立つ兼勝が、自らの威信《いしん》をかけ、力の限り錫杖を振る。雑兵達による、雨のような砲撃が始まった。

対する「しじょう」の松永はただ一言、

「総員、迎え撃て！」

とだけの指示だったが、その声も表情も、警察と神社の威信をかけ、背水《はいすい》の陣《じん》を布《し》いた獅子《しし》のようだった。松永が細かい指示を出さずとも、全隊員は何をすべきか理解していたし、そのためには、たった一言の指示でよいのだと、松永は分かっていたらしい。

「しじょう」の周囲に駆け付けた他の船はもちろん、「しじょう」の乗員達も、砲撃し、弓を射つつ、結界の板を渡って立ち向かう。松永も、ついに自ら一隊員となって本殿《ほんでん》から甲板へ走り出る。千里眼での転移や結界は続けつつ、自ら射た矢を爆発させて砲撃にするという、人間離れした技を見せていた。

兼勝の軍はもちろん、天上班も、砲撃や弓、結界の板を渡っての白兵《はくへい》戦で、互いに一歩も引かぬ死闘を繰り広げる。技術や霊力の差は、もはや関係ない。力尽きた方が負けだった。

琴子、みやび、玉木も結界の板を走り、輸送船に乗って大急ぎで前線へ向かおうとする。他の隊員も総代さえも、皆が天上班の迎撃に加わる中、まさるだけ、反対方向に走ろうとしていた。

その先は、塔太郎が神崎と戦う船。

心の奥底から大が、

（まさる、戻って！　大型船へ――）

と指示したが、まさるはそれを、心の中で激しく拒否した。もう一度大が指示するも、それでも、まさるは動かなかった。

兼勝達を追うべきだという事は、まさるもよく分かっていた。

けれど、神崎と戦う今の塔太郎は、限界をすでに超えて、最早ボロボロである。全身血だらけで目は虚《うつ》ろ。それでも、神崎だけを見て、神崎だけに集中している。神崎を止め、退治するために、全てを擲《なげう》っていた。

このままでは死んでしまう。大好きな塔太郎が、死んでしまう。

塔太郎を助けねばならない事を、なぜ、皆、分からないのか。大までどうして分からないのかと、まさるは心の中で激しく責めた。

まさるはそのまま、塔太郎のもとへ走ろうとする。せめて自分だけでも行く。このまま、塔太郎を見殺しにするなんて出来ない。一人でも助太刀に入れば、と、まさるが、刀を握り直した時である。

（分かってへんのは自分の方や！）

大が、泣きそうな声で言い返した。

反射的に、まさるは足を止めてしまう。それほどまでに、大の声が、全てが、激情で震《ふる》えていた。

（まさるの気持ちは分かる。私かって痛いほど、死ぬほど分かる！　けど……けど！　塔太郎さんが何のために戦ってるか、あんたは何で分からへんの⁉　育ててくれた人や町を守るため、自分より大事なもんを守るためやろ⁉　ここで兼勝を通したら、町はどうなる⁉　それを防ぐために、私ら『警察』はいるんちゃうの⁉　一人でも多く力を合わせて、兼勝達を止めなあかんのちゃうの⁉　そのために、塔太郎さんはたった一人で、あんなにも神崎と戦ってるんちゃうの⁉）

涙を流しながらの大の説得に、まさるははっとした。

大だって、塔太郎の事が大好きである。むしろ、まさるよりもずっとずっと、塔太郎を愛している。その事を、まさるは以前から知っていた。

その大が、泣きながら、塔太郎を置いて行けと言う。町を守れと言う。

もし、兼勝や雑兵達が京へ入り、何か一つでも被害が出れば、塔太郎はきっと一生、自分を責め続けるだろう。塔太郎だけでなく、自分も他の隊員達も、きっとそうなる。

京都に消えない辛い歴史が残り、町の人達の心にも、消えない傷が残る。そうさせないために、自分達あやかし課がいるはずだった。

自分の大切な者が笑顔で暮らせる、京都の「治安」を守るのために。

（ここで盾《たて》にならへんで、何のための『魔除《まよ》けの子』なん⁉　行かへんにゃったら代わりなさい！　私が行く！）

大が、泣きながらも凛々《りり》しく叱咤《しった》する。こんな極限でも頼れる大の声を聞いた時、まさるは一瞬ぎゅっと目を閉じ、全てを想う。治安維持の重さを背負い、目を見開いた瞬間、声なき決断の雄叫びを上げた。

魔を払い、京都の町や山鉾を守るため。

山鉾を奪うという犯罪を、躊躇《ちゅうちょ》なく行おうとする乱暴者達に、絶対に、警察は負けられない。

踵《きびす》を返し、大好きな塔太郎を置き去りにして、兼勝の船へ走り出した。

その時、

「まさる君！　乗って！」

という総代の鋭い声が、遠くから聞こえた。

顔を向ければ、大破した屋形船《やかたぶね》「かわらまち」から、総代が力の限り流れ旗を振っている。

人外特別警戒隊の色である、紫の旗。そこから、遠目でも分かるくらいに鮮やかに、描かれた鳳凰《ほうおう》が実体化していた。

長刀鉾の、懸装品《けそうひん》の一つである見送《みおくり》・伊藤若冲《いとうじゃくちゅう》による「旭日鳳凰図《きょくじつほうおうず》」。

気高《けだか》く、豪華絢爛《ごうかけんらん》なその鳳凰を思わせるような、しなやかで力強い鳳凰だった。

その輪郭線《りんかくせん》は、旗の色の紫によく映える、赤黒色。

総代はきっと一心不乱に、持てる力を全て注《そそ》いで描いたのだろう。まさるは直感で、その赤黒い輪郭線の中に、間違いなく、塔太郎の血が混じっていると察した。

総代の、そして塔太郎の血を分けたともいえる鳳凰が、一直線に、まさるを迎えにくる。まさるが鳳凰に飛び乗った瞬間、鳳凰が響き渡るような鳴き声を上げる。

結界の板から、隊員の一人が叫んで指示した。

「舳先へ向かえ！　あの兼勝さえ倒せば、勢いは止まる！　俺らも全力で援護する！」

鳳凰が、風のように、前線へ飛ぶ。

「行けっ！　魔除けの子ーっ！」

最後にそう叫んだのは、輸送船にいた玉木だった。

鳳凰は光のようにまっすぐ飛び、まさるも、受ける風圧など一切感じず刀を振り続ける。撃ち落とそうとする雑兵達の砲撃や矢を、全て避け、あるいは、刀で斬《き》り落とした。周囲の天上班の船も、まさると鳳凰を援護してくれた。

猛スピードで走る兼勝の船さえ通り過ぎ、兼勝の正面に回り込む。「しじょう」

と兼勝の船の間、兼勝の目の前に立ち塞がるように、空中で止まった。

兼勝と目が合った瞬間、兼勝が恐ろしい形相《ぎょうそう》になる。

「この期《ご》に及んで何をする気だ！　どかんか小童《こわっぱ》ァ！」

目を血走らせ、全力で錫杖を振る。一つ目達が繋《つな》ぎに繋がり、一つの巨大な手となって、まさると鳳凰を摑もうとした。

おそらく、二度は出せないだろう、兼勝の必殺の一撃らしい。まさるは、鳳凰から跳んで、思い切り刀を振り上げた。

この時、まさるは末端神経から中枢神経に至るまで、何もかもを「勝つ」事に集中させていた。天に光る夏の太陽を全身に浴び、振り上げた刀も照らされる。灼《しゃく》熱《ねつ》の光が反射して、刀が白く輝いていた。

脈打つような刀を握り締め、まさるは命を懸けて、刃《やいば》を振り下ろす。「神猿《しんえん》の剣《けん》第二十番　粟田《あわた》列火《れっか》」となるはずだった刀から、白く輝く、巨大な刃が飛び出した。

三日月状のそれが、一つ目達を刹那のうちに、縦に一刀両断《いっとうりょうだん》する。さらに、後ろの兼勝の船まで両断し、さらに、その後ろに付いていた大型船さえも、舳先から最後尾まで、たった一撃で真っ二つにしていた。

兼勝は横に飛びのいて辛うじて避けたが、刃の衝撃を受けたためか、錫杖がぽっきり折れている。

「ば……馬鹿な……っ⁉」

と口走った時には、兼勝の船も、後ろの大型船も、ぱっくり左右に割れて炎上していた。

この瞬間を以《もっ》て、敵の大型船が、全て失われた。天上班は、山鉾を守るのに成功したのである。松永の冷静な指示が力強く響く。

「全隊員、ただちに残る犯人達を確保せよ！　伝令船は、地上班の柳生《やぎゅう》隊長へ、これを正式に伝えよ！」

各船から次々と、「了解！」という声が上がる。戦況を一気に覆《くつがえ》した立役者のまさるは、空を落ちながら、心の中へ呼び掛けていた。

（大、やったよ。これで、山鉾は取られない。後は、塔太郎さんを……）

声なき声で、大に伝える。まさるは、力尽きたように目を閉じた。まさるの体が、微かな音を立てて元に戻る。大となった小柄《こがら》な体を、鳳凰の背中が掬《すく》い上げた。

起き上がった大は、簪《かんざし》で髪を結《ゆ》い、体勢を落ち着ける暇もなく、

「このまま、あの船へ行って！」

と、鳳凰に、塔太郎と神崎が戦う船を指さして言った。

山鉾の奪取を防ぎ切った今、残るは、神崎武則ただ一人。戦いは、まだ終わっていない。

大が刀を逆手《さかて》に持ち替えるのを、松永は千里眼で見ていたらしい。松永はその立場上、隊員全員の能力を知っている。ゆえに、大の逆手の刀の意味が、何であるかを察していた。

「『にじょう』乗員・古賀《こが》大は、至急、坂本の援護に向かえ」

短く指示を出し、大を転移させてくれた。

鳳凰の背中から、天守のあった船に移される。その一瞬の間、大は自分の大切な分身に、心からのお礼を言った。

（まさる、ありがとう。あとは私に任せて。私も今まで、ただ戦いを眺《なが》めてた訳じゃない――）

体力に優《すぐ》れる「まさる」が、自身の役目を果たして大型船を全て制圧し終えた後、戻った自分は何をすべきかと、大は考え抜いていた。

ずっと疑問に思っていた。なぜ、神崎は、塔太郎の力を奪わないのかと。

あれだけ隊員達を締め上げて、その能力を奪い、塔太郎を何度も殴り、蹴り倒しているのに、常に自分を追う塔太郎の力だけは、一度も奪おうとしなかった。

理由は分からない。けれど、そこに確実に、神崎が塔太郎の力を奪えない、何かの理由がある。

だからこそ、神崎と戦えるのは、塔太郎しかいなかったのである。松永もそれに気づいていたからこそ、心を鬼にして塔太郎を下げなかったのかもしれない。

大の視界が変わり、天守のあった船の甲板になる。少し離れたところで、塔太郎と神崎の攻防が続いていた。

山鉾奪取という目的が潰《つい》えた今、神崎は、憎い息子を殺そうと躍起《やっき》になっており、塔太郎がそれを、辛うじて迎え撃っている。あれほど強かった神崎も、決して諦めない塔太郎を前に、疲弊《ひへい》しているらしい。最初の時からは考えられないほど、必死の形相になっていた。

大はただちに走り出し、逆手に持っている刀の柄《つか》を、ぐっと握り締める。他の隊員達にも、まさるにもない、大だけが扱える唯一の技が、まだ残っていた。

「神猿の剣　第十一番　眠り大文字《だいもんじ》」。敵に打てば動きを封じる事が出来、味方に打てば、癒《いや》す事が出来る。

それを大は、力の限り打ち込むつもりだった。

その相手は――。

「ここで終わりや、死ね！」

神崎が苛立って叫び、腕を剣に変化させる。渾身の力で、塔太郎を串刺《くしざ》しにしようとする。顔が真っ青で、立っているのもやっとという塔太郎が、それでも逃げずに身構えた。

そんな塔太郎の背中に、大は後ろから抱き留《と》めるように、刀の柄頭《つかがしら》を、そして魔除けの力を打ち込んだ。

柄頭から、優しい朱色《しゆいろ》の光が漏《も》れる。大の脳裏《のうり》に、猿ヶ辻《さるがつじ》の厳しい声が響く。

「それこそ、天上天下《てんじょうてんげ》へ己が命を捧《ささ》げるかのように!」

「宵山《よいやま》で、赤ちゃんを助けた時の事を思い出してみ。あの時、自分は余計な事を考えてたか? 自分の身を惜しいと思てたか? そういう事や。真の魔除けの力とはそういうもんや」

あの時、妊婦だった母親の手と、生まれた佑輔《ゆうすけ》くんの臍《へそ》の緒《お》をしっかり握って、大は魔除けの力を流した。その感覚を、今の自分に重ねる。

(エースは、塔太郎さんやから。神崎武則を倒せるのは、あなたしか、いいひんから——)

大はぎゅっと、目を瞑《つむ》った。猿ヶ辻から懸命に教わった通り、お腹《なか》や四肢《しし》から一気に、霊力をばねに、魔除けの力を湧き上がらせるように、大は自分のありったけの力を塔太郎に流し、捧げた。

全てが、一瞬の事だった。神崎の剣が、塔太郎がいたはずの甲板を貫く。

　その時塔太郎は、大をしっかり横に抱《かか》えて後方に飛びのいており、目だけ一瞬、腕の中の大を見つめていた。時が止まったかのようだった。

　大が見上げた塔太郎は、流血が止まり、真っ青だった顔も、活力を得たのか血色がいい。何より、大を抱く手が、支える体が、間違いなく「あやかし課のエース」たる堅牢《けんろう》さを取り戻していた。卓也の毒の影は、今や微塵《みじん》もない。

　大は、眠り大文字の成功を確信する。

「ありがとう、大ちゃん」

　塔太郎が微かに、芯のある声で言った。素早く頷《うなず》いた大は、瞬時に息を整えて、眠り大文字で消耗した体力を立て直した。

　大は今から、自分がどういう行動をすべきなのかを、完全に理解していた。

「私は、皆のところへ行きます。皆を治します！」

　ぱっと飛びのくように、塔太郎の腕から出る。塔太郎も、大の意図を理解して、大とは反対方向に向いて神崎を見据えた。

「やから塔太郎さんは――、神崎武則をお願いします！」

「任しとけ！」

　それを最後に、大と塔太郎は分かれて走り出す。大の背後で、塔太郎の雷の轟音《ごうおん》と、神崎の呻き声がした。

大型船の制圧が終わっても、雑兵達の、残党は残っている。兼勝も、この期に及んでまだ小舟に乗って逃げ続け、残った一つ目達や雑兵を指揮して最後のあがきを見せていた。

それを追い、確保しようとする琴子ら隊員達は勇敢《ゆうかん》だが、皆疲弊しきっている。大は、戦っている隊員達のもとへ駆け付け、琴子やみやび、ケン、ジョー、玉木といった仲間達へ、眠り大文字を次々に打ち込んだ。

打たれた隊員達は、全快とまではいかずとも、体力と気力を取り戻す。本来の力に近い動きを取り戻した琴子達は、兼勝をはじめ残党の乗る船へ向かい、格段の働きを見せていた。

敵へと走り出す直前、みやびが大に振り向いて、満面の笑顔を見せてくれる。

「古賀ちゃん、ありがとう！　さすが『魔除けの子』っ！」

それほど、心身の力を取り戻してくれたらしい。みやびだけでなく、隊員達皆が、大に素早くお礼を言って敵に向かってゆく。大も嬉しくなって、素早く頷き返していた。

周りの隊員に回復の術を施《ほどこ》すと、大はすぐに行先を変えて、救護船へと向かう。その途中でも、すれ違う隊員にも眠り大文字を打ち込んでいった。

塔太郎は、見事な動きで神崎を追撃しており、神崎は、塔太郎の予想外の復活を目の当たりにして、これでもかと顔を歪ませている。

やがて、神崎が、天上班が活気を取り戻しているのに気づく。その原因となっているのが、大の存在だとも気づいていた。

「あの……小娘がっ！」

塔太郎の激しい突き蹴りを避けた神崎は、全力で跳躍して後方に飛びのき、距離を取る。

「徳本、何しとんねん⁉」

と、叫んだ後は、塔太郎と格闘を繰り広げつつ、檄《げき》を飛ばした。

「全兵に告ぐ！　敵の中に、簪を挿《さ》した娘がいるはずや！　ただちに殺せ！　殺せへんだら俺がやる！　さぼった奴らは地獄行きじゃあ！」

同時に、塔太郎も天上班へ叫ぶ。

「坂本から全船へ！　ただちに、古賀大の警護をお願いします！　――させるかぁ！」

全身に雷をまとわせて跳び、神崎の顔面を殴り倒していた。

神崎の、脅《おど》しも含めた命令に、「言われなくともやる！」といきり立った兼勝をはじめ、雑兵達が最後の反撃を開始する。神崎はともかく、自分達は既に逆転負けし、逮捕されるのだと皆覚悟していた。

そうと分かったこの際、雑兵達は、一矢報《いっしむく》いんと決め込んだらしい。負けた鬱憤《うっぷん》を全て、大を殺す事だけに向け始める。救護船へと走る大へ、次々と雑兵が押し寄せた。

それを、琴子ら他の隊員達が、力の限り迎え撃ち、大を守り、救護船へと向かわせる。

しかし、全ての敵は、一点の圧力で通す千板通しのように、今や大ただ一人を標的にしており、大を守ろうとする隊員達をすり抜けるようにして、大の首だけを狙っていた。

雑兵の一人が、もう少しで大を捕まえかける。大が振り向いて刀を構えた時、雑兵の横から人影が現れて、雑兵の頭を一刀のもとに斬り伏せた。

敵を倒したのは、大と同じ服装で、簪を挿した瓜二《うりふた》つの少女である。

ふと、気配を感じた大が、周囲を見回せば、戦場のありとあらゆるところに、刀を持って簪を挿した女性「古賀大」が出現していた。兼勝や雑兵達はもちろん、琴子達さえも、驚いて彼女達を凝視《ぎょうし》する。

雑兵達はすっかり混乱しており、

「ど、どれだ⁉　どれが本物だ⁉」

と、足を止めていた。

そのうち、雑兵と戦っていた「古賀大」の一人が、飛んできた弓に射られて消えてしまう。

幻《まぼろし》のように、ふっと消えたその光景を見た瞬間、大は全てを理解した。

千里眼で見ると、大破して航行不能になった「かわらまち」から救護船に移り、後方支援を行っている総代が、大の絵を、次々描いている。絵具を付ける暇《いとま》さえ惜しんでおり、鉛筆で、走り書きで、何枚も何十枚も描いている。

たとえ走り書きでも、総代の気持ちや霊力が一滴《いってき》残らず注がれた絵は、全て、大にそっくりの、凜々しい「古賀大」となって鮮やかに実体化する。どの「古賀大」も船から走り出し、果敢《かかん》に敵と戦っていた。

状況を察した兼勝が急いで、

「とくと見極めろ！　いくら精巧《せいこう》とて、分身ならば違いはある！」

と雑兵達を急き《せ》立てたが、雑兵達は、戦いながら見極めるという細かい事が出来ない。手をこまねいているその隙に、大本人は、実体化した「古賀大」に紛《まぎ》れて結界の板を走っていた。

いよいよ雑兵達は立ち往生《おうじょう》し、天上班の隊員達に確保されていく。救護船へ辿り着いた大は、甲板から総代が手を伸ばしているのに気づいて、迷わずその手を取った。

総代に引き上げられ、総代が大を抱き留めるように、二人で甲板に倒れ込む。しかし、大も総代も、すぐに立ち上がって互いを見つめ、素早くハイタッチした。

「総代くん、ほんまありがとう！　総代くんの体力も治すから、じっとしてて！」

「うん、分かった。その後の敵の引き付けは、僕に任せて。もう、君が狙われる事はない」

「あの実体化、どれも私にそっくりやった。刀の振り方の癖《くせ》までも……！」

「当然だよ。同期としてもモデルとしても、僕は毎日のようにずっと君を見ていたからね。君の絵だったら、僕はどんな時でも、何枚でも描けるよ。古賀さん。きっとこの時のために、僕は――」

総代の言葉が終わらぬうちに、敵の砲撃が飛んできた。大も総代も、咄嗟に伏せる。砲撃の威力は、開戦時の半分もないとはいえ、わずかに救護船を掠って船体を揺らした。

大はただちに総代の体力を癒し、続いて、船内に走って、負傷した隊員達を癒し続けた。

再び甲板に出ると、大の横から矢が飛んでくる。総代が大を押し倒して守り、矢は大達に当たらず通過した。

「ごめん、総代くん」

「いいって。——同期だからね。時々周りが見えなくなる癖も、ちゃんと知ってるよ」

「ありがとう。直さな駄目やね、私のその癖」

「次の修行で頑張ろうね」

　自分達らしい会話を最後に、大は再び立ち上がる。琴子達が戦う前線に行こうとしたが、

「もう、大丈夫だと思う」

と、総代にそっと止められた。

　総代の言葉は、決して、的外《まとはず》れなものではなかった。

　戦いの全体を見ると、総代の出した「古賀大」が大量にいる事と、大の癒した隊員達が戦線復帰した事で、雑兵達は捕縛《ほばく》され、ほとんどいなくなっていた。

　最後の最後まで奮戦していたのは、やはり、大将たる兼勝である。

「道連れがわしの辞世《じせい》の句よ！」

と目を血走らせて琴子と戦っていたが、ついに敗れ確保されていた。

　残るのは神崎だけとなったが、万全の力で戦う塔太郎の、鮮やかな格闘技からは逃れられず、もはや防御に徹している。

　その原因を、神崎本人は、乗っ取った船越の体が悪いからだと思っているらし

い。

「船越の馬鹿垂れがぁ！」

自らが消した船越に怒り、いない相手に怒鳴《どな》っていた。

神崎が死に物狂いで、塔太郎の拳を結界で防ぐ。次の瞬間、自ら結界を内側から割って破片を飛ばし、塔太郎に目を閉じさせて、視界を奪った。

目を閉じながら後方に飛びのく塔太郎を、神崎が追撃しようとする。

それを阻んだのは、俊足でこの場に追いつき、神崎の右手にしがみつくようにして止めた鈴木であり、背後から跳躍して神崎の背中を突き刺した琴子の薙刀《なぎなた》であり、足首を全力で捕らえたみやびの刺股《さすまた》であり、左腕に鞭を巻いて引っ張ったケンであり、胴体を突いたジョーの棒であり、みやびとは反対の足首を撃ち抜いた、深津の銃だった。

皆が、塔太郎を助けていた。さらに、戦線復帰した小松《こまつ》をはじめ、隊員達が次々と、塔太郎の援護に駆け付ける。

数多《あまた》の隊員達が神崎を押さえ、神崎の動きが止まったその瞬間。塔太郎が甲板を蹴って跳躍し、神崎の頭に真っ向から、拳に残る力を全て注ぎ込んで振り下ろした。他の皆が神崎を押さえていたため、塔太郎は雷を拳に込める事だけに集中出来たらしい。

琴子達が飛びのいた瞬間に、神崎の頭に打ち下ろされた塔太郎の拳は、まさに落雷。轟音と閃光《せんこう》を伴った、一点集中の一撃だった。

大と総代は欄干《らんかん》から身を乗り出すようにして、塔太郎の戦いを見届ける。隊員達との協力による塔太郎の渾身の拳が、間違いなく神崎を打っていた。

神崎が、目を千切《ちぎ》れんばかりに見開き、声も上げずに倒れ込む。しかし次の瞬間、咆哮《ほうこう》すると同時に急激に膨らみ、四つ足で起き上がりながら変化した。

未知の危険を悟った琴子達が、咄嗟に距離を取ると同時に、神崎が再び黒龍になって、走る隕石《いんせき》のように飛び出した。

その方角は、京の町。山鉾町である。大や総代、琴子ら隊員達が衝撃を受けたその時には、塔太郎も青龍になって追っていた。

黒龍の神崎の体からは、黒い靄が、青龍の塔太郎の体からは、眩《まばゆ》い雷が発生していた。

何者も追いつけない流星のように、両者は飛ぶ。塔太郎は、それこそ神仏が放つ、空を翔《か》ける雷の矢となって、神崎を捕らえようとしていた。

気づけば誰も、神崎や塔太郎を目で追えない。一秒後には、神崎はもう京都の中心部の上空に至っており、塔太郎もいる。誰も、そんな塔太郎を見た事がなかった。塔太郎はもはや人間ではなく、青龍、あるいは、雷そのものになっていた。

それでも、先に飛び立った神崎に、あと一歩のところで追いつけない。

神崎と塔太郎が、ついに鴨川《かもがわ》の上空にまで迫った、その時である。

「洛東《らくとう》を守護する祇園社《ぎおんしゃ》よ、何卒《なにとぞ》、おん力を我に与えたまえ！」

大達のいる空の戦場を、玉木の絶叫が貫いていた。

極限まで集中した玉木の結界が、唱《とな》えた神社の神威《しんい》を借りて、神崎の前に現れた。神崎は結界に直撃し、けれども、すぐに打ち破ってしまう。

しかし、一秒にも満たないその衝撃が、塔太郎を追いつかせた。牙《きば》を剝《む》いた青龍が、邪悪な黒龍に襲いかかる。塔太郎に食らいつかれた神崎は、抵抗する間もなく一瞬で、大爆発を起こした。その音と衝撃、そして光さえもが、大達のいる空にまで届いていた。

やがて、爆風や光が通り過ぎた後、神崎は塵《ちり》となって消えていた。塔太郎の姿も、どこにも見えなくなっていた。

戦場の誰もが、声を失い呆然《ぼうぜん》とする。

ただ、分かっているのは、塔太郎が最後の力を振り絞って、分身とはいえ神崎武則を、今回の事件の首謀者を、見事退治したという事だった。

塔太郎の安否が、分からない。大はすぐに、大将船へ向かって叫んでいた。

「松永副隊長！　お願いです！　私を、塔太郎さんのところまで転移させて下さい！　私ならまだ治せるかも……！」

無論、松永もそのつもりだったらしい。即座に大の視界が変わり、空から鴨川へ移される。地上へ送られたのは、大だけらしい。松永を含む他の隊員達は、残党達が逃げないよう移送したり、後処理に回らざるを得なかった。

大は急いで周辺を見回すも、大爆発した神崎は、気配さえない。

その代わり、夏の太陽を反射して、きらきら流れる鴨川には、体を血で染めて少しも動かない青龍が横たわっていた。

「……っ！　塔太郎さん!!」

大は、絶叫するように名前を呼び、塔太郎の傍《そば》へと駆け寄った。普通の人には見えない、河童《かっぱ》、化け物たちや靄のようなものが、心配そうに遠くから大達を見つめている。

しかし、それらも全て、大の目には入らない。大はすぐに刀を握り、ありったけの力を込めて柄で青龍の首辺りを突き、眠り大文字を施した。

けれども、塔太郎は一切動かない。もう一度突くと、ようやく、塔太郎の目と口が動く。

「塔太郎さん⁉　私です、大です！　分かりますか⁉　私の事、見えてますか⁉」

大は、必死に呼び掛ける。しかし、塔太郎の口から漏れたのは、

「……祇園囃子《ばやし》が、聞こえる……」

という、脈絡《みゃくらく》のないもの。

山鉾町から離れた鴨川までは、祇園囃子は届かない。大は、塔太郎が危険な状態にあると気づき、もう一度、眠り大文字を試みる。しかし、大自身も、戦いで何度も何度もその技を使ったために、霊力が枯渇しかけていた。

柄頭を一度離した大は、塔太郎の耳元へ懸命に声をかけ続ける。

「塔太郎さん！　聞こえますか⁉　塔太郎さん！」

「……大ちゃん……。……神崎……は……」

「退治出来ましたよ！　塔太郎さんがやらはったんです。覚えてないんですか？　もう、事件は解決したんです。私らが、塔太郎さんが、お祭を守ったんですよ！」

「……そう……か……。よかった……。大ちゃん……それに、まさる……も……。大型船……ありが、とう……」

「いえ……！　でも、私、塔太郎さんを一人にして、まさるに行けって言うて……。ごめんなさい……！」

「ええねん……そんで……。町を守る、の、が、俺の、願いやし……。これからも……頼むわな……」

「はい！　これからも一緒に頑張りましょうね！　塔太郎さ……塔太郎さん

……？」

　その瞬間、大は、自分の受け答えが間違いだったと後悔した。塔太郎が安堵《あんど》したように息を吐き、急激に、明らかに、弱っていったからである。

　気づいた大は真っ青になって、体の芯から冷えていく。反射的に青龍の体に触れ、懸命に言葉をかけ続けた。

「待って、塔太郎さん……！　起きて下さい、立って下さい！　死んじゃ駄目！　何か言って、私の事分かる？　ねえ塔太郎さん、塔太郎さんっ！　エースがこんなところで……こんなところで死んじゃってどうするんですか⁉　今回の神崎かって、分身で……！　まだ戦いは終わってないんですよ⁉」

「……が……」

「え？」

「大……ちゃんが……次の……エー……ス……」

「違います！」

　塔太郎の掠れた声を、大が叫んで遮《さえぎ》った。

「私はエースなんかじゃないです！　エースは塔太郎さんです！　私なんて、皆に助けてもらって、それで……！　何でそんな事言うんですか⁉　何で……⁉　私も周りも、もっとあなたが必要なんです！　ずっとずっと、塔太郎さんが必要なんです！」

「大丈夫……」

「やめてそんな事言わんといて！　そんな『大丈夫』聞きたくない！　お願い塔太郎さん、命でも何でもあげますから、何でもしますから！　やからやめて、目を閉じんといて！　お願い！」

大の懇願《こんがん》が激しさを増すと、塔太郎の意識がわずかに戻り、

「なぁ、大ちゃん。今……何時……？　長刀……鉾……どこにいはる……？」

と、尋ねてくる。

「な、長刀鉾……？」

突然の質問に戸惑《とまど》いながら、大は、千里眼で中継を見る。巡行中の長刀鉾は、今は河原町御池《かわらまちおいけ》での辻回《つじまわ》しを終え、御池通りを西へ進んでいた。

それを大が伝えると、

「そうか……。ほな、今から、山鉾が全部、御池に来はるんやな……。俺……、御池から、山鉾を見るん……好き……で……。……大ちゃん……も……一緒に……」

塔太郎の目から光が消え、瞼《まぶた》がゆっくり閉じられていく。

「塔太郎さん？」

「あの……雄大な並びを……一緒……に……」

それきり、塔太郎は動かなくなった。

大は一瞬、呆然とする。

「え。……え？」

か細く言いながら、塔太郎の首元に耳を当てる。鱗《うろこ》の下から、わずかに鼓動らしき音が聞こえた気もしたが、生きているとは言い難い。

本能で大が分かった事は、塔太郎が緩《ゆる》やかに、確実に、死に向かっているという事だった。

「嫌や、そんな……」

大の世界から、全てが消えた気がした。

「――嫌ぁっ！　起きて！　塔太郎さん起きて！　お願い塔太郎さん起きて！　目を開けて!!　深津さんに怒られますよ!?　鴻恩《こうおん》さんや魏然《ぎぜん》さん達に怒られますよ!?　そんなん嫌ですよね!?　帰らないと駄目ですよね!?　ご両親もきっと待ってて……！　ねえ塔太郎さん！　塔太郎さん！　塔太郎さんっ!!」

大は我を忘れて絶叫し、必死に青龍の体を揺さぶって、眠り大文字を施し続ける。

けれども、塔太郎は全く動く気配がなく、固く目を閉じたままだった。

鼓動を感じた気がする、息をした気がするという、錯覚《さっかく》かもしれない儚《はかな》い希望だけに必死に縋りつき、大は何度も何度も、塔太郎へ眠り大文字を施し続ける。

泣きながら、何度も何度もそうしていると、

「塔太郎！」

と、鴨川の淵《ふち》から、男性二人の声がした。

地上班と一緒に、随神課《ずいじんか》の一員として円山《まるやま》公園で結界を張っていた、鴻恩と魏然だった。

彼らは、大と塔太郎の変わり果てた姿を見た瞬間、正装も気にせず鴨川へ入り、水を掻《か》き分けて走ってきた。

大は、そんな二人には目もくれず、塔太郎の名をひたすら呼び続け、魔除けの力を流し続ける。全く動かない塔太郎を見た魏然が、顔を歪めて駆け寄ろうとした。しかし、鴻恩が強く魏然の腕を引き、それを止めてしまう。

大の様子、そして、動かない塔太郎を見て、何かを察したらしい。涙を必死に堪《こら》えながら、静かに首を横に振っていた。

「……嘘《うそ》だ」

魏然が、それだけ呟いたきり、ふらりと両膝《りょうひざ》から崩れ落ちる。そのまま、呆然と塔太郎を見つめていた。

鴻恩が、冷静さを保つために必死で無表情となり、大と塔太郎へ歩み寄る。大は

力の限り塔太郎に呼びかけていたが、だんだん自分も力尽きてしまい、

「お願い、起きて……」

と掠れた声を出し、青龍の塔太郎に、縋りつくように倒れてしまった。

大の肩に、鴻恩の手が、そっと触れた。

「……鴻恩さん……」

「古賀さん……。塔太郎を、岸へ運ぼう」

「まだ……。塔太郎さんは……」

「あやかし課にも、随神課にも、連絡しなきゃならない……。いつまでも塔太郎を、ここには置いておけない……」

「駄目です……。まだ……」

「古賀さん。塔太郎は……もう……」

その時、ふいに鴻恩の言葉が途切れて、鋭く、息を呑《の》む音がする。

顔を上げた鴻恩は、先ほどとは打って変わったように、

「魏然！」

と、周りのあやかし達が震えるような大声を出し、

「立て！　早く来い、急げ！」

と、怒鳴って急《せ》き立てた。大は、鴻恩から必死に塔太郎を守ろうと、自分の胸へ

引き寄せた。

しかし、鴻恩が取った行動は、力ずくで塔太郎を奪うのではなく、すぐさま大達より数歩後ろへ飛びのき、座してその場に伏せる事だった。

状況を察したらしい魏然も、驚いたように息を一瞬吸った後、急いで川を掻き分けて走り、鴻恩の横に座して頭を下げる。

その時まで、大は、塔太郎の事以外は何も感じなかったし、考えられなかった。

しかしやがて、頭上に雄大な気配を感じて顔を上げると、大と塔太郎の目の前に、一人の男性が立っていた。

何の前触《まえぶ》れもなく、突然に。

大、そして青龍の塔太郎を優しく見下ろす男性は屈強《くっきょう》な体格で、上質な、純白の衣《ころも》をまとっている。首には、豪華な玉飾りがかけられており、赤い管玉《くだたま》の間の青い勾玉《まがたま》数個が、夏の太陽をいっぱい浴びて、青空を吸ったように輝いていた。

その男性が発する気配を、大は知っていた。伊根《いね》の八坂神社《やさかじんじゃ》のスサノヲとよく似ているし、そもそも昨年の夏に、大はこの男神本人と、会った事がある。

その時は、強すぎる気配に潰されそうで、返事一つ出来なかった。

しかし今の大は、塔太郎の事以外は何も構わない心で、

「素戔嗚尊《すさのをのみこと》様……」

と、その御名《みな》を呼んでいた。

男神の正体に気づいた周辺のあやかし達が、皆一斉に畏《おそ》れ、敬《うやま》い、座して頭を下げたり手を合わせたりする。

八坂神社の主祭神《しゆさいじん》・素戔嗚尊が大と塔太郎に送る眼差《まなざ》しは、慈愛に溢れて温かかった。

大は、青龍の塔太郎を抱く手を離さないまま、ゆっくり頭を下げる。何のために、主祭神がこの場に現れたのかは分からない。ただ、塔太郎に関係する事であるのだけは、確かだった。

大の目から、ぽたぽたと涙が落ちていく。号泣《ごうきゆう》を抑え、震える声で、大は主祭神に訴《うつた》えた。

「塔太郎さんは……今までずっと……。町のために……、神様仏様に誠意を尽くして……頑張ってきはりました……。今日の……塔太郎さんの姿は、こんなにも立派やのに……、こんなにも素晴らしい姿やのに……死なないと……駄目なんですか……？」

素戔嗚尊は、何も言わずに立ったまま、大を見下ろしている。

大に抱かれている塔太郎も、普段ならば、主祭神を前にすれば大慌《おおあわ》てで畏《かしこ》まるだろうに、今は全く動かない。

それを見て、大はとうとう観念する。ぎゅっと瞑った目からまた、大粒の涙が溢れた。

「分かり……ました……。……もし、塔太郎さんが違うところへ……神様仏様のところへ、逝《い》ってしまうんやったら……素戔嗚尊様が、連れていかれるのなら……。素戔嗚尊様……。どうか塔太郎さんに……優しく、してあげて下さい……。今まで、ずっと、頑張ってきはったんです。その分……ありがとうって……言ってあげて……」

それでも、その瞬間さえも、大は塔太郎を放せなかった。何よりも愛する塔太郎の命が、こんな形で終わりを迎えてしまう事を、どうしても受け入れられない。

その背後で、鴻恩と魏然の、涙を流す気配があった。

素戔嗚尊はまだ、言葉を発しない。

しかし大が、

「素戔嗚尊様……。塔太郎さんを……」

と、再び懇願しようとした瞬間、

「その必要はない」

と、低い声が聞こえ、このうえなく優しく、牛利《ごり》のそれとは比べものにならないような、深く雄大な気配に満たされた。

祇園祭の主祭神が、静かに片膝をついて、人間の大と目線を合わせる。

目が合った大は、反射的に塔太郎を引き寄せてしまったが、素戔嗚尊様は「大丈夫だ」と言って穏やかに止めた。そしてそっと手を挙げて、青龍の塔太郎の、目元に触れていた。

「――全て、私のもとに届いている。鴻恩や魏然、町の人、氏子《うじこ》の人達、そして、町内のお地蔵様をはじめ京都の神仏を通して、お前の事は全て聞いている」

塔太郎に話しかけながら、首にかけられた勾玉を、一つ取る。

「坂本塔太郎。――よくやってくれた。よく、祇園祭を守ってくれた。よく……京都の人々を守ってくれた。ありがとう」

言い終わると、素戔嗚尊はおもむろに青龍の塔太郎の口を開き、勾玉を喉へ差し入れた。

その拍子に、わずかに青龍の塔太郎の体が跳ねる。それを見て目を見開いた大に、

「手伝えるか」

と、素戔嗚尊が訊《き》いた。

大はすぐに言われた通り、自分の刀の柄頭で、勾玉を青龍の塔太郎の喉の奥へと押し込んだ。指示通り、魔除けの力をゆっくり流すのも忘れない。すると、それま

で一切動かなかった塔太郎が、呻き声を上げて苦しみ出した。

「心配ない。少しの辛抱《しんぼう》で、じき終わる」

という素戔嗚尊の声に、大は塔太郎に寄り添う。

数秒ののち、塔太郎の動きが止まった後、青龍の長い体が、大きく曲がって咳《せ》き込んだ。それを、絶望からの一区切りとするように。

塔太郎の目が、ゆっくり開いて光も宿る。体は川に横たわったままだったが、視線ははっきり、大を見ている。

「大ちゃん……お疲れ」

微笑《ほほえ》みかける、その声が、死の淵から帰ってきてくれた、何よりの証《あかし》だった。

「……塔太郎さん……？　私の事……分かる……？」

「うん……。神崎を倒してからは、あんま……覚えてへんけど……」

「体……大丈夫……？」

「うん……。全身、痛いけど……」

「もう……死なへん……？」

「そんなんなったら、魏然さんに、怒られてまうわ」

塔太郎が、微かに笑ったその瞬間。大は幼い子供のように塔太郎に抱き着いて、火がついたように号泣した。

塔太郎の名前を呼びたくても、言葉にならない。

戦いに勝利した安堵の気持ちも、昨年の宵山の時のように、やはり最後の最後で神仏が手を差し伸べてくれた事に対する感謝の気持ちも、何もかもが言葉にならず、絶叫に近い、幸せな泣き声にしかならなかった。

塔太郎本人は、まだ頭がぼんやりしているせいか、今の状況がよく分からないらしい。ただ、大が嬉し泣きしている事だけは理解しており、龍の首をもたげて、大をそっと抱き返していた。

鴨川には、いつの間にか集まっていたあやかし達が、状況は分からずとも今が幸せな瞬間なのだと察しており、素戔嗚尊に手を合わせていた。

大も、ようやく少しだけ落ち着いて、素戔嗚尊に頭を下げてお礼を言おうとした瞬間、鴻恩と魏然が腹の底から、

「素戔嗚尊様！　心より……心より御礼申し上げます！」

と、二人一緒に叫ぶようにお礼を言った。

鴻恩と魏然の言葉を聞いた塔太郎が、信じられないように目を見開き、すぐに起き上がろうとする。

大よりも先にそれを止めたのは素戔嗚尊だった。

「やめなさい。命はとりとめたとはいえ、まだ体はボロボロだ。龍の体を横にし

て、鴨川に浸《ひた》しておくといい。不敬《ふけい》にはならない」

その言葉に従い、塔太郎は大に介添《かいぞ》えされながら、静かに横たわる。鴻恩と魏然は顔を上げたが、特に魏然は、涙で濡れた目が真っ赤だった。

鴻恩と魏然は、もう一度深く頭を下げた後、全身で主祭神への感謝を表しつつ、素戔嗚尊に問うた。

「実は、私《わたくし》どもは、ずっと考えておりました。坂本塔太郎が、なぜ、ある日突然、青龍になれる力を得たのかと。そしてそれは、主祭神が塔太郎に、秘《ひそ》かにお授けになったのではないかと、拝察しております」

「ですが、その拝察も、今この瞬間、主祭神のお姿を拝して、確信を持つに至りました。塔太郎に、青龍になるお力をお授けになったのは……、このためだったのですね！

神仏が人間に直接お手を差し伸べる事、ましてや、死へ向かう人間をお救いになる事は、様々な事情から大変難しい。ですが、青龍なら――。洛東を守護し、八坂神社にとって、とても大切な存在である青龍ならば！　主祭神がお手を差し伸べられ、お救いになる事に、何の問題がございましょう。ですから、素戔嗚尊様は、いつか塔太郎を助けるために――」

その時、隣の鴻恩が「魏然」と静かに止め、

「喋《しゃべ》りすぎだぞ」

と、微笑んだ。

魏然が、我に返ったように、はっとする。

「も、申し訳ございません」

恥ずかしそうに素戔嗚尊へ詫び、頭を下げた。

それきり、鴻恩と魏然は何も言わなかったが、素戔嗚尊は、再び顔を上げた二人に穏やかに手を振り、こう答える。

「構わない。お前達の、その考え方でいいだろう……。という事にしておこう。俺が明確に『その通りだ』と言ってしまえば、お前達は牛利から、お叱《しか》りを受けるかもしれないからな。『祭神のお考えを語るな』と注意する、牛利の顔が目に浮かぶ」

大が初めて見た、素戔嗚尊の笑顔だった。伊根のスサノヲの笑顔に似ており、大は不意に、「そりゃそうだよ。双子みたいなものなんだから」というスサノヲの声を、確かに脳裏《のうり》で聞いた気がした。

大は、そっと顔を上げて素戔嗚尊を見つめる。目が合うと、大は素直に厳《おごそ》かに、鴨川の冷たい流れに浸りながら、手をついて頭を下げた。

「素戔嗚尊様。――本当に、本当にありがとうございます。このご恩、何とお返しすればよいか分かりません。もし、引き換えに、何かをお求めでございましたら、私でよければ何なりと……」

「そんな事はいい。忘れなさい。犠牲が要《い》らない幸せだって、この世にはあるんだ。そんな幸せを勝ち取るために皆、日々を生きているはずだから」

素戔嗚尊の手が、大の肩をぽんと叩《たた》く。大が顔を上げると、素戔嗚尊が穏やかに笑っていた。

続いて、横たわっている塔太郎を見る。塔太郎も、緊張しながらまっすぐに、素戔嗚尊を見上げていた。

「……初めて……お目にかかります……。坂本塔太郎でございます……」

「知っている。赤ん坊の時……以来だな。ずっと、苦労をさせてしまった。それなのにずっと、お前は頑張ってくれた。——太古の昔から、何千年を経た今日になっても、まだ、人間と神仏の関係は、なかなか難しいところがある。でも今、ようやく、会う事が出来た。ありがとう」

素戔嗚尊の言葉を聞いた瞬間、塔太郎の目が、はっと見開かれる。塔太郎は、静かに目を閉じて頭を振り、

「滅相《めっそう》もございません……！　両親や、鴻恩さんに魏然さん、周りの人達や、目の前の彼女の……、全てのお陰でございます……。ありがとう……ございます……っ！」

と言った切り、言葉が出なくなっていた。

そんな塔太郎を見て、素戔嗚尊は青龍の体をぽんぽんと叩き、立ち上がる。

「さて、そろそろ行かねばならない。今頃、神輿《みこし》を担《かつ》いでくれる人達が、準備をしてくれている。――塔太郎。もう少しすれば、あやかし課が担架《たんか》を運んでくるだろう。死の淵から戻ったとはいえ、体は危険な状態だ。入院し、しっかり治せ。それと鴻恩に魏然。塔太郎が回復したら、後日、坂本一家を常盤殿《ときわでん》に呼びたい。支度《したく》を頼む」

てきぱきとした指示に、塔太郎は静かに頷き、鴻恩と魏然は勢いよく頭を下げる。

「ありがとうございます！　御支度の御命、謹《つつし》んでお受け致します！」

「心を込めて、万端整えさせて頂きます！」

大も、静かに手をつき、もう一度頭を下げた。

「本当に、本当にありがとうございました。何卒、お心を安らかに、氏子区域をお渡り下さいませ」

拙《つたな》いながらも、自分なりの誠意を込めて礼を述べた。

この、一連の大達の様子を、空にいる天上班も見ていたらしい。

大将船の松永から、静かな霊力の通話が、大の耳にまで届いた。

「――以上をもって、今回の迎撃作戦を、全て完了とする。各隊員はただちに、後処理および坂本塔太郎搬送の手配にあたれ。――皆、ありがとう。本当にありがとう。素戔嗚尊様、高い所より大変失礼で申し訳ございませんが……、お力を賜《たまわ》りました事、心より御礼申し上げます」

素戔嗚尊が空へ顔を上げ、ゆっくり頷く。それを最後に素戔嗚尊は、何も言わずに微笑みながら、すっと消えていった。

天上班では、勝利を噛みしめるように、隊員の一人が歓声を上げる。続いて、一人、また一人と、「うおお、うおお」と雄叫びを上げた。

これぞ、正真正銘《しょうしんしょうめい》の、勝鬨《かちどき》だった。

琴子とみやびが抱き合って泣いている。ケンとジョーが肩を組み、鈴木や深津、他の隊員達が、近くの者達と労い合う。小松をはじめ、各船の船長を務めた隊員達は比較的落ち着いており、てきぱきと後処理の指示を出していた。

だが、そんな彼らの目には、一人の殉職者《じゅんしょくしゃ》も出さず、事件解決に辿り着いたという達成感の涙が光り、頬を濡らしていた。

天上班が、警察が、勝った。

祇園祭を守り、町を守り、治安を守り切った。

素戔嗚尊が去った後、鴨川がパトカーのサイレンで騒がしくなる。あやかし課隊員達が、大達のもとに駆け付けてきた。

深津、琴子、玉木もいる。パトカーや隊員達と一緒に、川端《かわばた》通りまでやってきた救急車は、塔太郎を乗せるためのものだった。

隊員の誰もが喜びで泣いており、塔太郎を労って称賛する。

塔太郎は、隊員達の中から玉木を見つけて名指しで呼び、

「扇子を持って、拳を出せ」

と頼む。玉木がそうすると、龍の手を丸めてこんと合わせた。

「お前ほんまに、ようやってくれたわ。ほんまにありがとうな。やっぱり俺は、お前の結界に、いつも助けられてるわ」

その瞬間、玉木は眼鏡《めがね》を外《はず》して溢れる涙をぬぐい、

「光栄です。挫折《ざせつ》しても辞《や》めずに、今日まで、頑張ってよかったです……！」

と、才能に悩んだ日々に支えてくれた塔太郎の事を思い出しながら、静かに泣いていた。

その後、塔太郎は隊員達に協力してもらい、何とか救急車に乗せてもらう。後ろのドアが閉まる直前、大は塔太郎にそっと身を寄せて、龍の頭を抱いた。

「塔太郎さん、お疲れ様でした。ゆっくり、休んで下さいね……」

自分の額《ひたい》を、龍の額に合わせる。すると塔太郎も、目を閉じて大に寄り添った。

「うん。ありがとう。そうさしてもらうわ」

やがて、サイレンを鳴らしながら救急車が川端通りを走り、姿が見えなくなる。大が、他の隊員達と一緒に見送っていると、どこからともなく、祇園囃子が聞こえた気がした。


今日は、七月十七日。無病息災《むびょうそくさい》を祈る祇園祭の、前祭《さきまつり》・山鉾巡行の日である。神輿渡御《とぎょ》が斎行《さいこう》される、神幸祭《しんこうさい》の日である。

そして、坂本塔太郎の、誕生日だった。

山鉾巡行がつつがなく終了した後、綾戸國中神社《あやとくなかじんじゃ》の久世駒形稚児《くぜこまがたちご》が、八坂神社に騎馬《きば》のまま参入して祭典を行い、中御座《なかござ》の先導を務める。夕刻の八坂神社の石段下では、祭神を乗せた三基の神輿が勇壮に集《つど》い、神輿渡御出発式が行われた。

素戔嗚尊を乗せ、三若神輿会《さんわかしんよかい》が奉仕する中御座。

櫛稲田姫命《くしいなだひめのみこと》を乗せ、四若《しわか》神輿会が奉仕する東御座。

八柱御子神《やはしらのみこがみ》を乗せ、錦《にしき》神輿会が奉仕する西御座。

それぞれが八坂神社を出発し、氏子区域を渡御した後、四条通りの御旅所《おたびしょ》に、滞《とどこお》りなく留まった。

＊　＊

この日、京都に住んでいる一般人の某翁《なにがしおう》は、毎日欠かさず書いている日記に、こう記していた。

七月十七日、快晴
午前中、山鉾巡行を拝見する。例年通り、人と熱気が凄い。昼、孫・ひ孫が遊びに来るので買い物へ行く。夕飯は皆で回転寿司《ずし》。

帰りに神輿渡御を拝見する。帰宅後、家族で映画を見る。流行《はや》りのアニメ。孫達が好きらしい。

長男と固定資産税の相談をする。戸建てでも、新築にするか中古にするか？まだ時間はあるので、ゆっくり決める事にした。ひ孫がいびきをかいている。

今日も、平和な一日だった。

幕間　三

理想京《りそうきよう》南町《みなみまち》十六に住む茉莉《まり》は、その日の朝、理想京全体を運営している京都《きようと》信奉会《しんぼうかい》の上層部から召集を受けた。

自宅の町家《まちや》の郵便受けに、日時を指定した手紙が入っていたのである。

もっとも、日時といっても、ここ理想京では月日や時間の概念がない。

太陽が昇ったら「朝一番」や「朝」。太陽が最も高くなったら「お昼時」とか「昼下がり」。空が茜色《あかねいろ》になったら「夕方」とか「黄昏時《たそがれどき》」。太陽が沈んで暗くなったら「夜」とか「夜中」……。

あとは感覚で、「お昼時から、ちょっと経《た》った頃」みたいに、ひどく適当に時間を伝え合う。これは、同じく理想京に住んでいる、文明に疎《うと》い化《ば》け物達に合わせているからだった。

文明に疎い化け物は、何時何分という時刻ではなく、太陽の光だけで一日を測る。住居の区割りもそうだった。元の世界の住所のように、何々町といった複雑な名前を付けてしまうと、細かい事が苦手な小鬼等には伝わらない。

だから、運営を行う役場と、信奉会上層部達の住居区域を中心に、東西南北の四つだけに、町全体を分けている。あとは、北町《きたまち》とか南町といった町名の後ろに数字だけをつけて、住所を割り当てているのだった。

ゆえに今、茉莉が持っている手紙の本文に記されている日時も、「次の明るくなった時」としか書かれておらず、指定場所も、「理想京役場」だけである。

それでも茉莉は、文面にはない意図を読み取り、

（末尾に『急ぎではございません』と書いてあるから……。単に『明るくなった時』じゃなくて、明るくなった直後の『朝一番』に来い、という意味なのよね）

と、手紙を見ながらお茶を啜《すす》り、出発の段取りを考えていた。

理想京では、言葉に裏の意味を含ませて、駆け引きのように話す住人もいる。言葉の裏を読まなければ、後で陰口《かげぐち》を叩《たた》かれる事がある。

それを、移住したばかりの茉莉に教えてくれたのは、京都信奉会の四神《しじん》・工事長の成瀬《なるせ》だった。

というよりは、他ならぬ成瀬本人が、そういう気質だったのである。

理想京に移住してから成瀬に弟子《でし》入りし、成瀬の行方《ゆくえ》が分からなくなった日まで、茉莉は何度も成瀬から、

「あーもー、不器用な子やな！　もうよろしよろし。しっしっ」

と、手振り付きで、嫌みを言われたものだった。

茉莉は独り言を呟《つぶや》いて、お茶を飲み干す。

「こだわりが強くて気分屋で、あと超ヒステリック。そんな変人だったけど、理想京の人の感覚を教えてくれたのは、結構、ありがたかったかな……」

次の、明るくなった直後の「朝一番」。茉莉は、京都信奉会の上層部達が集《つど》うという、理想京役場へ赴《おもむ》いた。

歩いて向かう道中は、人気《ひとけ》がほとんどない。町の広さに対して、住人が少ないからである。

道の両側に、どこまでも続く京町家。遠くに見えるだけの五重塔《ごじゅうのとう》。ぽつりぽつりと、何人かの人間と、何匹かの化け物とすれ違う。朝の掃き掃除をする、優しい人や化け物達は、「おはようさん」と声をかけてくれた。

時間の概念もそうであるし、住人の少なさも、移住してきた当初は、茉莉も、

(何か変な町)

と、何となく違和感を抱《いだ》いていた。

しかし、住み慣れていくうちに「別にいっか」と思うようになった。そもそも、理想京にいると、何だか頭がぼんやりする。ゆえに、今では、普通に生活出来ていれば、あとはどうでもよくなってしまった。

そんな、理想京での緩《ゆる》い感覚が、茉莉は嫌いではない。別にいっか、と思っている。

そういう縛《しば》られない日々に憧《あこが》れて、茉莉は、毎日辛《つら》かった元の世界から、この理想京に移住してきたのである。住み始めてからもう、長い時間が経っている気がした。

とはいえ、成瀬と出会い、成瀬に誘われ、理想京に移住してからそれなりに経つ茉莉でも、信奉会の上層部に直接呼ばれるのは、今回が初めてである。

（移住面談を受けた時以来……かな？　何の用件だろう。成瀬さんの行方？　でもそれ、逆に私が信奉会に手紙を出して、向こうから『長期出張どす』って、返信が来たしなぁ……？　あ、それか、信奉会に頼まれて川下り用の舟を作ったし、その件かな？　やだなぁ、何か不具合でもあって、怒られるのかも）

あれこれ考えながら、理想京の中央に位置する、理想京役場に辿《たど》り着く。

昭和レトロな外見のそれは、いつ見ても威厳と茶目《ちゃめ》っ気《け》に溢《あふ》れており、茉莉のお気に入りの建物だった。

（京都を模《も》したというだけあって、この町、結構モダンな建物があるんだよね。私、可憐座《かれんざ》の人が住んでた和洋折衷《せっちゅう》の家、住みたかったんだよなぁ……。抽選に外《はず》れちゃったの、未《いま》だに悔《くや》しい）

守衛に指示された部屋は、役場の三階。その東端にあたる会議室だった。

窓から理想京の町並みが見渡せる豪華な室内には、先客がいた。

着物をぴしっと着こなしたお婆《ばあ》さんが一人と、同じく和服の、涼しげな目元の麗《うるわ》しい若い男性が一人だった。

長テーブルに向かい合って座っている。二人の後ろには、女中《じょちゅう》や下男《げなん》らしき着物姿の人間や、耳を生やしたまま人間の姿になった化け猫、化け狐《ぎつね》といった者達が数人、静かに控えていた。

茉莉は、お婆さんが、移住面談をしてくれた「岸本《きしもと》さん」だったと思い出し、

「あ、お久し振りです。その節はお世話になりました」

と、小さく頭を下げる。

入り口でお辞儀《じぎ》する茉莉を見て、岸本もにこっと微笑《ほほえ》み、自分の隣へ座るよう促《うなが》した。

「おはよう、茉莉ちゃん。よう来てくれはったね。時間ピッタリでよろしい事で。さすが、かの成瀬くんのお弟子さんやわ」

と岸本が言うと、若い男性が頷《うなず》く。

「成瀬さん、時間にはうるさかったですもんね。ただ、まぁ、あれは神経質というのかなぁ、とも、思うんですけどね」

清涼感のあるはんなりした京都弁で、苦笑《にがわら》いしていた。

自分の師匠《ししょう》・成瀬の神経質な性格は茉莉も同意出来るところがあり、「私も分かりますー」と、相槌《あいづち》を打ちながら、岸本の隣に座る。

それを見た岸本が、手を叩《たた》いて女中の一人を呼び、

「ちょっと、この人にお茶とお菓子を持ってきたげて」

と、茉莉を掌《てのひら》で指した。

その後、運ばれてきた緑茶とお菓子が思いのほか美味《おい》しく、茉莉は笑顔を見せながら、しばらく岸本達と談笑した。

その話題は、ほとんどが成瀬の事であり、茉莉が、

「そうなんですよねぇ。成瀬さんって、確かにその日の気分次第で、物の変化《へんげ》術の出来具合に、差が出たりしました。でも、波に乗ってる時は本当に、何でも、その辺にある物を別の物に作り変えてましたから、さすが工事長になる器《うつわ》ですよねー」

と、機嫌よく話すと、

「その成瀬くんに代わって、今日から、あんたが工事長やで」

と、岸本に唐突《とうとつ》に言われた時、茉莉は一旦、その言葉を頭の中で反芻《はんすう》して、

「え？　私？」

と、間抜けな声を出していた。

戸惑《とまど》う茉莉に岸本は構わず、「そら、そうやないのー」と猫なで声を出し、

「あんたがやらへんにゃったら、誰がやりますのん。あんたの物の変化の術も、まぁ成瀬くんほどとは言わへんけども、私は、もういけるやろと見込んでますさかいね？」

と、些《いささ》か力強く言ってくる。

視線を若い男性に向ければ頷いており、その後ろに控える下男達が、茉莉に向かって小さく拍手していた。

理想京の工事長になる、それが何を意味するかを知っていた茉莉は、すぐさま持っていた湯呑《ゆのみ》をテーブルに置き、首を横に振った。

「そっ、そんな！　待って下さいよー！　無理無理、無理ですよぅ！　工事長、っていうか四神なんて、町を作る上層部じゃないですか。しかも、最高幹部！　そんなの私、出来る訳ないですって！　話が早くないですか……？　っていうか第一、成瀬さんはどこに行っちゃったんです？　出張って聞きましたけど、戻ってきてもらえれば……」

その瞬間、会議室の空気が明らかに変わる。

「成瀬さんやったら、もういませんよ。退治されちゃいました」

と、淡白《たんぱく》に言ったのは、若い男性だった。

茉莉が、「は……?」と困惑していると、

「あぁ、この子に説明すんの時間かかりそうやし、もう話始めよか」

と、椅子《いす》に座り直したのは岸本で、その口調も、最初のあの「おはよう」の時とは明らかに変わって冷たかった。

その後、茉莉を置き去りにして、二人の話がどんどん進む。

「では、岸本さん。事前に相談さしてもうた通り、今後は、御子神《みこがみ》である僕と、豊穣《ほうじょう》神《しん》さんと、渉外《しょうがい》長・岸本さんと、そこの新しい工事長・茉莉さんとの四人を、新しい『四神』にして再出発……という事で、よろしいんですね」

若い男性が問えば、岸本も頷き、

「ま、武則《たけのり》さんも、そんでええ言わはりますやろ。ほんまもん集めや、京都府警との大喧嘩《おおげんか》は……。ま、ここは一旦停戦やね。先に、私らの体制を立て直して、じっくりやるのがよろしおす。成瀬くんのお弟子さんの、腕のいい子も来てくれたしね」

と、茉莉の承諾《しょうだく》を得るどころか説明もせず、勝手に話を進めてしまう。

隣で聞いている茉莉は、ほんまもん集めや京都府警との大喧嘩、停戦という恐ろしい単語に、さらに困惑を深め、不信感を強めていた。

「ちょ、ちょっと待って下さい。あの、これ何の話……」

茉莉が口を出すも、岸本は全く無視しており、若い男性だけに話しかける。

「御子神さんのあんたと、豊穣神さんは、今までは別格として四神の上にしてたけど、人が減ってる訳やし、しゃあないわな。これからは別格も四神も、ごちゃまぜの『四神』や。今後の治安維持とかは、あきら君。あんたに任してええのかいな」

岸本が問うと、あきらと呼ばれた若い男性は、大丈夫ですよと頷いた。

「僕のとこにも、部下は何人もいてくれてますし……。船越《ふなこし》さんのようにはいきませんけど、僕自身も、戦う事は出来ますしね。足りひん人数は、また外注します。あぁただ、部下に、兼勝《かねかつ》さんは欲しかったなぁ。でもあの人、警察に捕《つか》まらはったんですよね？」

「そうえー。残念やわぁ。船越くんは、成瀬くん同様退治されはって消えたけど、兼勝さんは、逮捕で留置所《りゅうちじょ》らしいんやて。そやけど、あんたほどの子やったら、別に、兼勝さんがいはらんでも、仕事は出来はるでしょ？」

「いやぁ、あの人は色んな面で優秀でしたからね。やっぱり欲しかったですよ。今まで治安維持を務めてた『船越武士』も、船越さん本人だけやなしに、兼勝さんがいたからまとまっていた部分も大きいと、僕自身は思てますし……。それに、一度能力を失《な》くして四神から落ちた人が、風貌《ふうぼう》も変わるほど修行して、別の能力を得て、それで四神の重臣に返り咲くなんて、凄《すご》い話じゃないですか。大したもんです。さすが、理想京を作った人だけありますね」

「おべっか言うて。徳本《とくもと》さん改め、兼勝さんが聞いたら喜びまっせ。あの人、私と一緒で、信奉会の最古参《さいこさん》やからねぇ。色々慣れてるのよ。何とかして、留置所から出てくれへんやろか」

「留置所といえば、渡会《わたらい》さんはいいんですか？　逮捕者第一号じゃないですか。僕らが四神になると、自動的に、あの人が四神から外《はず》れちゃう事になりますけど」

あきらの言葉に、岸本は笑って手を振る。

「ああ。ええ、ええ。渡会くんは、そんなん気にする人ちゃう。それに、別格いう話やったら、あの子こそ別格やからねぇ。色んな意味で」

「渡会さんって、父上に一番気に入られてますもんね。息子の僕より、絶対に渡会さんの方が気に入られてますよ。めっちゃ羨《うらや》ましいです」

「よう言うわ。あんたも武則さんのお気に入りのくせに。というか息子やないの」

「そんなん言うたら、岸本さんも相当じゃないですか」

茉莉には、話の内容が全く分からなかった。

椅子に座ったまま、二人の口から出る単語や人名を、掻《か》い摘《つま》んで整理する。

どうやら京都信奉会が、元の世界で、京都府警察と戦っているらしい。

それが今、一旦停戦になって、体制を立て直す事が決まって、新しい四神が立てられた。

その新しい四神の中に、茉莉が含まれている。四神だった三人は、師匠・成瀬を含め、皆、警察に捕まっているか、退治されている……。

事情を察した茉莉は、全身が恐怖で硬直し、心臓がきゅうと絞《しぼ》られた気がした。

この人達、もしかして、やばい？

いや、そうじゃなくて。

もしかして、京都信奉会が、理想京が……やばい？

その後の二人の会話は茉莉にはよく聞こえなかった。やがて、あきらが穏《おだ》やかに言って席を立つ。

「では、会議はこれで終了という事で。あとは岸本さん、お願いしますね。新しい四神となった茉莉さんの面倒、見てあげて下さいね」

その言葉と、あきらの下僕《げぼく》達の拍手を聞いた時、茉莉は反射的に顔を上げ、

「わ、私無理です！　やりません！」

と、泣きそうな顔で言った。

何やのあんた、と言いたげな岸本に、茉莉は必死に首を横に振り、全《すべ》てを拒絶する。

「よ、よく、事情は分からないですけど！　私、四神はやりません……！　という

か、やれません！　というか、あの、私、この町から引っ越します！　四神やりません！　いいですよね⁉　私もう、帰りますから！」

既に、茉莉の本能は、警鐘《けいしょう》を鳴らしていた。

確かに、今住んでいる理想京の町は、穏やかでよい町である。

しかし、町そのものと住人はそうでも、肝心の、それを運営している京都信奉会が、とんでもない組織だったらしい。

元の世界の、警察が絡《から》んでいるという事は、何かしらの罪を犯しているのだろう。それを信奉会の上層部は、茉莉達住人に、上手《うま》く隠しているのだ。

今この瞬間も。

こんなところに、留《とど》まる訳にはいかない。今すぐ元の世界に戻って、警察に行かないと――。

茉莉は頭の中で、

（ここ理想京へは、どうやって来たっけ……⁉　帰り道はどこ……⁉）

と、必死に考えを巡らせる。

恐怖で体は勝手に動いており、岸本達に背中を向けようとしたその時、

「あんたの作ってくれた舟、警察に押収されてるで」

という、岸本の冷酷《れいこく》な言葉が、茉莉を突き刺して奈落《ならく》へ突き落とした。

「え……」

茉莉は動きを止めて、ゆっくり振り返る。

「舟って、あの……？　嘘《うそ》言わないでよ。あれは川下り用って……」

「初めは、それ用のつもりやってんけどな。途中で変えて、船越くんに使ってもろたんよ。ほしたら、船越くんは先日、軍と船団を率いて、京都から山鉾《やまほこ》を奪おうとしたでしょ。で、失敗しはって退治されたでしょ。その船は全部、京都府警のあやかし課に押収《おうしゅう》されたって話やねん」

その船の中に、茉莉の作った舟が含まれているという。

それを聞かされた瞬間、茉莉は弾《はじ》かれたように、

「私そんなつもりじゃなかった！」

と叫び、

「川下り用の舟って言ったじゃない！　保津川《ほづがわ》下りみたいな事をしたいからって、そっちから打診があって……！　山鉾を奪うって何⁉　あんたら何したの⁉　私は関係ない。ただ舟を作っただけ。私は関係ない！」

と、走って、会議室から出ようとする。

しかしその時、

「そんな言い訳が通る思てんのか！」

という、岸本の鋭い声が会議室いっぱいに響き、茉莉は動けなくなった。

「……っ！」

こちらを見つめる岸本の眼光《がんこう》の鋭さに、茉莉は足が動かせなくなる。

体どころか、声さえ上手く出せない。体の内側からくる震《ふる》えに何とか耐えながら、立っている事しか出来なかった。

茉莉も、霊力《れいりょく》を持っており、自分なりの能力も持っている。何らかの術を使われたのなら、感知出来るはずだった。

しかし、岸本からは、何の術も感じられない。単に、岸本の気迫が凄《すさ》まじいのである。

その気迫を保ったまま、岸本は声だけは落ち着かせて、茉莉に畳《たた》みかける。

「川下り用でした。町を襲うために作ったのではありませんでした。逮捕された人らは皆、『そんなつもりじゃなかった』言うて、言い逃《のが》れするもんやで。百戦錬磨《ひゃくせんれんま》の警察の、誰がそれを信じますのんや。第一、あんたが舟作ったんは事実やないの。事実がある以上、警察はあんたを罰しますわな。そらそうやん。あんたの作った舟が犯罪に使われた事は、事実なんやから。事実やったら、無罪で済むはずない。

ついでに言うと、船越くんは今回、山鉾を奪うために、あんたの作った舟を使った。ま、あんたの作ったもんだけちゃうけど……。まぁ要は、その一件に、あんたが関《かか》わってるのは事実という事やわね。押収された舟を警察が調べたら、あんたの霊力が出てきますやろ。山鉾が何のお祭のものかは、さすがの茉莉さんも知ってはるよねぇ？　京都三大祭やしね？　京都の皆が、あんたを槍《やり》でどつくかも分かりまへんえ？　私やったらそうする。それだけやったらまだしも、神様仏様が怒らはって、あんたを退治してしまうやも……」

「嫌だ……。そんな……」

茉莉は、体の震えが止まらない。いきさつはどうであれ、舟を作ったのが自分で、その舟が犯罪に使われてしまった以上、逃げられないように思えた。

元の世界に戻れば、警察に逮捕される。京都の人達からはつるし上げを食らい、神様仏様に退治される。人生が終わる。

そう思うと、茉莉は怖くてたまらなかった。茉莉が何も言えずに立ち尽くしていると、そのタイミングを見計らったかのように、あきらが助け舟を出す。

「まぁまぁ、岸本さん。そんなに茉莉さんを責めなくても。犯罪に加担してしまったのは事実やけども、京都府警の人達はまだ、ここの場所を知らないんです。場合によっては、永久に知られへん。であれば、茉莉さんはずっとここで暮らすのが、一番ええんと違いますかね。ここにいれば、逮捕されず安全な訳ですから……」

安全というあきらの柔らかい声に、茉莉はつい、頷いてしまいたくなる。

それでも尚《なお》、最後の理性が働き、

「でも……私……」

と微《かす》かな声で言い返そうとした時、後ろから異様な気配を感じ、振り向いた瞬間、茉莉は絶叫に近い悲鳴を上げた。

「あ、父上」

「いやぁ、武則さんやないの」

あきらと岸本が同時に言った事から、茉莉の目の前の相手は、京都信奉会の教祖にして、理想京の最上神《さいじょうしん》・神崎《かんざき》武則であるらしい。神崎が、供《とも》も付けずに会議室の入り口に立っていた。

茉莉は、移住の際に、霊力を分けてもらうため、神崎に背中に触れてもらった事がある。それ以降、一度も姿を見た事がなかった。

目の前の最上神の姿は、確かに人間の男性で、あきらに少しだけ似た涼しげな目元に短髪、若々しい中年男性だった。

が、そう見えるだけで、発する気配は邪悪《じゃあく》そのもの。常に全身から黒い靄《もや》が出ており、その靄が時折、悲しみに歪《ゆが》んだ人間の顔に見えた。

神崎の顔や首にも、その歪んだ人間の顔が盛り上がるように浮き出ている。顔色はひどく悪かったが、眼光は鋭く、見た人全てを萎縮《いしゅく》させそうだった。それを見た茉莉は、とうとう全身から力が抜けて座り込み、自分の術を解いてしまった。

その瞬間、あきらや岸本が、感心したような声を出す。

「ははぁ。茉莉さんは、人間やなかったんですか」

「あれま。あんた、化け兎《うさぎ》やったんかいな」

二人が茉莉を見下ろす頃には、茉莉は、小さな毛玉のような兎になって震えていた。

その後、茉莉は再び人間の姿に戻る事が出来なかった。

「父上、会議を見に来て下さったんですか。すいません、もう今終わっちゃったんですよ」

「まぁ、それでもせっかく来てくれはったんやし。武則さん、お菓子でも食べてかはる？」

と、宥《なだ》めるように話しかけるあきらや岸本を、茉莉は見つめる事しか出来ない。

神崎は、二人を無視して、苛立《いらだ》たしそうに片手を払う。その瞬間、長テーブルがひっくり返って吹き飛び、窓ガラスが割れ、壁に亀裂《きれつ》が走って、下男や女中が咄嗟《とっさ》に伏せた。

神崎の手のたった一振りで、会議室がめちゃくちゃになる。いつの間に避《よ》けて移

動したのか、あきらと岸本が部屋の隅《すみ》から、

「今日の父上は、ご機嫌がよろしくないみたいですね。先の戦いでやられた分身の痛みを受けて、体調も悪いでしょうし」

「お菓子は後で御寝所《ごしんじょ》に届けまひょ。そんでええやろ？」

と慣れたように手を振った。

すると神崎は、さっきまでの不機嫌はどこへいったかというように、

「今日は、見慣れへん子が来てるみたいやな」

と、茉莉を見下ろして微笑んだ。

その感情の起伏に追いつけず、茉莉は兎の姿のまま、ひたすら震えて何も言えないでいる。岸本がすかさず、

「その子は新しい四神、工事長どっせ。この前の舟も、一部はこの子が作ってくれましたんや。今かて、私らはその子が兎やなんて気づかへんくて……。よう上手い事、化けましたわ。大した変化の腕前です」

と、神崎に進言し、茉莉の逃げ道を塞《ふさ》いでしまった。

茉莉の事を聞いた神崎は「そうか」と小さく頷き、首に浮かぶ歪んだ顔を手で撫《な》でるように消してから、

「怖がらせて、悪かったなぁ。警察やら何やらって色々話が出て怖いかもしれへん

けど、ここも色々あんねん。これから、よろしく頼むわな」

と、清涼感のある声で、茉莉に優しく言ってくれた。

それを、茉莉が呆然《ぼうぜん》として聞いていると、岸本の指に嵌《はま》っている、黒い指輪が微かに光るのが目の端に映る。

その瞬間、茉莉は頭がぼんやりし、神崎の優しい声も相まって、

「はい……」

としか、言えなくなっていた。

その後、あきらと岸本が神崎に向き、

「ほなたら父上。今後の我々の動きは、今説明した通りで大丈夫ですか？」

「しばらくは停戦で、かましまへんやろ？　船越くんも大敗したし、渡会くんは相変わらず警察。武則さん自身かて、今回はせっかく自ら分身を出したのに、えらい目に遭《あ》わはったんやしねぇ。分身を失って、体も今はボロボロでしょう？　ゆっくり治して下さいね。京都のほんまもんがあらへんでも、武則さんには、理想京と私らがいるやないの。そのうち、ちゃーんと、理想京は『ほんまの京都』になれまっせ」

と、宥めるように言うと、神崎はほぼ無表情で頷いていた。

「かまへん。全部、岸本さんとあきらの好きなようにしたらええ。京都のほんまも

んも、もう要らん。岸本さんらの忠義に免じて、機嫌直したるわ。ただ――。あの『息子』だけは。いつか絶対、やられた借りを返したる。俺がやる。それまで、俺も皆も休息や」

神崎の言葉に、岸本もあきらも深く頭を下げる。下男や女中達もそれに従い、頭を上げて神崎に盛大な拍手を送った。

その拍手を背に、神崎は悠然《ゆうぜん》と会議室から出て、廊下を歩いて去っていく。

あきらがそれを見送りながら、

「父上はよっぽど、あの息子の事がお嫌いなんやなぁ。僕は、一度は兄上に会ってみたいなぁと思うんやけど……。父上が消してしまわへんうちに、会う事って出来ひんやろか」

と、愉快そうな笑《え》みを浮かべていた。


それからの事を、茉莉はよく覚えていない。岸本から今後の四神としての指導を受け、ただただ無事に、帰路に着いた事にほっとしていた。

（無事に……？）

あんな怖い集団の、四神になったのに？

でも、今、茉莉が歩いている理想京の町並みは、穏やかである。

(それがあれば、別に……いっか)

今日、自分の身に起こった全ての事を忘れるために、茉莉はそう思うようにした。


その後、京都信奉会は本当に一時停戦を敷いたのか、茉莉は特に何かを作らされるという事もなく、信奉会も何かの事件を起こすという事もなく、以前と変わらない生活を送っていた。

町の修繕《しゅうぜん》作業を終えた茉莉は、自宅に帰って、静かにお茶を飲む。

(平和な生活……。四神になったから、どんな事が起こるかと思っていたけど……。まぁ、でも……平和だったら……別にいっか)

だから、その頃にはもう、茉莉は自分が四神・工事長でも構わないと思うようになっていた。

「あの日」以降、茉莉と理想京はしばらく、いや、理想京でいえば長い間、ずっと、平和な日々が続いていった。

第四話　送り火の夜と幸せの魂《たましい》

京都府警あやかし課の、かつてない規模の迎撃作戦が勝利に終わった。しかし、その結果を見れば、作戦に加わった隊員の誰もが疲労困憊《ひろうこんぱい》。そして、負傷者だらけだった。

塔太郎《とうたろう》を乗せた救急車を見送った大《まさる》も、体は傷だらけ。さらに、「眠り大文字《だいもんじ》」を使い続けた疲れが一気に出て、その場にへたり込んでしまった。しばらく立つ事さえ出来ず、背負ってくれた隊員の背中で眠ってしまう。気づいた瞬間に急いで下りて、必死に謝るという有様だった。

大が後から聞いた話では、絵筆で活躍した総代《そうしろ》も、戦いが終わり、航空隊の基地に戻った時には顔が真《ま》っ青《さお》だったらしい。絵具も体力も使い果たして、倒れる寸前だったという。

鴨川《かもがわ》へ駆け付けた深津《ふかづ》達をはじめ、どの隊員も、汗まみれ傷だらけで、似たり寄ったりの状態だった。

その中で最も重傷だったのは、言うまでもなく、あやかし課のエースにして今回の最大の功労者の塔太郎。

死闘に死闘を重ね、爆発に巻き込まれ、死の淵《ふち》に立っていたのを、素戔嗚尊《すさのをのみこと》によって救われたのである。救急車で運ばれた塔太郎は、あやかしも診《み》られる専門の病院で、龍《りゅう》のまま入院を言い渡されたという。

　今回の塔太郎は、青龍《せいりゅう》ゆえに、祭神《さいじん》に命を救われた。その状態で無暗《むやみ》に人間に戻ると、容体《ようだい》が急変する可能性があるという。そのため、塔太郎は龍の姿のまま入院し、人間に戻っても問題がないか確認が取れるまで、慎重な治療が必要だった。

　ただ、塔太郎に同伴した深津いわく、塔太郎は、病院に着く頃には普通に会話が出来るまで回復していた。素戔嗚尊が飲ませた勾玉《まがたま》の効果なのか、元気を取り戻したという。

　ゆえに塔太郎本人も、すっかり治ったと思ったらしい。担当の医師から、短くても約一ヶ月は入院と言われた際、

「えっ。一ヶ月もですか」

　と驚き、

「あの、来週は、後祭《あとまつり》の山鉾《やまほこ》巡行や還幸祭《かんこうさい》があるんですが……。特に還幸祭は、三若《さんわか》さんの中でも、一番大事なものなんです。親父《おやじ》も、もちろん留守居役《るすいやく》を務めます。やから俺《おれ》も、せめてご挨拶《あいさつ》だけでも……」

　と、楽しみを延期された子供のように、医師に早期退院を頼んだという。

　痩《や》せて眼鏡《めがね》をかけた担当の男性医師は、すぐさま、

「ハハハ。君は何を言っているのかな？」

　と、呆《あき》れて半笑いし、間髪《かんはつ》を容《い》れず、塔太郎を叱《しか》ったのだった。

「還幸祭が大事っていうのはね、私もよーく分かりますよ。凄《すご》ぉーく分かります。でもねえ。君、今日、死にかけたんだよね？　っていうか君、去年の秋も入院したよね？　今回の状態は、あの時どころじゃないんだよ。感知能力での診察なんか要《い》らないぐらい、体中ボロボロなんだよ。神様の力で、何とか体が保たれてるだけ。人間に戻っても大丈夫かどうか、すぐには分からないぐらいにね。

　ホラァ、君の鱗《うろこ》。指でつんつんすると、何かフニャフニャしてるねぇ？　亀《かめ》の甲《こう》羅《ら》って知ってるよね？　あれ、ちゃんと栄養が摂《と》れてなかったり、体調が悪かったら、フニャフニャになるんだよ。それと一緒。……で。何だって？　来週の還幸祭までに、これが治ると思ってるのかな君は？　思ってないよね？　絶対思ってないでしょナメるんじゃないよ！　はいステーイ！　ステイ病院！」

　この剣幕《けんまく》には、さすがの塔太郎も、折れるしかなかった。苦笑《にがわら》いして、素直に青龍の頭を下げたという。

「はい。すみません……。大人しく、ステイホームします」

「ホームじゃなくてホスピタルね」

「すんません……。いや、あの、今のは単に英語の間違いで……。嫌みとか反抗とかじゃ、ほんま、決してないんで……。去年に続いての入院、お世話になります……」

大は、夜には琴子《ことこ》達と喫茶ちとせへ帰還《きかん》しており、深津からの電話でこの話を聞いた。

電話は、スピーカーで竹男《ちくお》や琴子、玉木《たまき》も聞けるようになっており、五人皆で、

「あいつらしいな」

「あの人らしいですね」

と、笑い合ったものだった。

同時に、慎重な治療が必要とはいえ、命に別状はない事に、全員心から安堵《あんど》したのだった。

深津の補足によると、塔太郎は病院の都合で数日だけ、栗山《くりやま》と同室になるという。

電話口で深津が笑いながら話す。

「栗山くん、龍の塔太郎が部屋に入ってきた途端、『ハァーッ⁉　こんなデカい奴《やつ》と一緒にいんの⁉　邪魔なんですけど⁉　坂本《さかもと》、どうせお前体力あんねんから、一刻も早く退院してくれ』って、喚《わめ》いてたわ」

との事で、大達はさらに笑ってしまった。

ただ、邪険な言葉とは裏腹に、栗山も、塔太郎の無事を心から喜んだらしい。

深津が病室から出た直後、ドアの向こうから、

「――坂本。お疲れ。俺も電話で大体は聞いたけど、ほんま、ようやってくれた

わ。仇《かたき》取ってくれて、ありがとうな。今じゃなくてええし、また話聞かしてえや。体がしんどくなったら言えよ」

「うん。ありがとう。お前もな」

という親友同士の、労《ねぎら》い合う声が聞こえたという。


前祭《さきまつり》・山鉾巡行、そして、神輿《みこし》が氏子《うじこ》区域を渡御《とぎょ》する神幸祭《しんこうさい》が行われた翌日。大達あやかし課隊員は、取り調べをはじめ事件の後処理を迅速《じんそく》に行いつつ、各事務所や職務へ戻っていた。

喫茶ちとせでも、日常の仕事を再開し、喫茶店業務や通報に対応する。

塔太郎への日々の報告の電話係は、

「古賀《こが》さんに頼むわ」

という深津の一声に竹男達も賛同したため、大の役目となった。

その日の夕方、大は初めて、塔太郎へ電話する。電話口から聞こえた塔太郎の声は、このうえなく元気そうだった。

一度、死を覚悟しただけに、大は塔太郎の声を聞いて泣いてしまう。

「大ちゃん、大丈夫？　俺、もう心配ないのにー。……泣かしてばっかりで、ごめんな」

「いえ。私の方こそ、すみません。でも、これは嬉《うれ》し泣きなので、全然大丈夫です！　何べんでも、泣いていいやつです！」

「まぁ、確かにそうやんな。でも俺は、泣いてる大ちゃんより、笑顔の大ちゃんの方がええなぁ。次からはそうしてな？」

「はい！」

おそらく微笑《ほほえ》みながら、優しく慰《なぐさ》めてくれる塔太郎の声がまた愛《いと》しく、涙腺《るいせん》が緩《ゆる》む。大は思わず、胸いっぱいの愛を告げたくなるのを、職務の電話ゆえに何とか呑《の》み込んだものだった。

本当は病院へ行き、直接、塔太郎に会いたかったが、七月中は面会謝絶で、お見舞いに行く事も忙しくて叶《かな》わなかった。そのため、この日から塔太郎が退院するまでの間、ほぼ毎日の電話が、大の秘《ひそ》かな楽しみになっていた。

十八日以降、山鉾町では後祭の鉾建て・山建てが始まり、二十一日には宵山《よいやま》が行われた。

七月二十四日には、後祭山鉾巡行が無事行われ、特に、約二百年ぶりの巡行復帰を果たした鷹山《たかやま》が、夏の都大路《みやこおおじ》を歓喜に沸《わ》かせ、全国的な話題を呼んだ。

山鉾巡行によって、神様がお帰りになる道が清められ、神様の耳目《じもく》を楽しませた後の夕方。三基の神輿が、氏子区域を渡って八坂神社《やさかじんじゃ》へ還《かえ》る還幸祭が執《と》り行われる。

この還幸祭で、素戔嗚尊が乗る中御座《なかござ》は御池《おいけ》通りを渡り、祇園祭《ぎおんまつり》発祥の地とされる神泉苑《しんせんえん》まで渡御する。八坂神社の神事と、神泉苑を管轄《かんかつ》する東寺《とうじ》の仏事の両方が行われた後、再び、御池通りを西に渡って千本《せんぼん》通りを南下するのだった。

つまり、御池通り沿いにあり、神泉苑のすぐ近くにある喫茶ちとせの目の前を、中御座は通ってゆく。

大は事前に、塔太郎との電話で、

「俺、病院から出れへんくって、ほんま残念やわ。病院の中やと、巡行もテレビでしか見れへんし、輿丁《よちょう》さんの声も聞こえへんしで、何かちょっと寂しい。大ちゃん。もし、通報とかで出動してへんかったら、俺の分まで、お祭の傍《そば》にいといて」

「もちろんです。お任せ下さい！」

という会話をごく自然に交わし、神輿が渡御するのを待っていた。

その日の午後六時頃。薄暗くなり、神泉苑では提灯《ちょうちん》が灯《とも》り、どこかで一番星が光っていそうな、夏の御池通り。

輿丁達の、「ホイト、ホイト」という声や手拍子《てびょうし》が聞こえ始め、次第に大きくなってゆく。厳《おごそ》かな熱気の中で、中御座が神泉苑に到着した。

喫茶ちとせにいた大は、深津達が出動していたので留守番を務めており、店から出て神泉苑まで行く事は叶わなかった。

ゆえに、神泉苑での様子を拝する事は出来なかったが、中御座が神泉苑から出発する時、室内にいた大の体が疼《うず》くほどに、輿丁達の声や手拍子が、鮮やかに聞こえてきた。

大はその時だけ店のドアを開けて、御池通りの歩道に出た。

涼しい夕闇《ゆうやみ》の中、沢山の輿丁達に担《かつ》がれ、金色に輝く中御座のお姿を拝する。大はそっと、手を合わせて見送った。

その時、祭神の素戔嗚尊へ念じていたのは、

(素戔嗚尊様。塔太郎さんをお救い下さって、本当にありがとうございました。私達あやかし課に、お力をお貸し下さって、本当にありがとうございました)

と、自分や塔太郎をはじめ、全《すべ》ての人々の幸せに対する感謝と、今後もそれが続きますように、どうぞ見守って下さいという、心からの祈り。

もちろん、青龍のまま入院し、還幸祭を拝する事が出来ない塔太郎の分まで、大はしっかり祈っていた。

御池通りを渡った中御座をはじめ、三基の神輿は、三条会商店街《さんじょうかい》の中にある八坂神社の又旅社《またたびしゃ》に立ち寄り、同日夜中に、無事に、八坂神社の本殿《ほんでん》へお還りとな

る。

滞《とどこお》りなく還幸祭も終了したと、ちとせの無線で聞いた大は、任務を終えて帰ってきた深津や玉木、竹男と共に、ほっと息をついたものだった。


翌日、大は仕事の合間に塔太郎へ電話をかけ、

「還幸祭も、無事に終わりましたよ」

と報告すると、

「そうか。ほんまよかったわ。大ちゃん、ありがとうな」

という、塔太郎の満ち足りた声が返ってきた。

そんな塔太郎の様子が嬉しくて、幸せに思った大はつい、声も話も弾《はず》んでしまう。

塔太郎も、嫌な顔一つせず付き合ってくれる。気づけば二人して、何気ない会話を楽しむのだった。

「龍のお体で入院って、大変じゃないですか?」

「最近、やっと慣れてきた。でも、ドアというドアが人間サイズやから、取っ手が小さくて……。そこがまだ大変やな。あと、スマホ。龍の爪《つめ》やと、カツカツ、カツカツするだけで、全然反応してくれへん」

ぼやく塔太郎に、大はクスッと笑ってしまう。

「大変ですねぇ。ほな、スマホは使えないんですか？　あれ、でも今こうして……」

「静電気が伝われば反応するから、爪を丸めて、指で画面に触れるように、何とかやってるわ。でも人間の時の動作の癖《くせ》で、すぐ指先でやってまうねん。爪がめっちゃ当たる」

「画面、傷付けちゃ駄目ですよ？」

「やらかさんよう祈っといてー」

「ふふふっ。はーい」

大は、電話を切ってから、

（あ、ちょっとお喋《しゃべ》りしすぎたかも）

と、気づいて焦《あせ》る。

しかし深津達は、毎日嬉しそうに電話する大を見て、何かを察したらしい。温かく、見て見ぬ振りをしてくれる。だから誰も、何も言わなかった。

還幸祭を含め、あやかし課隊員は、交代しながら精一杯働き、祇園祭が終わるまで人知れず警備を続けていた。

ありがたい事に、十八日以降はどの神事もつつがなく終わり、諍《いさか》いの一つさえ起きなかった。

還幸祭の翌日に、喫茶ちとせに顔を出してくれたあやかし課本部直属の警部補・小松《こまつ》は、笑ってこう言ったものだった。

「結局、何も起こらへんのが、一番嬉しいね。まぁこれも警察の力だけやなしに、町の人ら皆の意識が、しっかりしてるからやと思うわ。この、力強くも平和な姿こそが、本来の祇園祭なんやろな」

小松は、先の迎撃作戦で、大達の乗る小型船「にじょう」の船長を務めた隊員である。

乗船していた大達に指示を出し、船越《ふなこし》と相対した琴子達の前で一騎打《いっきう》ちに出て潔く敗《やぶ》れ、琴子達を冷静にさせた人物だった。

船越から猛打され、負傷して戦線離脱したが、翌日には、ぴんぴんして祇園祭の警備に出ていたという。自分の術で出現させる相棒《あいぼう》の鹿《しか》も元気で一緒だったらしい。

二階の事務所から下りてきて、小松に挨拶した深津が、

「相変わらず頑丈《がんじょう》ですね。さすが、鎧《よろい》着て鹿を乗り回すだけの事ありますわ」

と、嬉しそうに話すと、小松も楽しそうに「深津くんかて、バイク乗り回すやん。今度またツーリング行こうや」「鹿でですか？」「いやこっちもバイクよ」と笑

い合っていたのを、大は店内でモップをかけながら、微笑んで眺《なが》めていた。

七月の京都は、祇園祭だけでなく、他にも、様々な神社仏閣《ぶっかく》の行事がある。祇園祭の山鉾巡行や神幸祭・還幸祭等が行われたと同日、あるいは前後して各所で無事に執り行われた。

松尾大社《まつのおたいしゃ》の御田祭《おんださい》、伏見《ふしみ》の稲荷神社《いなりじんじゃ》の本宮祭《もとみやさい》、下鴨神社《しもがもじんじゃ》の御手洗祭《みたらしまつり》、壬生寺《みぶでら》の新選組《しんせんぐみ》隊士等慰霊供養祭《くようさい》や大般若経転読法要《だいはんにやきょうてんどくほうよう》、狸谷山不動院《たぬきだにさんふどういん》の火渡り祭《ひわたさい》等……。どれも、無病息災《むびょうそくさい》とあらゆる人々の祈りを乗せて、京都の夏を彩《いろど》った。

そんな中、あやかし課本部も、迎撃作戦成功のささやかな「足洗い《あしあら》」を開催した。足洗いというのは、いわゆる「慰労会」の事である。先斗町《ぽんとちょう》の某店《ぼうてん》の納涼床《のうりようゆか》で、参加した隊員が労い合い、宴《うたげ》を楽しんだ。

参加した総代が、

「僕、最初は『足洗い』なんて、何の事か分からなかった」

と口にするまで、生まれも育ちも京都の大は、足洗いという単語が全国的に通用するものだとばかり思っていた。

「他では言わへんの⁉」

大が驚いたのをきっかけに、他の都道府県出身の隊員が話に加わってくる。しばらく、京都弁と各方言の違いや、それぞれの隊員達の、地元のお祭の話で盛り上がった。

それぞれの話を、大は、夢中で聞いていた。

「私の地元は広島なんじゃが、十月に、前夜祭で神輿を担いで踊るよ。翌日は、子供はこども神輿を担ぐよ。父親達は、地元の神が宿るとされる石を回り願ってから、地元の神社まで神輿を担いでいくというのがあるね」

「僕は、海神社《わたつみじんじゃ》の秋祭かな。十月に三日間開催されて、神輿が四基、地域に別れて勝負する」

「あ、そっちも地元兵庫なん？　うちの近くだと、芦屋《あしや》サマーカーニバルっていう花火大会もあるよ。ラジオが公開放送したり、芸人さんが来たり、そこそこ賑《にぎ》わってるかなぁ」

「うちの金沢だと、まぁ百万石《ひゃくまんごく》まつりだね。友達とか家族と行ってたけど、百万石まつりは百万石行列がメインで、テレビ中継されるからテレビで見てる方が多かったなぁ。毎年、前田利家《まえだとしいえ》役とお松《まつ》の方《かた》役が選ばれて、金沢駅から金沢城まで馬に乗って練《ね》り歩くの」

どこのお祭も、聞けば楽しそうで興味深い。

この時、夜勤で欠席していた玉木も、山梨県出身である。大は、以前玉木が話してくれた甲州弁《こうしゅうべん》や信玄公祭《しんげんこうまつ》り、笛吹川《ふえふきがわ》県下納涼花火大会を思い出す。

さらに、六月に訪ねた丹後《たんご》の伊根町《いねちょう》の伊根祭は、京都市の祇園祭とは全然違って、海の土地ならではのお祭だという事を思い出し、各地域が創り上げる、それぞれの祭の独自性を感じていた。

東京出身の総代も、

「僕は、地元のお祭といえば……。靖國《やすくに》神社の『みたままつり』かな。小さい頃、親やおじいちゃんに連れていってもらったのを、何となく覚えてる。今はあるか分からないけど、お化《ば》け屋敷や見世物《みせもの》小屋があったよ。――僕、今こうして話すまで、地元のお祭の事なんてすっかり忘れてた。でも、実はちゃんと、記憶に残ってたんだね」

と、お祭の思い出を語ってくれる。大はその時、幼き日の総代を思い描き、京都とはまた違った祭の風景を思い描いた。

「私もいつか、東京へ行ってみたいなぁ。きっと、京都と色々違って、楽しいんやろね」

大が楽しげに口にすると、総代も嬉しそうに呟《つぶや》く。

「いつでも案内するよ。僕もいつか、古賀さんを連れていきたい」

酒が回ったのか、気持ちが籠《こ》もっていたのか、総代の声はいつもより低く、甘やかだった。

足洗いが終わり、八月も目前となった七月末。まさる部も再開し、いつも通りの毎日を送りながら、大は、足洗いで皆から聞いたお祭の話を、よく思い出すようになっていた。

祇園祭が狙《ねら》われるという事件で、塔太郎を通して祇園祭に深く関《かか》わり、神仏の奇跡に触れた事で、大は各地の祭に強く興味を引かれたのである。

(今になって考えてみたら……。皆、方言の話やと「どうやろ?」と首を傾《かし》げる事もあったのに、地元のお祭になると、饒舌《じょうぜつ》にならはった。それも、楽しそうに……。総代くんも、『実はちゃんと記憶に残ってた』って、言うてたし)

それだけ、人々にとって、お祭は生活の一部なのだろうと、大は気づく。

(確かにそうやんな。祇園祭はもちろん、どの地域のお祭も、皆がそれぞれ祈りを込めてるものやもんね)

その祭に子供達、つまり、今を生きる「自分達」が接し、あるいは塔太郎のようにお手伝いする事で、未来に繋《つな》がっていく。

今は亡き祖父母や先人達、そして両親達が、幸せを祈りながら祭を継承しつつ生活してきたからこそ、自分達も元気に、幸せに過ごせる。

それが、日本というものを作っているような気がした。

(やから、まるでお祭も……。ううん、神様仏様や、先人達も皆、自分の家族みたいに思えるわ)

大は、今回の戦いや塔太郎の生還を経て、京都の千年の歴史と自分が大きな縁《えん》で結ばれたような、そんな森羅万象《しんらばんしょう》への感謝の念を、強く抱《いだ》くようになっていた。

その辺りから、大はさらに少しずつ、人々の生活や文化について、自分なりに一層、深く考えるようになる。

地元・京都に想いを馳《は》せた時、大が真っ先に思い浮かべたのは、自分の名前の由来である「大文字」。つまり、大文字山と呼ばれ、親しまれる如意《によい》ヶ嶽《がたけ》や、そこで行われる五山《ござん》の送り火の一つ「大文字」に意識が向くようになったのは、極めて自然な流れだった。

大は、如意ヶ嶽に登った事が一度だけある。小学校の遠足の時である。

毎年、京都御苑《きょうとぎょえん》から拝《おが》んでいる大文字の送り火は、お盆で家に帰ってきた先祖をはじめ、精霊《しょうりょう》を送るという行事である事だけは知っていた。

しかし、京都の文化について考え、先人達や神仏に感謝を抱くようになった今では、もっとちゃんと大文字の事を知りたいと強く思っていた。そして、先祖の霊や精霊に手を合わせ、お世話して、あの世へ送ってあげたいと思う。

もちろん、大の家でも、お盆には墓参りをし、飾り付けをし、僧侶《そうりょ》に家へ来てもらってお経《きょう》をあげてもらう。

しかし今の大は、そこから一歩踏み込んだ事をやりたいと考えるようになっていた。

（塔太郎さんが、祇園祭でそうしはったみたいに……。私も、送り火で、ボランティアとか、何か、お手伝い出来る事があるかもしれへん）

こう思い始めたのが七月末だったのも、後から思えば、何かの縁だったのだろう。

大は早速、自分の師匠である猿《さる》ヶ辻《がつじ》に、自分の気持ちを話してみる。

すると猿ヶ辻は、大がいつかこんな事を言い出すと分かっていたかのように、優しい瞳《ひとみ》で大を見つめ、背中を押してくれた。

「如意ヶ嶽には、お山を守ったはる保存会さんがいはるよね。当然、送り火も、そこがやったはる。お手伝いしたいんやったら、一度、そこへ電話をかけてみたらどやろか。話が繋がったら、霊力《れいりょく》持ちの会員さんに自分の能力を話して、まさる君も一緒に、お手伝いさしてもらい。皆の幸せを祈り、森羅万象に感謝し、こうしてお山のお手伝いをしたいと言い出すなんて、古賀さんはまた一段と成長したね。まさる君も、町の平和のために、新しい技を出せるまでに成長したしね。――どんな事も、何事も、取っ掛かりが大事。二人ともぜひ、行っておいで」

師匠の励ましを受けた大は、翌日早速、大文字保存会へ電話をかけた。

飛び込みに近い申し出なので緊張し、大は断られる事も覚悟していた。

けれども、お手伝いしたいという気持ちを添えて、丁寧《ていねい》にお願いした事で、相手に大の強い想いが伝わったらしい。ボランティアへの参加を認めてもらい、霊力持ちの会員を紹介してもらう。事情を理解してくれた会員のアドバイスで、あやかし課の仕事と重ならないように調整する事も出来た。

「ほな、女性の方の古賀さんは、十一日の火床《ひどこ》周辺の草刈りをやってもらって、男性の方のまさる君は、送り火当日の十六日に、点火の薪《たきぎ》を運ぶのをやってもらおうかな」

「はい！　ありがとうございます！　よろしくお願いします」

「こちらこそ。よろしくお願いしますね。あなたのお気持ちは、全部受け止めましたよ。怪我《けが》や体調に気を付けて、一緒にやりましょね」

電話を終えた後、あまりにも順調に事が運ぶものだから、大自身も少々驚いてしまった。

保存会への電話の後に、猿ヶ辻を訪ねてその事を話すと、

「受け入れてもらえて、よかったなぁ。神様仏様がくれはったご縁やね」

と、猿ヶ辻は微笑み、しみじみと言う。

「京都って、実は、そういうもんやねん。閉鎖的《へいさてき》な世界って思われがちやけど、勇気を出して、誠意をもって行動したら、受け入れてくれる町やねんで。女人《にょにん》禁制とか、伝統とかの事情で入れへん時もあるけど、それでも、誠意を尽くす人を無視する事は、絶対にないと思う。今回は、古賀さんの誠意と想いを、ちゃんと向こうが見てくれはって、それが通じたんや」

「塔太郎さんも、似たような事を言うて、船越を説得したはりました。京都は、こけても立ち上がる人を、必ず応援してくれる町やって……」

「そうか、そうか……。彼も今まで、頑張ってきたんやもんなぁ。京都はしっかり、彼の事を見たはってんやな。お天道様《てんとさま》は見たはるっていうのは、これはやっぱり、ほんまの事やね」

猿ヶ辻の優しい物言いに、大は胸が熱くなって頷《うなず》く。心の奥底にいる「まさる」も、大文字のお手伝いをする事を、楽しみにしているようだった。

翌日、大は、仕事の合間に塔太郎へ恒例の電話をかけた時に、業務報告と共に、大文字のボランティア活動に参加する事を話した。

塔太郎は、自分の後輩が、京都の伝統文化に関わる事を嬉しく思ったらしい。

「そうなんや！　ええご縁を頂けて、ほんまよかったな。酷暑《こくしょ》の中でのお手伝いやろうし、熱中症に気ぃつけて頑張ってな」

いつものように、気遣《きづか》う言葉を返してくれる。

大が微笑んでお礼を言うと、塔太郎も、自身の状況について話してくれた。

治療やリハビリは、順調に進んでいるらしく、その甲斐《かい》あって、ついに、退院の目途《めど》が立ったという。

それが、ちょうど送り火の日。八月十六日との事だった。

「おめでとうございます！　ほな、まさるのボランティアの日と一緒ですね！」

「ほんで、まさるの誕生日やな。その日に猿ヶ辻さんが、大ちゃんに力を与えたんやしな」

「そうなんです。毎年、心の中で『おめでとう』と言うてはいるんですけど……。今年は、塔太郎さんの誕生日プレゼントと一緒に、まさるの分も用意しようと思って」

大が口にした途端、心の奥底で、まさるが驚く気配がする。同時に、嬉しそうな気配もしたので、大も心の中に向かって微笑んだ。

まさると同じように、電話の向こうの塔太郎も、驚いたような声を上げる。

「まさるへのプレゼントはともかく、俺の分も？」

「当たり前じゃないですか！　むしろ、遅くなってすみませんでした。あんまり高いものは用意出来ませんけど、待ってて下さいね」

大が言うと、塔太郎は数秒の沈黙ののち、

「ありがとう。めっちゃ嬉しい」

と、心を込めて言ってくれる。

その後、

「そういえば、俺からも頼みがあんねん」

と、塔太郎が言うので、大は「何でしょうか？」と答えながら、首を傾げた。

「大文字のボランティア活動って、夜もずっと？　点火のお手伝いもするんか？」

「いいえ。それは大事なところなので、保存会の方だけでやらはるそうです。私や他のボランティアの方々は、お昼の準備で終わりだそうですよ」

「なるほどな。ほな、夜は空《あ》いてるんやな」

「はい。仕事も休みですし、夜は例年通り、御所《ごしょ》の建礼門《けんれいもん》の前で、送り火を見ようと思ってます」

「そこに、俺も行ってええかな」

「え？」

大の胸が、とくんと跳《は》ねる。

「実はその日、大ちゃんに、お願いしたい事があんねん」

「お願い……？」

戸惑《とまど》いつつ、嬉しく思い、大は訊《き》き返した。

塔太郎が退院する当日、夜に会えるだけでも嬉しいのに、塔太郎の頼みとは一体何だろうか。

大自身は全く心当たりがなく、

「今では、駄目なんですか？」

と訊くと、退院してからでないと駄目だという。

「詳しくは、まだ言えへんねん。それに、退院してからじゃないと駄目で……。ごめんな、ややこしくて。ただ、その、この件は……、大ちゃんに頼みたくて」

珍しく、塔太郎の歯切れが悪い。何か事情があるようだった。

詳しい事情はさっぱり分からない大だったが、大自身は、塔太郎に会えるだけでよかった。

さらに、どうしても自分に頼みたいという塔太郎の言葉に、大の心は湧《わ》き立つが、大はそれ以上詮索《せんさく》しようとしなかった。

「もちろん、いいですよ」

何も訊かず、塔太郎の不器用さを包み込むように、返事する。

「送り火の夜に、待ってます！」

大が元気に言うと、塔太郎がほっとしたように、

「ありがとう。ほな、その時に」

と、まるで大に寄りかかるような声で返事した。


七月三十一日の八坂神社の疫神社夏越祭《えきじんじゃなごしさい》をもって、祇園祭は終了となる。

その日の夜から、翌八月一日の朝にかけて愛宕神社《あたごじんじゃ》の千日詣《せんにちまい》りが行われ、いよいよ京都の八月が始まった。

八月といえば、「お盆《まつ》」である。

先祖の霊や精霊を祀り、無縁仏等も供養する全国的なこの行事は、京都でも「お精霊《しょらい》さん」と呼ばれる。

醍醐寺《だいごじ》の万灯会《まんとうえ》、六道珍皇寺《ろくどうちんのうじ》の精霊迎え六道まいり、壬生六斎念仏踊《ろくさいねんぶつおど》りが奉納される壬生寺の精霊迎え・精霊送り等をはじめ、各所で行われる。

その中でも、何といっても、全国屈指の規模で知られているのが「五山の送り火」。

京都の東から西にかけて、五山の送り火が焚《た》かれ、お盆に迎えた先祖の霊や精霊を、浄土《じょうど》、すなわち冥府《めいふ》へと送る。祇園祭と並ぶ、京都の夏の代表的な伝統行事だった。

如意ヶ嶽の送り火、いわゆる「大文字」は、その五山のうちの一つ。

山の中腹辺りに、松の割木等を組み上げた「火床」が大の字状に並んでいる。仏教の五位《ごい》七十《しちじゅう》五法《ごほう》の教えに合わせた、七十五基である。それに一斉に点火する事で、夜の闇《やみ》に大の字が浮かび上がるのだった。

この如意ヶ嶽を、明治維新の頃から代々守っているのが、麓《ふもと》の住民達で構成される大文字保存会。この保存会の人達が、毎年の送り火やその準備はもちろん、年中通して月二、三回の山の整備などに携わっていた。

京都では、八月七日辺りから各家でお盆の準備が始まり、大の家でも、墓参りや仏間の飾り付けが済んだ後、十三日前後に僧侶を家に呼んで読経《どきょう》してもらう。

お盆が始まる前の、八月十一日の午前九時。

大は、送り火の準備の一つである火床周辺の草刈りに参加し、会員の人達や、他のボランティアの人達と一緒に、如意ヶ嶽に登った。

大文字山と称される如意ヶ嶽は、今出川《いまでがわ》通りの鴨川周辺や、平安神宮《へいあんじんぐう》をはじめ、各所から眺める事が出来る。

送り火のために整備され、山の斜面にぽっかり開けた三角形と、七十五基の火床によって表れる伸びやかな「大」の字は、京都をイラスト化する際に、舞妓《まいこ》や祇園祭の山鉾と並んで描かれるほど、京都にとっては象徴的な存在だった。

大の字は人形《ひとがた》を表しており、その中に、七十五の教えを込めているという。大が保存会に電話した際、会員は、大にそれを教えてくれた。

「つまり、七十五の火床一つ一つに、教えがあるという訳やな。あなたの名前も大文字からきてるんやったら、これから、きっと心が深い人間になれるやろね。あなたの名前の由来の大文字は、そういう大事なものやからね。これから先、決して忘れんといてね」

その言葉を、大はありがたく受け取った。

保存会の人達や、他のボランティア約五十名と一緒に登る如意ヶ嶽は、標高が四百六十六メートルもあり、登山の装備をしていても、火床周辺に着く頃にはかなりの汗をかく。

登る道中で聞いた会員の話では、優しい山というイメージを持たれる如意ヶ嶽も、意外に遭難《そうなん》が多いという。

「ほな、ヘリコプターが出動する事もあるんですか？」

大が訊くと、

「そんなんしょっちゅうや。多い時は、『今月、これで何回目や⁉』ってなるで」

と、会員は苦笑《にがわら》いしながら即答した。

「登りやすい山やって思ってる人、結構多いねんけどな。それがあかんねん。標高は五百メートルもないけど、その代わり、深い山やねん。草木も成長するし、一ヶ月も経《た》ったら、知ってる道が、もう違う道になる。慣れてる人の中には、『毎日来てまっさかい、道はよう分かってます』って言う人おるけど、そういう人が遭難する。で、わしらや消防の人が救護して、『お前か！』って突っ込むねん」

「慣れっていうのは、やっぱり一番怖いんですね」

「せやでー。山へ入るのに、僕らは普通に登山の装備をするね。まず、コンパス。ほんで、国土地理院の地図。それと、連絡用の携帯。無線機が理想やね。夜の送り火の作業も、全部無線でやるんやで。まぁ、低い山でもコンパスと地図の使い方くらいは、初心者でも慣れておく事が望ましいね」

蟬《せみ》がやかましく鳴いている中、大の前を登りつつ、時折、大の方を振り返って話してくれる会員の横顔を見ながら、大は、ふと、山を覆《おお》うように茂《しげ》る木々へも目を向ける。

（如意ヶ嶽は、ガイドブックとかでもよう見るけど……。それでも、やっぱりここは、人の領域とは違う『自然』なんやな）

翳《かげ》った木々の向こうに、わずかに京都の町並みが見えてくる。

それが大には、まるで下界のように思えた。

その後、開けた火床周辺に辿《たど》り着くと、遮《さえぎ》るものがない京都市のパノラマが目の前に広がる。

(凄い……!)

照りつける太陽の下で、大は数秒、開放感に震えた。

火床周辺の草刈りはすぐに始まり、日陰もない炎天下《えんてんか》、ひたすら手を動かし続けた。

大も、会員やボランティア達と共に、鎌《かま》を手に、腰を曲げたりしゃがんだりしながら、一生懸命作業する。梅雨《つゆ》に水を沢山吸い、夏の日射しで存分に成長した草木は刈るのが大変で、慣れない大には辛《つら》い作業だった。

しかし、送り火を円滑《えんかつ》に行うためにも、火床周辺の草刈りは欠かせない。

(ほな、私がやってるお手伝いは、絶対、送り火のためになってるんやな)

そう思うと大は俄然《がぜん》やる気が湧いてきて、熱中症にならないように、上手《うま》く水分補給をしながらやり切った。

会員の人は、初めて参加する大を、気にかけてくれていたらしい。

「お疲れ様。疲れたやろ。暑いのにようやってたね」

と労ってくれたので、大も元気に頭を下げ、

「大丈夫です！　こちらこそ、ありがとうございました！」

と、心からのお礼を言った。

全ての作業が終了して撤収する際、周辺の木々を風が揺らす中、大はもう一度立ち上まり、京都市の景色を目に焼きつける。

両手を広げても足りないほどの、夏の青空と、彫刻のような白い雄大な雲、そして、自由な風を全身で受け止める。

その下に、遠く西山《にしやま》の山々が見え、千年の都・京都の町が、南北にどこまでも広がっていた。

大が、京都の町並みを見下ろすのは、迎撃作戦で出撃した時以来である。

しかし、戦いの前とは違って、今、如意ヶ嶽から町を見下ろす大の心は少しの憂《うれ》いもなく、澄《す》み渡っていた。

（あの、なだらかに延びるＹの字が鴨川で、その横に見える大きな緑の四角形は、馴染《なじ》みの京都御苑やね。その向こうに見える小さな緑の四角形は……。そっか、二《に》条　城《じょうじょう》や）

模型のような町並みに目を凝《こ》らすと、神宮道《じんぐうみち》の朱《しゅ》の大鳥居《おおとりい》や京都タワーまで、小さくてもはっきり見える。

気配がしたので大が振り向くと、ボランティアの女性が上の火床から大を見ており、

「いい景色でしょ。私もね、おじいちゃんと一緒に、中学の頃まではよう登っててん」

と、大に話してくれた。

大の隣まで下りてきてくれたその女性は、祖父が亡くなったのをきっかけに、送り火のボランティアをするようになったという。

「私の職業は塾講師なんやけど、そのきっかけも、おじいちゃんやってんよ。一度、おじいちゃんに数学を教えた事があって、その時、『お前、人に教えるの上手いな』って、言われてん。そのたった一言が、凄い嬉しかった」

「それで、塾の先生にならはったんですね」

「そうそう。あの一言が、私の人生を決めたねぇ」

彼女の祖父はこの世を去ったが、その祖父に育てられた女性は今、京都の子供達に勉強を教える立場となり、大文字の送り火という文化に携わる人になった。

(そういう人達が集まって、きっと、大文字をはじめ、京都の町や文化を作ってるんやね)

如意ヶ嶽から見渡せる、無数の家々、ビル、神社仏閣、公園、山々。

その全てに、きっと千年分の歴史が詰まっている。夏の如意ヶ嶽に立つ大の瞳には、南北に広がる京都の町が、高貴で美しい宝箱のように映っていた。

翌十二日。大は、家族三人揃《そろ》って墓参りに行った。

昨日の、ボランティアの女性が話してくれた事を思い出した大は、自分も、目の前のお墓に眠っている、父方の亡き祖母を思い出す。

「お父さん。これで、おばあちゃん帰ってきはるんやんね」

その時だけ、幼い孫娘に戻ったかのように、父・直哉《なおや》へ声をかけた。

直哉は、自分の母が生前好きだったボンタンアメの香りがする線香《せんこう》を焚きながら、

「そうやなぁ。色々細かい人やったし、家に帰ってきた途端、『あんた、ビールの量減らしてるか』って、俺の夢枕《ゆめまくら》に立って言いそうやな」

と、微笑みながら言う。横で聞いていた大の母・清子《きよこ》も墓に手を合わせて昔を思い出し、

「お義母《かあ》さん、あんたとようボンタンアメ食べてはったね」

と、大を見ながら言った。その遠い日の記憶を大も思い出し、

「そうそう。私、あのオブラートを剝《は》がして食べなあかんと思って、一生懸命やっ

ててん」

と話しながら、大は脳裏に、祖母の軽《かろ》やかな笑顔を思い浮かべた。

（私がオブラートを剝がそうとしてると、おばあちゃん、『それは食べてええねんで』って言うて、私の目の前で、オブラートごと食べてみせてくれはった）

食用のオブラートという存在を、大はその時、初めて知ったのだった。

大がお墓へ手を合わせ、顔を上げると、涼しい風が吹く。

実は、大達のような霊力を持っている者でも、見る事の出来ないものがこの世界には存在する。それは、他でもない、「家族や知り合い」の魂と幽霊だった。

霊力の有無にかかわらず、少しでも面識のある人が亡くなると、それ以降はその人が、全く見えなくなるのである。

大が、それを知ったのは十八歳の時。つまり、魔除《まよ》けの力を授かった直後で、猿ヶ辻が説明してくれた。

「この世界を作らはった神様仏様が、そうしはったんやね。そうでないと、霊力のある人だけが、亡くなった大切な人にいつでも会える。反対に、霊力のない人は見えへんから、夢でしか会えへん。それは寂しいもんなぁ」

つまり、生前縁のあった人が亡くなった後は、霊力持ちでもそうではない人でも、会えなくなる。これだけは皆平等なのだった。

猿ヶ辻はそれを、

「神様仏様の優しさやね」

と言い、大も、それに頷いたものだった。

だから今、大がどんなに強い霊力を持っていても、自分の祖母の魂も幽霊も見えない。

（でも、おばあちゃんは、きっと帰ってきてるやんな。だって、それがお盆なんやもんね。――どう？　おばあちゃん。ボンタンアメの香り、ええやろ？）

見えずとも家族の縁を信じる大に、祖母が答えるかのように、ボンタンアメの線香の煙が、墓石のほうにふわりと流れていく。


大が草刈りや墓参りを終え、家に僧侶に読経に来てもらい、そして迎えた八月十六日の午後。

お盆の最後のこの日が、迎えた先祖の霊等を、再びあの世へと送る「送り火」の日である。

今度は、青年の姿の「まさる」が、送り火のボランティアに参加した。

事情を知る霊力持ちの会員の前で、大が簪《かんざし》を抜いて変身し、まさるになる。大の不思議な力を目《ま》の当たりにしたその人は、驚いて目を丸くしていた。

「へぇ！　ほんまに、男の子にならはるんやね！　喋れへんのは事前に聞いてるから、何かあったら遠慮なく、肩を叩《たた》いたり筆談したりして知らせてや。特に、体調に関わる事はね」

会員の人が穏《おだ》やかに言うと、まさるは笑顔でゆっくり頷き、紙とペンを出す。

（ありがとうございます。あらためまして、『まさる』です。よろしくお願いします）

丁寧な字で書いて見せると、会員の人も笑顔で頷き、

「よっしゃ！　ほな頑張ろか！　今日は大変やでー？」

と、まさるの背中を叩いた。

送り火当日の作業は、保存会の一部の人達やボランティアの人達が、送り火に焚く護摩木《ごまき》奉納《ほうのう》の受付を担当し、残りの人達で、送り火に使う薪を運ぶ。これは、会員やボランティア達が背負って山を登り、火床周辺まで運ぶという、昔ながらのものだった。

まさるも、他の人達に交じって十キロ近い薪の束を背負い、何度も往復しては汗を流す。

身の丈六尺《ろくしゃく》（約百八十センチメートル）の青年であり、腕力もあるまさるでも息

を切らすのに、毎年携わっている保存会の老年の会員達は、苦しそうな顔一つしなかった。

「昔から、こうやって担いで運んでましたねえ。今はないですけど、昔はこの山道の途中で、消防分団の人が飲み物を配ってくれはりましたね」

「あー、やっとったなぁ。『はい、冷たいですよー』ってな。あれ見て、何してんねんって、笑ってたわ。まぁ、ありがたかったけどね」

「懐かしいですねぇ」

薪を担いで山道を歩きながら、昔を思い出して笑い合う。

それを見たまさるは、彼らの頑強さに、そして毎年これを続ける心意気に打たれ、奮起する。

火床周辺まで全ての薪を運び終わり、十一日に大がそうしたように、眼下に広がる京都の町並みを眺めた時、まさるも、開放感や達成感に浸《ひた》りつつ深呼吸した。

聡明《そうめい》な大とは違い、まさるには、京都の歴史や文化の細かいところは、まだ理解し切れないところがある。

けれど、まさるは京都の町のパノラマを見つめ、この世は沢山の大事なもので作られているのだと、そこだけは間違いなく、自分なりに理解していた。

会員の一人が、まさるに声をかけてくれる。

「お疲れ。どや、大変やったやろ？」

まさるは反射的に頷き、そしてすぐに、首を横に振る。

（大変でしたが、すがすがしいです）

紙にペンで書くと、会員が満足そうに笑い、まさるの肩を叩いた。

火床周辺に薪を運んだ後、夜の点火はもちろん、薪を火床で組み上げる等の作業は全て、伝統文化の観点から、保存会とその家族の作業になるという。

まさる、そして大が手伝えるのはここまでで、帰り際、まさるは保存会の会長や会員達に丁寧に頭を下げる。そしてすぐに大に戻り、深く頭を下げて、会員達へ心からお礼を言った。

「二日間、本当にありがとうございました！　少しでも、皆様やご先祖様、精霊さんのお世話のお手伝いが出来たなら嬉しいです。あとは、夜にじっくり、送り火を拝見したいと思います」

大の言葉に、会員の一人がにこりと微笑む。

「よう来てくれたね。飛び込みでも、嬉しかったよ」

帽子を脱いで、お辞儀《じぎ》を返してくれた。

その後、会員達は、大に点火の様子等を話してくれて、最後に、こんな話をしてくれる。

「そういえば……。確か君は、お仕事で、祇園祭にも関わってたんやっけ？」

大は十一日の草刈りの最中に、あやかし課隊員の身分は伏せて、その話をした事を思い出す。素直に「はい」と頷いた。

「運営ではなく、警備の方ですが……。でも、私の先輩が、宵山のお手伝いをしたはったんです」

「そうかぁ。ほなやっぱり、君がここへボランティアに来てくれたのも、ご縁かもなぁ。実はな、送り火はな……」

その話を聞いた瞬間、大は塔太郎を思い出す。

大は、今すぐ塔太郎に会いたくなっていた。


……。


八月十六日の午後七時を過ぎると、京都の各所は人でごった返す。

今出川通り周辺、鴨川べり、御池通り、各ホテルの最上階、商業施設の屋上《おくじょう》等に集まった人々が、午後八時より順次点火される五山の送り火を、蒸し暑さの中で心待ちにする。

五山の送り火は、八月の風物詩としてテレビ中継される。

そのため、自宅のテレビで送り火を拝む人もいるが、やはり、自分の目で見たいと、家を出て各所へ足を運ぶ人も多いのだった。

大もその一人であり、今、暗闇《くらやみ》の中立っている場所は、京都御苑の建礼門の前。

大の両親は、

「人も多いし、テレビで中継見て、拝んどくわ」

と、家で大の帰りを待つとの事だった。

既に、沢山の人が集まっている建礼門の前は、如意ヶ嶽の大文字の送り火が、眼前に見える絶好の場所。さらに、車も通らないので、静かに手を合わせる事の出来る場所として知られている。

そして、大が魔除けの力を授《さず》かり、「まさる」という存在に出会った、運命の場所でもあった。

大は、Tシャツを膨《ふく》らませる夜風を浴びながら、足元にちょこんと座る猿ヶ辻を見て、自分もしゃがむ。

「猿ヶ辻さん。今年も、この日がやってきましたね」

大は穏やかに話しかけ、今はまだ暗い、遠くの如意ヶ嶽を見上げた。

猿ヶ辻も、同じように山を見て頷き、

「そうやなぁ。君と出会ってから今日まで、色々あったなぁ」

と目を細めて、大に笑いかけた。

あと一時間ほどで送り火が点火され、京都のお盆が終わる。

今、保存会の人達が懸命に準備しているかと思うと、大は感慨深いものがあった。

しかし、今日この日に退院し、この時間に会うと約束をしている塔太郎は、まだ来ていない。関係者への挨拶回りや、雑務等が予想外に多く、遅れているらしかった。

夕方、大のもとに、塔太郎から謝罪の電話があった。

「大ちゃん、ほんまにごめんな。でも、必ず行くから」

申し訳なさそうに謝る塔太郎に対して、大は元気よく返事し、塔太郎を安心させた。

「気を付けて、来て下さいね。待ってますけど、体調が悪かったら、無理しんでいいですからね！」

その後、大が一人で京都御苑に赴《おもむ》き、建礼門の前に着くと、猿ヶ辻が待っていたのである。

「今年は、君と一緒に大文字を見ようと思って、金網から出てきたで！　せやけど、もう魔除けの力はあげへんで！　化け物が出ても、自分の力で何とかしてや」

冗談を言う猿ヶ辻に、大は思わず吹き出した。

今、大は、猿ヶ辻と話すために半透明になり、並んで点火の時を待ちながら、今日までの日々を振り返る。猿ヶ辻もまた、大と同じように思い出しているようだった。

猿ヶ辻が御所で生きてきた時間は、大の人生よりも遥《はる》かに長い。しかし、それでも猿ヶ辻は、

「君との日々は、僕の中では、特に大切なもんなんやで」

と言って、心から幸せそうに、御幣《ごへい》をわずかに振ってくれた。

「あの時、僕はほんまに、一晩だけのつもりで力を授けた。それが予想外に、君の中に『まさる君』が居ついて、古賀さんは僕の勧めで、あやかし課隊員になった。僕が、古賀さんの人生を変えてしまったようなもんやね」

「はい。でも、私、今はよかったと思っています。悩んだ時もありましたけど……。その都度《つど》、猿ヶ辻さんや両親や、ちとせの皆さんや……塔太郎さんがいてくれましたから。猿ヶ辻さんをはじめ皆さんに、素晴らしいご縁や教えを頂いたと思います」

大が暗闇の中で微笑むと、猿ヶ辻も、うんうんと頷きながら微笑む。

「僕も、坂本くんや他の隊員の子らと出会い、『まさる部』なんてものをして、い

つも楽しい時間を過ごさしてもうてる。君とまさる君は、その隊員達や坂本くんと一緒に、今回、禍《わざわい》を退《しりぞ》けた……。君がきっかけの、この様々な縁を、僕も嬉しく思うよ。

京都には、目に見えへん幾千もの縁があって、古賀さんの縁や僕の縁、坂本くんの縁なんかが、時に新しい出会いを手繰《たぐ》り寄せ、時に引き寄せ合って、運命的に繋がるんやろね。それがきっと、京都を作ってるんやね。古賀さん、君を見てるとそれを実感するわ」

「そういう縁の一つとして、私は今回、あそこの……。送り火のお手伝いをする事が出来ました。背中を押して下さった、猿ヶ辻さんのお陰です。また一つご縁を下さいまして、ありがとうございました」

「いやいや、何の。それは君が、自分から森羅万象に感謝し、京都を好きやと思ったからやろ？」

「はい。――私、京都での事件を解決する度《たび》に、『この町を守りたい』と思ってきました。やっぱり今も、同じ事を思ってます。でも、今ではそういう縁や、ご先祖様が築いてきた文化とか、両親が築いてきた生活とか、全部を知りたい、知ったうえで守りたいって、深く思ってて……。塔太郎さんみたいに。いえ、塔太郎さん抜きでも……。すみません、猿ヶ辻さん。何か、分かりにくいですよね？　この感情を、何て言うたらええのか……」

「成長や」

「え？」

「その深い気持ち、深めようとする気持ちを、『成長』と言うんや。君は今、人生の途中で色んな人と縁を持ち、色んな事を学んでいる。そして、さらに知ろうとしている最中なんや。その結果、まさる君も成長して、今があるんや。僕はこれからも、君達がこの町で、どんな成長をするのか、楽しみにしとるで」

成長という言葉に、大は胸が高揚する。

ああ、そうや。私は今まで成長してきたし、今この瞬間も、成長してるんや。

剣術も、魔除けの力も、地元・京都への想いも。

実感した大は、しゃがんだまま猿ヶ辻に向き直り、静かに頭を下げた。

「猿ヶ辻様。いいえ、日吉大社《ひよしたいしや》の神猿様《まさる》。――お力を授かったあの日から今日まで、本当にありがとうございます。そしてこの夏以降も、どうぞよろしくお願い致します」

一語一語に、感謝を込める。猿ヶ辻が照れ臭《くさ》そうに、手の代わりに御幣を振った。

「ええって、ええって！　そんな畏《かしこ》まらんでも！　京都の人はほんまに、挨拶が多いなぁ。ま、そこが、京都の人のええとこでもあるんやけどな。挨拶の度、初心に返る訳やしね。君はそのままでも、十分礼儀正しくて、ええ子やで。それさえ忘れへんかったらええ」

「ありがとうございます。光栄です」

大は微笑み、もう一度猿ヶ辻に頭を下げてから、長い黒髪を結《ゆ》っている簪を抜く。

体から光明《こうみよう》を発し、大の姿が、身の丈六尺の青年になった。まさるへの変身に、わずかに霊力のある人が気づいて振り向いたが、騒ぐ人はいなかった。

まさるを前にした猿ヶ辻は、自らが力を与え、今日まで成長してきた目の前の「まさる」にも、優しい言葉をかけてくれる。

「……まさる君。君も、今日までよう頑張ったな。いきなりこの世に生まれて、色々分からへん事もあったやろ。それでも君は、宿主《しゆくしゆ》の古賀さんや坂本くんをはじめ、色んな人に支えられて、ここまできた。それを忘れんと、これからも頑張りや」

猿ヶ辻の言葉に、まさるは確かに頷く。まさるも今、元の大のように、自分の成長を実感していた。まだまだ拙《つたな》いところは多いけれど、猿ヶ辻や塔太郎をはじめ、色んな人達に、感謝の念を抱いていた。

笑顔で深々と頭を下げると、猿ヶ辻がニコニコ顔で、頭を撫《な》でてくれる。

「よしよし。これからも、また一緒に修行しよな。――あそこから、飛んでくる人にも、頭を撫でてもらい」

猿ヶ辻が、顔を上げて夜空を指さす。まさるも振り向いて、その方向を見上げた瞬間、あっと目を見開いた。

南の空から、半透明の龍が飛んでくる。月明かりに、わずかに照らされているのは青龍だった。

ゆっくりと、伸びやかにこちらへ飛んでくる青龍の塔太郎は、すっかり健康体らしい。やがて青龍は、京都御苑に入るとゆるやかに下降し、点火間近の如意ヶ嶽に注目している観衆に見つからないように、そっとまさる達の前に降り立った。

まさるは嬉しさのあまり、砂利《じゃり》を蹴《け》って塔太郎に駆け寄る。心の奥底にいる大はさらに嬉しいようで、

(塔太郎さん……！)

と、会いたかった気持ちで体を震《ふる》わせているのが、まさるにまで伝わっていた。

塔太郎が、最初に声をかけたのは神使《しんし》である猿ヶ辻で、

「こんばんは、猿ヶ辻さん。いつもお世話になっております」

と、青龍の頭で、猿ヶ辻へ丁寧に頭を下げる。

すると猿ヶ辻は、

「坂本くん。お疲れ様。そして、退院おめでとう。僕も、京都を守る神使やから、今回の事件の顚末《てんまつ》は聞いてるで。ほんま、よう頑張ったなぁ。これからは胸張りや」

と、塔太郎を労い、全快のお祝いを述べて、龍の体をぽんぽんと叩いた。

猿ヶ辻は神猿であるだけに、まさるの心の奥底にいる大の感情、その気配を、敏感に感じ取ったらしい。

「ほな。僕は、古賀さんやまさる君への挨拶も済んだ事やし。一旦、金網へ戻るわ。――あ、これ、点火した時に開けてな。二人で仲良く使って」

と、小さな巾着袋《きんちゃくぶくろ》をまさるに託《たく》した後、御幣を担いで踵《きびす》を返す。まさると塔太郎は反射的に呼び止めたが、

「ええって、ええって。仲のいい先輩後輩で、話したい事もあるやろしね。送り火を見ながら、ゆっくり話し。大丈夫。離れていても心は一緒、という事で」

と、猿ヶ辻は想いを込めて言い、まさると塔太郎を残して、そのまま帰っていった。

猿ヶ辻が振り返って最後に見つめ、幸せを祈るように御幣を振った相手は、まさるだった。

猿ヶ辻を見送ったまさるは、手に持つ小さな巾着袋を眺める。龍の塔太郎にそれ

を差し出すと、塔太郎も「それ、何やろな?」と言って、龍の首を傾げていた。

「まぁ、送り火の点火の時に開けろって言わはるんやし、その時に開けよか。――まさる。ただい」

ま、と塔太郎が言う前に、まさるは青龍の塔太郎にがばっと飛びついており、龍の小さな手を両手で摑《つか》んで、ぶんぶんと握手していた。

まさるなりの、溢《あふ》れんばかりの「おかえりなさい」だった。さらに、ズボンのポケットから紙とペンを出し、

(塔太郎さん、たいいんおめでとうございます! たたかいでは、本当におつかれ様でした! 七月はおたんじょうびおめでとうございます! おかえりなさい!)

と、漢字で書くのももどかしいほどに勢いよく書き、塔太郎に見せた。

それを見た塔太郎も、まさるの明るさに釣《つ》られて「おう、帰ってきたぞ!」と快活に笑い、まさるの筆談のように、一気に口を開いた。

「お前も、今回はよう頑張ったな! 粟田列火《あわたれつか》やと思ったあの新技、凄かったやんけ! 俺、感動したわ! 大型船を止めてくれて、ほんまありがとう! まさるもほんまにお疲れ様! ほんで――。誕生日、おめでとう!」

幸せいっぱいになったまさるは、顔をくしゃっとさせて笑顔を見せ、自分の拳《こぶし》を出す。塔太郎も、拳の代わりに龍の頭を向け、まさるの拳に額《ひたい》を合わせた。

まさるの拳と青龍の額が離れた瞬間、それぞれ、元の姿に戻る。

元の女性に戻った大と、元の男性に戻った塔太郎は、先ほどとは打って変わって、互いを見つめ合う。

「……会いたかったです」

「……俺も」

それだけ言い合った後は、静かに見つめ合い、微笑み合っていた。

迎撃作戦から今日までの近況報告は、毎日の電話で済ませていた。

しかし、大も塔太郎も、直接顔を合わせれば話題は尽きない。送り火の点火まで二人はずっと、互いにそれを求めていたかのように、他愛《たあい》ない会話を交わしていた。

「大ちゃん。九日にやってた、壬生寺の精霊迎えって知ってる？　あれ、壬生六斎念仏講中の人達が、壬生六斎の念仏踊りをやらはってんけど……」

「それって確か、綾傘鉾《あやがさほこ》の、囃子方《はやしかた》の方がやらはるんですよね」

「そうそう。やから俺、どうしても見に行きたくて。入院してる時に先生に、『その時だけ出れませんか』って、駄目もとで頼んでん。ほしたら……」

「無理するなって、怒られたんですよね？」

「うん。即答で『ハハハハハッ。お馬鹿ッ！　ステイ！』って、言われた」

すよ？」
「もうー。そらそうですよー。お気持ちは分かりますけど、無理したら私も怒りま
「ははは。ごめん、ごめん。もう無理はしいひん」
「ほんまに？」
「うん。何かを守る時以外はな。でも、そういう時は、大ちゃんも一緒に協力して
くれるやろ？」
「もちろんです！　あなたの後輩ですから！」
大と塔太郎は、そっと、互いの両手を合わせてハイタッチした。
話が一段落すると、大は、この日のために用意していたものを思い出す。綺麗《きれい》に
包装された細長い箱を鞄《かばん》から出し、塔太郎に渡した。
「塔太郎さん、少し遅くなりましたけど……。お誕生日、おめでとうございます！
お誕生日プレゼント兼退院のお祝いとして、受け取って下さい」
両手をまっすぐ伸ばして渡すのは、まるで愛の告白みたいである。大が照れなが
ら塔太郎を窺《うかが》うと、塔太郎は、驚いたように大を見つめ、箱を受け取って丁寧に中
身を取り出した。
「こんなええもん、貰《もら》えると思わへんかった。大ちゃん、ありがとうな。めっちゃ
嬉しい」

滲《にじ》む嬉しさを誤魔化《ごまか》すかのように、拳で口元を隠している。やがて、塔太郎は、にっこり微笑んだまま、自分の鞄から何かを取り出す。

「大ちゃんと俺の選んだものが同じやなんて、何か、面白いな」

と言って大に渡したのは、まさるへの誕生日プレゼント。包装された細長い箱だった。

「これ、もしかして中身って……」

「そう。大ちゃんがたった今、俺にくれたものと一緒。さすがに、図柄は違うけどな。どやろか。まさるが、喜んでくれるとええねんけど」

「大丈夫です。きっと喜びますよ！　ありがとうございます！」

大は、自分の心の中へ、意識を集中してみる。すると、心の奥底から温かい気配がする。心の奥底にいるまさるも、塔太郎からプレゼントを貰って、この上なく喜んでいた。

そうして気づけば、時刻は八時十分前。送り火の点火は間もなくである。

道理で、周りの観衆の熱気が高まっているはず、と、大が無意識に顔を手で扇《あお》ぐと、塔太郎が手に持っていた扇子《せんす》を開き、風を送ってくれた。今しがた、大が塔太郎に贈った誕生日プレゼントだった。

蒸し暑い夜に、香の混じった爽《さわ》やかな風が、大の頰《ほお》を撫でる。塔太郎からの風だと思うと、大は涼むどころか、胸が熱くなりそうだった。

「すいません。最初に風を頂いちゃって。ありがとうございます」

大も、心の中のまさるの快諾を得て、塔太郎がまさるに贈った扇子を出して、恋心を秘めつつ、塔太郎に風を送ってあげた。

塔太郎も涼しそうに目を細め、「ありがとう」と、嬉しそうに言う。

「何か、互いに扇ぎ合うって、変な感じやな」

「そうですね」

ころころと笑い合い、互いに扇子を畳《たた》んだ。そんな些細《ささい》な事でも、二人して同じ事をしているのが、大にとって幸せだった。

「……私、こういう平凡な日常がこんなにも大事なんやって、今回の事件で知りました」

扇子を鞄にしまった大は、視線をそっと塔太郎から如意ヶ嶽に移す。

点火直前の如意ヶ嶽は真っ暗だった。

「……事件が終わってから今日まで、凄く、平凡な日々やったと思うんです。仕事して、足洗いをして、お盆の準備と、送り火のボランティアをして……。多分、日記とか、そういう文章で書くと、何にも面白くないと思います。でも……」

「その面白くない日常が、きっと、ほんまの幸せって事なんやろ？」

「はい。塔太郎さんも、そう思いますよね？」

「もちろん。それを守るために、俺は京都府警のあやかし課隊員になったんやし、これからも、そのつもりやで。――大ちゃんは？」

「塔太郎さんと、同じ気持ちです」

魂の絆《きずな》があるとするならば、今この瞬間の事を言うのだろうと、大は思った。

送り火のボランティアを経験した大には、先月の宵山の時以上に、塔太郎がどれほど地元・京都を想い、それを守りたいかが肌で分かる。

そして、それはそのまま、今の大の気持ちとなっている。誰も割って入れないような不思議な一体感を、大は感じていた。

男性として愛しているという事よりも、大はまず、塔太郎に伝えたい思いがある。

「塔太郎さん」

と、真剣な表情で塔太郎に向き合うと、

「私、今回の事件を通して、私も、『あやかし課のエース』になりたいと思いました。エースと呼ばれるぐらいの実力を付けて、塔太郎さんと共に、京都を守る人になりたい」

と、心から、自分の将来の目標を伝えた。

「ですから、これからは……。単に、塔太郎さんに憧《あこが》れる後輩ではなく、あやかし課の二枚看板と言われるような隊員を目指しても……。塔太郎さんの事を、尊敬する先輩としてだけじゃなく、よき目標と定めても……いいですか？」

「二枚看板というのは、俺と大ちゃんで？」

「はい」

大はまっすぐ、塔太郎の瞳を見据《みす》えていた。

あやかし課に入隊した頃の自分には考えられなかったような精神の強さが今の大にはあった。今まで様々な事件を皆で解決してきた、その経験の積み重ねが、大を成長させたのである。

そして今回、自分一人で送り火という京都の文化に関わった事で、それがはっきりした。

これは、塔太郎からの一人立ちであり、頼れる先輩から離れて、本当の意味での「自立したあやかし課隊員」になるという、あるいは、塔太郎と対等に並べるような力をつけて京都を守りたいという、大の決意表明だった。

「……なるほどな。あのな、大ちゃん。俺は、そんな大ちゃんやからこそ——」

塔太郎が続きを言おうとした瞬間、周囲の観衆がにわかに騒ぎ出し、何人かが東を指さしている。

は、と気づいて大達が顔を上げると、如意ヶ嶽の中腹に、一つの大きな炎が灯されていた。

大文字の中心部分の金尾《かなわ》である。大が会員から聞いた話によれば、点火時刻の午後八時の前に、保存会の会長が、

「南の流れ、よいか」

「北の流れ、よいか」

「字頭、よいか」

「一文字、よいか」

と、大声で、各火床を担当する者達に確認する。

それぞれの反応が返ってきたら、火の点《つ》いた松明《たいまつ》が高く掲《かか》げられ、読経が始まる。

そして、会長が厳かに、想いを込めて、

「点火ーっ！」

と、叫ぶのである。

その瞬間、七十五の火床が一斉に灯され、如意ヶ嶽に「大」字が浮かび上がるのだった。

今、大や塔太郎、京都御苑に集まっている人々、京都市の各所にいる人々が目に

していたのは、まさに、その送り火の点火の瞬間だった。

時刻はまさに、午後八時ちょうど。

暗闇に、如意ヶ嶽の大文字が、煌々《こうこう》と赤く、はっきりと浮かび上がった。

大きな美しい、のびやかな大の字をもって、この世に住む数多《あまた》の人々の先祖の霊や、精霊や無縁仏等まで、全て、あの世に送る。

それが今、始まったのである。

「……灯ったな。大ちゃんの名前の、大の字や」

「はい。私の全ての、出発点です」

その会話を最後に、大と塔太郎は、互いに話すのをやめた。

小さく頷き合って如意ヶ嶽に向き直り、燃え盛る大文字に向かって、それぞれ手を合わせた。

大が想いを馳せたのは、今、自分がこうして幸せでいる事、神仏への感謝と、祖母をはじめとする先祖への感謝と、自分の生まれ育った町・京都を作ってきた先人達と、伝統文化への感謝。

そして、明日からも幸せでいられますように、どうぞ見守って下さいという祈りと、明日からも頑張るという決意だった。

ふと、隣を見ると、塔太郎も目を閉じて、静かに手を合わせて祈っている。塔太郎もまた、自分と同じ想いを抱いていると、大には分かっていた。

午後八時に如意ヶ嶽の大文字が灯された後、約五分ごとに、残りの四山も順次灯されていく。

東から順に、
松ケ崎西山《まつがさきにしやま》・東山《ひがしやま》の「松ヶ崎妙法《みょうほう》送り火」。

西賀茂船山《にしがもふねやま》の「船形万燈籠《ふながたまんとうろう》送り火」。

大北山《おおきたやま》の「左大文字《ひだりだいもんじ》送り火」。

嵯峨仙翁寺山《さがせんのうじやま》の「鳥居形松明送り火」。

その鳥居形の点火を最後にして、約二十分間、燃え盛るのだった。

一説では、人の形を表す大文字から、先祖の霊が妙法のお経を唱《とな》えて船に乗り、左大文字で厄《やく》を落として、鳥居をくぐってあの世へ帰る、という流れに見立てられているという。

いずれにせよ、今この瞬間、京都中の人が自分達の先祖に想いを馳せ、また来年と別れを告げ、あるいは万物《ばんぶつ》の精霊に感謝して、この五山の送り火を眺めているはずだった。

それが、京都の、お盆の締《し》め括《くく》りだった。

大も、しばらくの間は、隣にいる塔太郎の存在も忘れて、じっと、大文字の送り火を見つめ続けた。

（今、きっと、私のおばあちゃんやおじいちゃん、他のご先祖様も、あの世に帰ったはるんや。姿は見えへんかったけど、きっと、私の事、見ててくれたやんな。今年の私は、祇園祭での仕事を一生懸命やって、送り火のボランティアもしたよ。私の気持ち、届いてるかな。——ほなね。おばあちゃん、おじいちゃん。また、来年）

拝むのを一旦終えて、大は隣の塔太郎を見る。塔太郎もまた、自分の先祖達へ、心の中で声をかけていたようで、

「俺のじいちゃんやばあちゃん、それに、武術を教えてくれた白岡《しらおか》先生も、今はもう皆亡くなってるけど……。きっと、このお盆で、帰ってきてくれたと思う」

「それで、きっと、塔太郎さんやご両親を、見守ったはったんですよね」

「そうやとええやなぁ」

きっとそうですよ、と大が確信めいて言うと、塔太郎も「せやな」と微笑む。二人でもう一度、山に向かって手を合わせた。

この時、大は猿ヶ辻に貰った巾着袋を思い出し、塔太郎も同時に気づいて巾着袋を指さす。

二人で覗《のぞ》き込むようにして開けると、中に入っていたのは、水の入った小さなペ

ットボトルと盃《さかずき》だった。

「これは……？　水分補給って事……？」

　塔太郎が何かに気づいたように、ぽんと手を鳴らす。

「なるほど。これで大文字を映して飲め、っちゅう訳やな」

「映す？」

　塔太郎の説明によると、京都では、大文字の送り火を映した酒や水を飲むと、一年間は無病息災でいられるといわれているらしい。

　まさに送り火の真っ最中の、今この瞬間にそれを聞いた大は驚き、

「えっ⁉　私、今、初めて知りました！　ボランティアして、あんなにお山に触れてたのに……！」

　と、恥ずかしくなってしまった。

「昔から知られてる話やし、周りの皆は大ちゃんも知ってると思って言わへんかったんちゃう？」

「そうなんですかね……？　塔太郎さんから教えてもらってよかったです……！ありがとうございます」

「ええって、ええって。――飲むか？」

「はい！」

盃は一つしかないので、最初に大が水を注いで大文字を映して飲み、次に塔太郎も同じように、大文字を映した水を飲み干した。

揺らめく鏡のように、盃の水は燃える大文字を映していた。水は、大達が慣れ親しんでいる梨木神社《なしのきじんじゃ》の染井《そめい》の水で、大と塔太郎は、猿ヶ辻が無病息災を願い、わざわざ汲《く》んできてくれた事に感謝した。

先祖に手を合わせ、自分達の無病息災を祈った後、大文字の炎が、次第に消えてゆく。送り火も終わりに近づいていた。

消えてしまう前に、と大は塔太郎に、保存会の会員から聞いた大文字の話をした。

「点火の際は、無線で連絡を取り合うそうですよ。火が点かへんかったら、無線をばんばん飛ばさはるそうなんです。『〇〇んとこ点いてへんぞ、走れーっ！』って。会員の方は、『もう無線使いすぎて、ほかそか（捨てようか）と思うぐらいや』って」

「そうなんや？　結構ハードなんやなぁ」

八時五分までに一斉に点火しなければならず、プレッシャーもあるという。チャッカマンが点かなかったりして、自分の火床だけ点火していなかったりすると、余計に焦ると大は聞かされていた。

「そしたら、『お前何してんにゃー！』って、怒られるそうです」

「そうなんやなぁ。送り火の点火は、一番大事な役目やもんな。そこに、誇りがあるんやな」

大の説明に、塔太郎は時折頷きながら、興味深そうに聞いている。

その楽しそうな横顔を見た時、大は、自分がボランティアの時に初めて知った、とっておきの話をする。

「塔太郎さん。あの、実は私、保存会の方から伺ったんですけど……。送り火で焚く薪の中に、実は、一部の山鉾の、真木《しんぎ》や真松《しんまつ》が含まれているそうですよ」

その瞬間、大が予想していたように、

「えっ、ほんまに？」

と、塔太郎が弾《はじ》かれたように反応した。

山鉾は、疫神《えきじん》や餓鬼《がき》を鎮《しず》めて、町を清める役割を持っている。大に教えてくれた会員の話では、巡行が終われば即座に解体される山鉾の一部である真木や真松が、送り火の薪と一緒に焚き上げられるとの事だった。

「ほな、今、あそこでやってる送り火の中に、山鉾の松の木が入ってんの？」

「そうなんです。全部の山鉾ではないらしいんですが……。それも含めて、送り火は全部を、あの世へ送っているそうなんです」

「そうやったんか……！　初めて聞いた……！」

塔太郎の瞳が、新しい事を知った感動で輝いた。その瞳の輝きを大は、どこかで見た事があると思ったが、すぐに、伊根町でスサノヲと伊根祭の話をしていた時だと気がつく。

あの時、大は海から塔太郎を盗み見て、魅了された。

そして今も、大は塔太郎の純粋な表情に、目を奪われている。

「ほな、祇園祭と送り火が、京都の夏の始まりと終わりなんやな……！」

凄い、と言ったきり、塔太郎は感動に震えていた。祇園祭と送り火が繋がり、京都の夏祭が正真正銘《しょうしんしょうめい》、祈りと感謝の行事である事を、塔太郎も肌で感じたらしかった。

「大ちゃん！　教えてくれて、ほんまありがとう！　退院早々、ええ話が聞けた！」

塔太郎が、子供のように、無邪気《むじゃき》に礼を言う。それは、大が恋焦《こ》がれている塔太郎の姿の一つであり、その表情を見られた大も目を細め、満面の笑みを浮かべた。

「塔太郎さんが喜んでくれて、よかったです。私も、祇園祭と送り火が繋がってるって聞いて……」

「何か、嬉しいよな」

「はい。京都の夏は、祇園祭で幸せを祈って、送り火で全てに感謝する。そうして、秋からまた頑張れる……。そんな風に、思いますよね」

「うん。俺もそう思う。大ちゃんのその考え方、凄くいいと思う。京都の夏がより一層、大切になった気がするわ」

「ありがとうございます。でも、そのきっかけをくれたのは、塔太郎さんです。これからもこうやって色々な事を知って、考えて、想いを馳せたり、自分から行動して成長していけたらいいなと思います」

「うん」

訊けば頷いてくれて、訊かれれば頷く。そんな一体感が、大には何よりも楽しい。

するると塔太郎が、

「……そんな、いつも成長している大ちゃんやからこそ、これを頼みたかった」

と言って、ズボンのポケットから、小さな何かを取り出す。

「ほんまは、ポケットに入れるようなものではないんやけど、龍になってここへ来るためには、仕方なく」

と、言って大に見せたのは、艶《つや》めいた木箱だった。

「これは、何なんですか？　電話で言うてはった、私への頼み事っていうのは……」

「うん。これの事。実はな、入院してる時に、比奈太《ひなた》が見舞いに来てくれたんや」

伊根八坂神社氏子区域事務所の隊員・花村《はなむら》比奈太が、塔太郎が入院している間に、見舞いに来たという。

しかし、正確には見舞いではなく、伊根の八坂神社の祭神・建速須佐之男命《たけはやすさのをのみこと》の使いとして、塔太郎にある物を渡しに来たのだった。

比奈太は、大達が丹後《たんご》に出張した際に、塔太郎と特に仲良くなった青年である。

「今回の事件は、ほんまに大変やったな。塔太郎、大丈夫か」

と、青龍の塔太郎を労い、

「おみゃあの活躍を聞いて、うちのスサノヲ様もお喜びやったで」

と、伝えてくれたという。

その際に、比奈太が塔太郎に手渡したものが、この木箱だった。

中身は、スサノヲが特別に用意した、あるもの。早速、塔太郎が畏まって開けようとすると、比奈太がそれを制してこう言ったという。

「塔太郎。実は、それを開けるんには条件があるってスサノヲ様が言うとった。一つ、必ず退院した後に開けるように。二つ、それを聞く時は、決して一人では聞かんように。必ず、誰かと一緒に聞くように。……ってな。誰と聞くかは、塔太郎自身が選んでええって。あ、あと、スサノヲ様は、お前のそうやって畏まる態度を予想しとったぞ。『そんな恭《うやうや》しく扱わんでええ！　そう俺が笑っとったって伝えてくれーや』と、スサノヲ様は言うとったで。確かにな、スサノヲ様の言う通り、礼儀正しいのはお前のええとこやけど、もっと、楽になってもええんちゃうか。――それじゃ。確かに、スサノヲ様の贈り物を渡したからな。また伊根に遊びに来いよ！　ダイビングやろうぜ」

意味深《いみしん》な言葉をいくつか残して、比奈太は見舞いの品をテーブルに置き、笑顔で帰っていったという。

話を聞き終わった大は、もう一度、塔太郎の持つ木箱を見つめた。

「その、スサノヲ様の贈り物が、これなんですか？」

「そうらしい。比奈太が『誰かと一緒に聞け』と伝えたんやから、何か音が出る物が入ってると思うねんけど……」

「もしかして、頼み事っていうのは、それなんですか。その『誰か』を……私に？」

「うん。頼みたいねん」

「他の方じゃなくて、私で、いいんですか」

「木箱の中身はまだ分からへんけど……。大ちゃんに、頼みたい。魔除けの力で、窮地《きゅうち》の俺を助けてくれて、俺との二枚看板になって京都を守りたいって言うてくれる大ちゃんに、一緒にいてほしい」

「……！」

大が顔を上げると、そこには、今まで見た事のない塔太郎の顔があった。後輩への眼差《まなざ》しというよりも、対等の者を見る真剣な目。同時に、人間としての親愛を、深くたたえた瞳だった。

何て美しい顔、と、大は頬に熱を持ちながら、静かに頷く。それを見た塔太郎が静かに木箱に手を添え、そっと開けた。

中に入っていたのは、海のように青く透き通った、小さな石。発する気配と輝きから、大達はすぐに、伊根で獲《と》れた霊玉《れいぎょく》だと分かった。

塔太郎の指先が霊玉に触れると、優しい虹色の光が、微《かす》かに放たれる。

それが鎮《しず》まると、

「……これでええんかいな？　おーい。聞こえとるか？」

という、伊根の八坂神社の祭神・建速須佐之男命の声が聞こえてきた。

大と塔太郎は、思わず顔を見合わせる。どうやらこの霊玉に、スサノヲの声が入っているらしい。

さらに驚いたのは、

「久し振りだな、塔太郎。俺が比奈太に伝えた約束、守っとるか？　ちゃんと退院した後に聞いてるか？　今、誰かと一緒におるか？　まぁ、前者は別に破ってもええんだけど、後者は、出来れば守っとくれーな。お前一人でこれを聞いたら、ひょっとしたら変な解釈したり、気遣ったりして、かえってお前を苦しめるかもしれんでな。俺達の心を確かに伝えるために、これは誰かと一緒に聞いてくれーなー。ええな？」

という内容で、大も塔太郎も、

「俺達……？」

と、首を傾げた。

電話の類《たぐい》ではないので、霊玉からのスサノヲの声は、途切れる事なく続いている。それによると、霊玉に声を収めているその間、スサノヲの隣には、祇園の八坂神社の祭神・素戔嗚尊もいるようだった。

大と塔太郎は同時に、

「えっ」

と声を出し、慌《あわ》ててしまう。

霊玉の中のスサノヲは、それをも見越していたかのように笑い出し、

「今、お前らびっくりしたやろう？　そんなにびびらんでもええ。――ほら、お前も何か言ったらどうだ。塔太郎に、伝えたい想いがあるんだろう？」

と言って、傍にいるらしい素戔嗚尊に促《うなが》していた。

どうやらこの霊玉は、スサノヲ達による、いわゆるビデオメッセージらしい。素

戔嗚尊が、塔太郎に何かを伝えたがっていると分かり、塔太郎の手がきゅっと強張《こわば》る。

その瞬間、大は、なぜスサノヲが塔太郎に一人で聞くなと言ったのか、そして自分が何のためにこの場にいるかを理解した。

「塔太郎さん。大丈夫ですよ。私も一緒にいますから」

大は迷わず、木箱を持つ塔太郎の手を、両手で包む。

塔太郎が顔を上げ、大は無言で頷いた。

それを見た塔太郎は、安心したように頷き返し、小さく息を吐《は》く。大と一緒に、霊玉から聞こえてくる声に耳を傾けた。

やがて、霊玉から聞こえてきたのは、スサノヲと声色《こわいろ》は似ていても、間違いなく素戔嗚尊の声。

「――塔太郎。今はもう、退院しているか。体の回復は順調か。鴨川でも伝えたが、この度は、本当によくやってくれた。今、鴻恩《こうおん》と魏然《ぎぜん》に、お前と、お前の両親を招く準備をさせている。お盆は過ぎてしまうと思うが、必ず、二人から連絡がいくはずだ。坂本隆夫《さかもとたかお》・靖枝《やすえ》夫妻に、よろしく伝えてくれ。最後になるが……。これからも励め」

短い言葉だったが、深く、優しい言葉だった。威厳《いげん》溢れる京都の神が、どんな気持ちで塔太郎に話しているかが、大にはよく分かる。

大がそっと目線だけを上げると、塔太郎もそれに気づいて、目をわずかに見開いていた。

今、塔太郎と因縁《いんねん》を持つ京都の神様が、塔太郎を認め、激励している。

大がそう感じていると、霊玉から、交代したらしいスサノヲの声が聞こえてきた。

「おいおい。もういいのか？　え、いい？　全部伝えた？　全く、お前は不器用なんだからなぁ。じゃあ、後は俺が伝えとくぞ。いいよな？　――悪い、悪い。つい、こっちで喋ってしまった。許してくれよな」

やがて、スサノヲの改まった咳払《せきばら》いが聞こえる。

その後に続いて聞こえてきたのは、これからの塔太郎の人生を変える事になる、血の通った言葉だった。

「今から言う事は、俺の気持ちであるのはもちろん、横にいる、素戔嗚尊の気持ちでもある。正真正銘、八坂神社の祭神の言葉だ……。

……坂本塔太郎。お前は生まれてから今日まで、本当に、よく頑張った。既に、骨の髄《ずい》まで知っているかもしれないが、人間と神仏の関係は、本当に難しい。

だが、決して、共に暮らせない訳ではない。それを証明してくれるのが、神々に奉仕してくれる沢山の人間達であり、そして、他でもない塔太郎、お前だ。俺達は、お前や人間の一途《いちず》さに、本当に感謝しているんだ。

お前は今まで、自分の宿命ゆえに苦労したはずだ。だが諦《あきら》めずに、お前は、京都を守る優しい存在になってくれた。素戔嗚尊の雷を、お前は、京都を守るいいものとして使っているんだ。

本当に、ありがとう。これからも、どうか頑張ってくれ。

ただな、塔太郎。

お前は、自分を犠牲《ぎせい》にして生きているが……、あんたも、一人の人間やんか。そこをどうか、間違えんようにしなよ。

これからの人生でも、色々難しい奴が、沢山おるかもしれんけどね。色々言う者が、おろうけどね。それでもこれからは、一生懸命、あんたなりに努力して、あんた自身の幸せのために、生きてみて。雷も龍の力も、あんたなら好きに使ってい い。八百万《やおよろず》いう言葉は、俺達は、そのためにあると思っているよ。

……もう、俺達からの言葉は、このくらいにしておこうか。あとは、今傍にいる誰かと話して、自分なりに、考えていけばいい。お前は自由だ。枷《かせ》を外せ。……じゃあな！　また、伊根にも来いよ！」

その言葉を最後に、霊玉からの声が途切れる。

やがて、元通りの静けさとなり、何も聞こえなくなった。

大は霊玉を、目を見開いて見つめたまま、しばらく何も言えなかった。

今、スサノヲが、そして素戔嗚尊が塔太郎に伝えた言葉の意味が、大にも心の芯《しん》まで伝わったからだった。

今この瞬間をもって、塔太郎は、自由になったのである。

もう、自分の出生《しゅっせい》に、後ろめたさを感じなくていい。八坂神社に対して、過剰に気を遣わなくてもいい。

誰にも気兼ねせず、自分の幸せを、塔太郎も求めていいんだと、八坂神社の祭神は言ってくれたのである。

きっとスサノヲは、素戔嗚尊を通して、祇園祭での塔太郎の、決死の活躍を知ったのだろう。それで、この霊玉の伝言を思いついたに違いない。

自分の事のように、大は全身に歓喜が巡るのを感じていた。

「……塔太郎さん！　ほんまに、ほんまによかったですね！　これからは……」

大が顔を上げようとした、その時。

塔太郎の手を包んでいた大の手の上に、一つ、大きな雫《しずく》が落ちた。

一つ、また一つ。暗い夜でも分かる、温かく綺麗な涙が、大の手を濡《ぬ》らしている。

大が顔を上げずにいると、頭上から、嗚咽《おえつ》を必死に堪《こら》えている塔太郎の息遣いが聞こえてきた。

「ごめん、大ちゃん……」

塔太郎が、泣いていた。嬉し泣きだった。

「俺、今、泣い……て……」

それきり、塔太郎は肩を震わせるだけで、何も言わなくなった。泣くのを我慢しているせいで、喋れないのである。

今、塔太郎がどんな思いで神様の言葉を受け取ったのか。今までの半生を胸に、どんな思いで、自由の身になった事を喜んでいるか。

それが大には、痛いほど、伝わっている。

「……大丈夫です、塔太郎さん。私は、送り火だけを、見てますから……」

大も涙ぐみ、そう言うだけで精一杯だった。

塔太郎の泣き顔を見ないように、自分の顔を如意ヶ嶽に向ける。それが今、自分に出来る塔太郎への優しさなのだと、大には分かっていた。

大文字の送り火はもう、ほとんど消えている。大の先祖はもちろん、塔太郎の先祖や白岡先生も、あの世へ帰っていっただろう。きっと、皆が塔太郎を見守ってくれるはずだと、大は信じていた。

「大ちゃん……。俺、嬉しい……。ほんまに嬉しい。八坂神社の、神様に、こんな事を、言うてもらえて……。嫌われてへんで、温かい言葉を、もらえて……。それが欲しくて、今まで俺は……俺は……！」

幼子《おさなご》のように、気持ちを吐露《とろ》する塔太郎。その震える声を聞いて、大は、塔太郎の手をぎゅっと握る。

「塔太郎さん。――誰も、あなたを嫌う者なんて、いませんよ」


どんな塔太郎さんでも、皆、あなたを愛しているんですから。


大が微かに告げた瞬間、塔太郎の心が決壊したらしい。塔太郎の背中が深く曲がり、首を垂《た》れ、縋《すが》るように大の手を握ったまま、号泣《ごうきゅう》した。

大は塔太郎を引き寄せる。涙で濡れるその顔を見ないように、塔太郎を、自分の肩にもたれかからせる。

塔太郎も拒《こば》む事なく、素直に大の肩に顔をうずめ、涙を流していた。

「……塔太郎さん。これからは、私も塔太郎さんも、絶対、幸せになりましょうね。それで一緒に、これからも、京都府警のあやかし課隊員として、頑張りましょうね。喫茶ちとせの皆も、首を長くして、塔太郎さんを待ったはりますよ。明日からの日々が、楽しみですね！」

「うん……。うん……！　ありがとう、大ちゃん……。いつも俺を支えてくれて、ほんまに、ありがとう……！」

「そんな。支えてもらってるのは私の方で……。私こそ、ほんまに、ありがとうございます……」

「大ちゃんに出会えて……よかった……」

それきり、塔太郎はずっと泣いていた。大も塔太郎の言葉に胸を打たれ、目から涙がぽろぽろと落ちる。ずっと頷きながら、塔太郎の頭をしっかり抱いていた。

それは、恋心を超越した、人間としての愛情だった。大が塔太郎を愛している事に変わりはなかったが、愛を告白する事などどうでもいいほどに、今、大は、平和や幸せを勝ち取った喜びを、一人の人間として、噛《か》み締めていた。

（今は、このままで……。塔太郎さんが、やっと自分の人生を歩き始めるんやもの。塔太郎さんが、自分から誰かを好きになって、自分から誰かを求めるようになるまで、私は何もしたくない。塔太郎さんの邪魔をしたくない。塔太郎さんがこの先、誰を好きになろうとも……。私はずっと、塔太郎さんが好きやから）

長い道のりの恋も悪くないと、大は塔太郎を支えながら、少しだけ、笑ってしまった。

大文字の送り火は完全に消えており、観衆も帰ってしまっている。大と塔太郎だけになり、元の暗い京都御苑に戻っていた。

大は塔太郎を抱きながら、もう一度、如意ヶ嶽を見つめる。

無事に終わった祇園祭や大文字の送り火、そして明日からも続く京都の町に、想いを馳せていた。

終章

「誰かと一緒に聞く」という条件を聞いた時、塔太郎《とうたろう》が、両親よりも、親友よりも、深津《ふかづ》達よりも真っ先に思い浮かべたのは、大《まさる》だった。

塔太郎は、誰か一人を選ぶなら――彼女しかいないと思った。自分と似たような運命を持ち、同じ志《こころざし》を持ち、優しくも強い力で、窮地《きゅうち》に陥《おちい》った自分を救ってくれた彼女。

そして常に成長し、前へ前へと進む彼女。

古賀《こが》大は、塔太郎にとって、どれだけ感謝してもし足りないほどに、今やなくてはならない存在だった。その姿を見るだけで元気が出るような、優しい太陽のような人だった。

一時は、自分と大は釣《つ》り合わないどころか、大に迷惑がかかるかもしれないと思い、自ら身を引こうとした。

(でも、京都の神様は、俺《おれ》に、幸せに生きろと言うてくれた)

祭神《さいじん》に認められて自由の身になり、彼女の肩で泣いた今、塔太郎は大に、自分の傍《そば》にいてほしいと、心から望んでいた。

（まだ、神崎武則《かんざきたけのり》本人は倒せてへんし、これからも、沢山の困難があると思う）

けれど、その壁を、大と一緒に乗り越えていけたら、どんなに心強いだろうか。

（そして、大ちゃんと一緒に……俺自身も、幸せになりたい）

そのためにも、彼女に自分の想いを告げたい。諦《あきら》めかけた恋を、取り戻したい。大へ、偽《いつわ》りのない尊敬と愛を、伝えたかった。

しかし今、彼女にそれが言えないのは、総代《そうしろ》との約束のため。約束を無視して、総代の心を踏みにじって、抜《ぬ》け駆《が》けで想いを告げる事だけは、塔太郎にはどうしても出来なかった。

（やから……。ちゃんと言おう。総代くんに。俺も、大ちゃんが好きなんやって。あの約束を、反故《ほご》にしてくれって。何度頭を下げてでも）

塔太郎は人生の新たな一歩を、確かに踏み出していた。


長かった京都の夏が、ようやく終わりを迎えようとしている。

そして、秋が始まる。

実りある季節となる事を、塔太郎は祈っていた。


（おわり）

著者紹介
天花寺さやか（てんげいじ　さやか）
京都市生まれ、京都市育ち。小説投稿サイト「エブリスタ」で発表した「京都しんぶつ幻想記」が好評を博し、同作品を加筆・改題した『京都府警あやかし課の事件簿』（PHP文芸文庫）でデビュー、第七回京都本大賞を受賞した。その他の著書に、『京都丸太町の恋衣屋さん』（双葉文庫）、エッセイ集に『京都へおいない』（ぱるす出版）がある。

エブリスタ
国内最大級の小説投稿サイト。

小説を書きたい人と読みたい人が出会うプラットフォームとして、これまでに200万点以上の作品を配信する。

大手出版社との協業による文芸賞の開催など、ジャンルを問わず多くの新人作家の発掘・プロデュースをおこなっている。

https://estar.jp

この作品は、小説投稿サイト「エブリスタ」の投稿作品に大幅な加筆・修正を加えたものです。

イラスト――ショウイチ
目次・主な登場人物・章扉デザイン――小川恵子（瀬戸内デザイン）

ＰＨＰ文芸文庫　京都府警あやかし課の事件簿７
送り火の夜と幸せの魂

2022年９月22日　第１版第１刷

著　者　天花寺さやか
発行者　永田貴之
発行所　株式会社ＰＨＰ研究所
東京本部　〒135-8137 江東区豊洲5-6-52
第三制作部　☎03-3520-9620（編集）
普及部　☎03-3520-9630（販売）
京都本部　〒601-8411 京都市南区西九条北ノ内町11
PHP INTERFACE　https://www.php.co.jp/
組　版　有限会社エヴリ・シンク
印刷所　図書印刷株式会社
製本所　東京美術紙工協業組合

 ISBN978-4-569-90242-5

PHP文芸文庫

第7回京都本大賞受賞作
京都府警あやかし課の事件簿
天花寺さやか 著

人外を取り締まる警察組織、あやかし課。新人女性隊員・大にはある重大な秘密があって……？ 不思議な縁が織りなす京都あやかしロマン！

京都府警あやかし課の事件簿 2
祇園祭の奇跡
天花寺さやか 著

嵐山、宇治、祇園祭……化け物捜査専門の部署「あやかし課」の面々が初夏の京都を駆け巡る！ 新人隊員の奮闘を描いた人気作、第二弾！

京都府警あやかし課の事件簿 3
清水寺と弁慶の亡霊
天花寺さやか 著

弁慶が集めたとされる999本の太刀。それらに封印されし力が解き放たれた時、秋の京都が大混乱に⁉ 人気のあやかし警察小説第三弾！

PHP文芸文庫

京都府警あやかし課の事件簿4
伏見のお山と狐火の幻影
天花寺さやか 著

日吉大社にお参りすることになった大と塔太郎。大に力を授けてくれた神々との対面は一体どうなる⁉ 恋も仕事も新展開のシリーズ第四弾！

京都府警あやかし課の事件簿5
花舞う祇園と芸舞妓
天花寺さやか 著

式神の襲撃、窃盗団からの予告状…次々起こる事件の裏にはあの組織の影が？ 京都を守る、あやかし課の活躍を描く人気シリーズ第五弾！

京都府警あやかし課の事件簿6
丹後王国と海の秘宝
天花寺さやか 著

丹後の海賊の襲来、化け猫が見た予知夢、そして狙われた祇園祭…夏の京都を舞台にした大人気あやかし警察小説シリーズ待望の第六弾！

PHP文芸文庫

京都くれなゐ荘奇譚

呪われよと恋は言う

白川紺子 著

女子高生・澪は旅先の京都で邪霊に襲われる。泊まった宿くれなゐ荘近くでも異変が……。「後宮の烏」シリーズの著者による呪術ミステリー。

PHP文芸文庫

京都祇園もも吉庵のあまから帖

志賀内泰弘　著

京都祇園には、元芸妓の女将が営む「一見さんお断り」の甘味処があるという——。ときにほろ苦くも心あたたまる、感動の連作短編集。